KB033704

너를
앓아

너를 앓아

1판 1쇄 찍음 2018년 1월 10일
1판 1쇄 펴냄 2018년 1월 17일

지은이 | 이해음
펴낸이 | 고운숙
펴낸곳 | 봄 미디어

기획·편집 | 김민지, 김지우, 홍주희, 김현주
표지 디자인 | 박현진

출판등록 | 2014년 08월 25일 (제387-2014-000040호)
주소 | 경기도 부천시 원미구 길주로 64, 1303(굿모닝 오피스텔)
영업부 | 070-5015-0818 편집부 | 070-5015-0817 팩스 | 032-712-2815
E-mail | bommedia@naver.com
소식창 | http://blog.naver.com/bommedia

값 9,000원

ISBN 979-11-5810-434-4 03810

이해음 —— 장편 소설

너를
앓아

Contents

프롤로그.
이 길 끝에서

경수현이 죽었다. 세 살 터울인 수현은 해연에게 이 세상의 전부였다. 때로는 부모처럼, 때로는 친구처럼 모든 역할을 다 해 주던 그가 해연을 홀로 두고 자살을 선택했다.

이 세상에서 의지할 사람이라곤 오로지 수현 하나밖에 없었다. 보육원 출신인 남매에겐 서로가 전부였으니 말이다. 딱 죽지 않을 만큼 수현을 패 주고 싶었지만 이미 죽은 사람에게 할 수 있는 건 아무것도 없었다.

수현은 곧 대한민국 축구 국가 대표로 발탁될 인재였다. 그런 그가 우연한 교통사고로 시력을 잃은 뒤부터 불행이 시작되었다. 갑작스레 시력을 잃은 그는 현실을 받아들이지 못했고, 결국 병원 옆 건물 옥상에서 투신자살을 선택했다.

눈도 보이지 않는 사람이 그곳까지 어떻게 올라간 것인지 이해할 수 없었다. 왜 그가 그곳까지 올라가는 동안 말린 사람이 한 사람도 없었을까. 왜 단 한 명도 수현을 말리지 못했을까. 괜한 남 탓이라 생각할 수도 있겠지만 이 세상 모든 이가 원망스러웠다.

"나 이제 어떡할까, 경수현."

그중에 자신도 포함되어 있었다. 힘들어하는 걸 뻔히 알면서 옆에서 수현을 지켜 주지 못한 해연은 죄책감에 몸부림쳤다.

사진 속 수현을 보며 물었지만 돌아오는 대답은 당연히 없었다. 영정 사진에 대고 묻는들 뾰족한 수가 날 리 없었다.

그녀는 작은 실소를 터트렸다. 영정 사진 속 경수현은 여전히 너무나 해맑았고, 열일곱 살의 경해연은 그런 그가 너무나도 미웠다.

해연은 자리에서 일어나 발걸음을 옮겨 밖으로 나섰다. 바스락거리는 상복 치마 소리가 장례식장의 고요함을 건드렸다. 짙게 어둠이 깔린 하늘엔 동그랗게 뜬 달만 지독히도 빛나고 있었다. 마치 홀로 남은 그녀를 조롱하는 듯싶었다.

그녀는 이를 악물고 수현이 죽은 병원 옆 건물의 옥상으로 올랐다. 한 계단, 한 계단 올라갈 때마다 울분이 터졌다. 눈물이 그렁그렁 맺혀 있었지만 떨어트리지 않으려고 애를 쓰듯 입술을 꾹 깨물고 있었다.

생각보다 길게 이어진 계단은 무수히 많은 생각을 하기에 충분했다. 앞이 보이지 않았던 수현에게는 더 많은 생각을 하기에 충분했겠지. 그런데 이 긴 시간 동안 왜 동생인 자신을 생각해 주지 않았을까.

그녀가 마침내 옥상에 도착해 철문을 열었다. 열자마자 거세게 부는 겨울바람에 검은 치맛자락이 요동치기 시작했다. 무거운 한숨이 짙게 입술 사이로 흩어졌다.

그래. 단 한 번도 자신을 생각하지 않았던 수현이다. 믿었던 사람에게 배신을 당해 홀로 남았는데 이제 누굴 믿고 살아갈 수 있을까.

"나도 같이 가."

네가 이기적인 선택을 했다면, 나도 이기적인 선택을 할 거야. 너랑 나는 같은 엄마 배에서 태어난 남매니까.

"거기서 똑똑히 지켜봐. 나쁜 새끼야."

해연이 달을 바라보며 걸음을 옮기려던 때였다. 그녀의 시야에 어두운 사람의 실루엣이 들어왔다. 우뚝 난간에 선 누군가의 모습에 결의를 다졌던 그녀의 표정이 조금씩 사라져 갔다. 금방이라도 뛰어내릴 것만 같았다.

무슨 생각으로 그에게 달려들었는지 해연은 기억나지 않았다. 몸이 자동적으로 움직여 그 사람의 허리를 움켜잡고 끌어내렸다. 옥상 바닥에 널브러지듯 쓰러진 그의 멱살을 쥐고 해연이 빽 소리를 질렀다.

"야, 미친 새끼야!"

그렁그렁 맺힌 눈물이 그제야 뺨을 타고 흘러내렸다. 해연의 뿌연 시야에 그는 수현처럼 보였다. 아니, 수현이었다. 그녀는 지금까지 꾹 눌러 참았던 모든 것이 모두 다 터져 나오는 것 같았다.

"왜, 왜, 왜!"

그의 가슴을 작은 주먹으로 힘껏 내리쳤지만 타격은 그리 크지 않았다. 허공을 가르며 떨어지는 손은 안쓰럽게 바들바들 떨고 있었다.

"왜 혼자 죽어. 왜 나 혼자 두고 죽어!"

울음 맺힌 목소리도 그녀의 손처럼 떨림이 가득했다.

"죽으려면 같이 죽어야지. 왜 나 혼자 두는 건데. 너 없으면 나 어떡해. 어떻게 살아, 나……."

원망의 소리는 곧 울음에 먹히고 말았다. 고개를 떨어트린 그녀는 아이처럼 엉엉 소리를 내며 목 놓아 울었다. 한 번 쓰러진 마음은 걷잡을 수 없이 무너졌다.

한 번도 본 적 없는 부모가 그녀를 낳자마자 보육원에 버렸어도, 그 무수한 버려진 아이들 사이에서도 해연은 혼자라고 생각한 적이 없었다. 오빠가 있으니까, 가족이 있다는 생각이 그녀를 밝고, 강하게 만들어 주는 매개체였다.

병원에서 수현이 죽었다는 말을 들었을 땐 전부 장난이라고 생각했다. 흰 천을 덮고 있는 모습을 봐도, 그것을 걷어 만신창이가 된 그를 봐도 현실을 믿을 수 없어 눈물이 나지 않았다.

얼마나 울었을까. 온몸에서 기력이 빠져나가 울음소리마저 나지 않았을 때였다. 뿌옇던 눈앞이 선명해졌을 때 그녀가 잡고 있었던 수현은 온데간데없었다. 주변을 훑어보며 그의 모습을 눈으로 찾아 헤맸지만 있을 리가 없었다. 해연은 자신이 입고 있는 상복을 보곤 이게 현실이라는 것을 깨달으며 무거운 한숨을 내쉬었다.

그녀는 한참 뒤 자리에서 일어섰다. 무엇 때문인지 모르겠지만 올라오면서 느꼈던 나쁜 마음은 사라진 지 오래였다. 해연의 두 눈엔 다른 결의가 맺혔고, 조금은 가벼워진 발걸음으로 길고 긴 계단을 내려갔다.

1화
동경의 그대

타닥타닥. 경쾌한 키보드 소리가 해연의 원룸 안을 울렸다. 모니터에 빠르게 써 내려 가는 한글을 따라 동공이 빠르게 움직이고, 그녀의 손도 쉴 새 없이 움직여져 갔다.

마침내 마지막 문장 끝에 점을 찍는 순간, 그녀의 무표정했던 입가에 희미한 미소가 그려졌다.

"끝났다!"

키보드 위에서 떨어진 두 손이 하늘 높게 천장으로 치솟았다. 의자 뒤로 몸을 젖히며 멍하니 천장을 바라보던 그녀는 뻑뻑한 두 눈을 지그시 감았다가 떴다. 머리를 안 감은 지 벌써 일주일 째, 책상 옆에는 사흘 전부터 삼시 세끼를 대신했던 컵라면과 과자 봉지들이 탑을 쌓고 있었다.

해연은 얼른 자리에서 일어나 홀가분한 마음으로 욕실로 향했다. 거울에 비친 자신을 보자 그 상큼했던 미소는 온데간데 없이 사라졌지만 말이다.

"몰골이 가관이다. 가관이야."

기름진 머리를 손으로 쓸어내리다 이마에 볼록하게 솟은 뾰루지를 손으로 매만졌다.

"이건 또 뭐냐."

한동안 씻지 않았더니 피부마저 말썽이었다. 해연은 고개를 저으며 얼른 윗옷을 훌러덩 벗어 던졌다.

30여 분간 머리부터 발끝까지 개운하게 묵은 때를 벗긴 그녀는 상쾌한 얼굴로 욕실 밖을 나섰다. 서랍장에서 검은색 바지와 후드를 꺼내 입은 그녀는 젖은 머리를 말리며 오랜만에 바깥 구경을 할 생각에 흥분을 감추지 못했다.

해연은 거의 일주일간 집 안에서 생활했었다. 마감이라는 감옥에 갇혀 먹는 것도 대충, 잠도 대충, 오로지 마감만이 살길이라는 생각으로 달렸고, 그 결실은 오늘 밤 10시가 되어서야 맺을 수 있었다.

"슬슬 나가 볼까?"

기분 좋은 미소를 한껏 입가에 띠며 해연은 밖으로 걸음을 옮겼다. 몇 주 전까지만 해도 이렇게 춥지 않았던 거 같은데, 그새 겨울이 한층 다가와서인지 쌀쌀함이 감돌았다. 너무 얇게 입고 나왔나? 라는 생각을 하며 몸을 웅크린 그녀는 빠른 걸음으로 어디론가 향했다.

해연이 사는 동네는 주택과 빌라가 빽빽이 들어선 곳이었다. 밤 10시가 되면 골목은 조용해지고, 오롯이 가로등 불빛과 구름에 가려진 희미한 달빛만이 골목을 비출 뿐이었다. 하지만 해연의 집에서 500m쯤 가다 보면 가로등과 달빛이 아닌 또 다른 불빛을 볼 수 있었다.

해연의 입가에 픽 웃음이 새어 나왔다. 그리곤 휴대폰 액정으로 시간을 확인했다.

카페 문을 닫는 시간은 10시. 그런데 지금은 10시 반이 훌쩍 지나고 있었다. 아직까지 불이 켜져 있다는 건 자신이 찾아올 것이라는 걸 직감한 사장이 아직 가게에 있다는 것을 의미했다.

그녀는 문 앞으로 달려가 테이블에 앉아 책을 읽고 있는 그의 모습에 보고 입가에 작은 미소를 띠었다. 옆에 빗자루가 놓여 있는 걸 보니 또 마감하다 말고 책에 빠져 정신을 못 차리고 있는 중인 것 같았다.

해연은 조심스레 카페 안으로 들어섰지만 그는 완전히 책에 빠져들었는지 기척조차 느끼지 못했다.

그녀는 그의 옆 빈 의자에 앉았다. 그리곤 잔뜩 미간이 좁혀진 그의 얼굴을 바라보다가 천천히 어깨를 맞대고 낮게 물었다.

"무슨 책 읽어요?"

해연의 목소리에 놀란 그의 시선이 책에서 떨어졌다. 고개를 돌려 그녀를 바라보자 찌푸려져 있던 미간이 제자리를 찾아갔다.

"어, 언제 왔어?"

"방금요."

재영은 대답 대신 실없이 웃으며 읽고 있던 책을 덮었다. 해연은 슬쩍 책 표지를 보더니 고개를 갸우뚱하며 혼잣말하듯 중얼거렸다.

"이 소설, 사람들 많이 죽는데. 꼭 이런 것만 골라서 읽더라."

해연은 재영의 손에 들린 책을 빼앗아 들곤 장난스럽게 싱긋 웃었다. 그러자 그도 그녀를 따라 웃으며 물었다.

"마감은 잘 끝냈어?"

"당연히 잘 끝냈죠. 내가 누군데."

"마감 끝낸 기념으로 밥 사 줄 테니까 나가자."

재영이 자리에서 일어서자 해연은 피식 웃음을 내뱉으며 그 뒤를 총총 따라갔다.

"역시, 내가 오기를 기다리고 있었구나. 사장님."

해연의 말에 그는 잠시 우뚝 멈춰 서더니 어이없다는 듯 대답했다.

"책 읽다가 마감 시간을 놓친 것뿐이야."

재영은 가볍게 그녀의 말을 받아치며 카페 열쇠를 들었다. 하지만 해연은 으스대듯 목에 힘을 주며 말을 늘어놓았다.

"에이, 이제 솔직해지시죠? 마감하느라 밥도 못 챙겨 먹은 날 예상하고, 책 읽은 척 기다리고 있었던 거. 맞잖아요!"

아까 빼앗았던 책을 흔들자 재영은 작게 헛웃음을 터트렸다. 그러다 한 발짝, 한 발짝 조심스레 해연에게 다가서며 말을 이어 갔다.

"네가 마감일 지키지 않은 게 한두 번도 아닌데, 내가 왜 널 기다렸을 거라고 생각해? 내가 볼 땐 오히려 네가 날 기다린 것 같은데?"

재영이 어깨를 으쓱이며 묻자 조금 찔린 해연이 입이 살짝 삐죽거렸다.

"아닌데. 난 그냥 산책 나가던 길이었는데."

그렇지 않다는 듯 눈가에 잔뜩 힘을 주며 고개를 좌우로 흔들었다.

거짓말을 할 때 해연은 속내를 감추려고 더욱더 눈에 힘을 주며 말한다. 또 다른 버릇은 목소리가 반 톤 미세하게 높아진다는 것이다. 재영은 피식 웃으며 그녀의 이마를 손가락으로 살짝 밀어냈다.

"넌 내가 문 닫고 가 버렸을까 봐 불안하셨겠지. 그럼 내 저녁밥은 누가 사 주나 하면서, 부랴부랴……."

"진짜 아니라니까요!"

끝까지 우기는 해연을 보며 재영은 팔짱을 끼고 재밌다는 기색을 드러냈다. 그리곤 카운터 쪽으로 가더니 자신의 남색 카디건 하나와 파란색 수면 양말 하나를 들고 그녀에게 다가섰다. 해연의 어깨에 카디건을 걸쳐 주며 낮은 목소리로 읊조리듯 말했다.

"추위 많이 타는 네가 쌀쌀하다는 걸 느꼈을 텐데. 겉옷도 안 챙기고, 신발도 그냥 슬리퍼를 신은 채 나올 리가 없지."

재영은 손에 든 수면 양말을 내밀며 말했다. 자연스레 내려간 그녀의 시선에는 맨발에 슬리퍼를 신은 제 발이 보였다.

와, 졌다. 졌어. 저 도재영의 통찰력을 누가 이기겠어.

해연은 언짢게 입 모양만 달싹이며 재영을 올려다보았다. 능청스럽게 '뭐 해, 안 신을 거야?'라고 말하며 제 옆을 쌩하니 지나쳐 가는 그였다.

해연은 테이블에 살짝 걸터앉아 수면 양말을 신으며 퉁명스럽게 말했다.

"아, 정말! 그냥 기다렸다고 말해 주면 어디 덧나요?"

"네가 내 애인도 아닌데 왜 그래야 하는데?"

"7년을 알고 지냈으면 그 정도 립서비스는 해 줘야죠. 사람이 무드가 없어."

"나중에 남자 친구 생기면 해 달라고 하고, 얼른 나오시죠. 문 닫게."

해연은 토라진 얼굴로 쿵쿵쿵 발소리를 내며 밖으로 걸음을 옮겼다.

재영은 카페 불을 끄고 문을 잠갔다. 그의 뒷모습을 유유히 지켜보던 해연은 입술을 삐죽이며 작게 혀를 날름거렸다.

도재영. 해연이 그와 알고 지낸 지 벌써 7년이나 되었다. 글만 쓰면서 생활비를 충당할 수 없던 그녀가 아르바이트를 알아보던 찰나에, 7년 전 재영의 카페를 발견하게 되었다.

그날 오픈을 한 동네의 작은 카페. 유리문에 붙여진 아르바이트생을 모집한다는 공고를 본 그녀는 바로 들어가 면접을 보았고, 지금까지 일을 하고 있었다.

그 오랜 시간 이곳에서 계속 일할 수 있었던 건 재영의 배려 덕분이었다. 원고 마감 때면 해연이 글에 집중할 수 있도록 쉬게 해 주었기 때문이다.

"내일부턴 다시 출근할게요. 편집장님이랑 점심 약속이 있는데, 얼른 먹고 올게요."

"내일은 그냥 하루 쉬지? 그동안 잠도 제대로 못 잤을 거 아냐."

"내일 토요일이에요. 아무리 동네 작은 카페라도 혼자서 일 보는 건 힘든 거 다 알거든요?"

"세상에, 경해연 철들었네."

재영이 작게 웃으며 큰 손으로 해연의 머리를 헝클어트렸다. 그러다 문득 손을 허공으로 떼어 내곤 표정을 굳히며 물었다.

"그런데 너, 머리는 감았어?"

"방금 감고 나왔거든요? 여기 봐요. 아직 물기 잔뜩 있는 거!"

해연이 목청을 높이며 말하자 그는 달래듯 '알았다, 알았어' 하며 그녀의 어깨를 토닥였다.

"안 감아서 기름진 건 줄 알았잖아."

"나 참, 무슨 기름이 져요. 누가 봐도 덜 마른 건데."

"오해 사기 싫으면 다음부터는 바싹 말리고 나와. 알았어?"

18

재영의 잔소리에 해연은 미묘하게 입을 삐죽거렸다.

두 사람은 어둠이 짙게 깔린 골목을 지나 근처 자주 가는 삼겹살 가게로 향했다.

가게 안은 금요일 저녁이라 그런지 평소보다 북적거렸다. 간신히 한 테이블이 남은 곳에 자리를 잡은 그들은 바로 고기를 주문했다.

"와, 이게 며칠 만에 먹는 고기야."

불판 위에서 익는 고기 냄새가 식욕을 자극했다. 해연의 허기진 배는 얼른 고기를 달라며 요동을 쳤다. 꿀꺽, 목울대를 움직이며 입맛을 다시자 보다 못한 재영이 헛웃음을 지었다.

"해연아, 그러다 침 떨어지겠어."

"오늘 라면 하나밖에 못 먹었단 말이에요."

"조금만 기다려 봐."

"요즘은 돼지도 덜 익혀 먹어도 된다던데. 그냥 먹으면 안 돼요?"

"아주 그냥 생으로 먹지 그래?"

"그럴까요? 기다리는 거 너무 힘들어."

어깨를 축 늘어뜨리며 배고픔에 몸부림치자, 재영이 적당히 익은 작은 고기 한 점을 그녀의 앞 접시에 내려놓았다.

"자, 먹어."

"앗싸, 잘 먹겠습니다!"

환하게 웃는 해연을 보고 있자니 재영의 얼굴에도 금세 웃음이 번져 갔다.

"천천히 먹어."

구워지는 족족 해연의 앞 접시로 옮겨진 고기는 쉴 틈 없이 그녀의 입안으로 사라져 갔다. 어느새 혼자 고기 3인분을 후딱 해치워 버린 그녀는 아직도 배를 다 채우지 못했는지 젓가락을 쪽쪽 빨며 텅 빈 불판 위를 바라보고 있었다. 재영은 작게 웃음을 짓더니 오른손을 번쩍 들어 옆을 지나가던 주인아주머니를 불러 세웠다.

"아주머니, 여기 삼겹살 3인분 추가해 주세요."

그의 말이 떨어지기가 무섭게 해연은 배시시 웃었다. 염치 없이 3인분을 혼자 다 먹은 것도 모자라 더 시켜 달라고 하기가 내심 민망했기 때문이다.

사실 재영에게 얻어먹은 건 이번이 처음이 아니었다. 거의 2주의 한 번은 오늘처럼 고기를 사 주거나 근처 호프집에 가서 맥주를 한잔하기도 했다. 그때마다 그는 사장님이 알바생에게 사 주는 거니 편하게 먹으라고 말했지만 매번 얻어먹기만 하니 마음이 여간 불편한 게 아니었다.

"아 참, 이번 책 너 언제 출간된다고 했지?"

"11월 말쯤이요."

"그래? 기대되네. 네 두 번째 작품은 어떨지."

"사람 민망하게. 그런 거 기대하지 마요."

"뭐가 민망해."

"그냥…… 책 얘기하는 거 부끄럽고 민망하단 말이에요."

"사람들 보라고 출간한 글이잖아."

"날 모르는 사람이 보는 건 상관없는데 아는 사람이 내 글을 읽는 건 뭐랄까, 나를 간파당하는 기분이랄까."

"음, 나랑 아는 사람이랑은 정반대구나."

"어? 사장님 아는 사람도 글 써요?"

"아니, 그냥 좀……. 어, 고기 탄다."

재영은 재바르게 고기를 뒤집었지만 이미 고기는 검게 그슬려 있었다. 당황한 두 사람은 서로를 바라보며 픕 작게 웃었다.

―발매한 지 2주일 만에 월간 베스트 1위를 기록한 도은우 작가는 스물아홉이란 젊은 나이에도 불구하고…….

문득 시끄러운 사람들 목소리 사이로 해연의 귓가에 익숙한 이름이 들려 왔다. 그녀는 고깃집 선반 위 작고 낡은 TV로 시선을 돌렸다. 모니터에선 잔뜩 터지는 플래시 사이로 깔끔한 정장을 차려입은 남자가 화면을 향해 손 인사를 건네고 있었다.

도은우의 대한 뉴스가 완전히 끝나고 나서야 해연은 시선을 돌렸다. 얼굴엔 작은 웃음기가 감돌았다. 재영이 그녀를 물끄러미 바라보고만 있자 해연은 괜히 목소리를 높여 물었다.

"왜 그렇게 쳐다봐요?"

"아니, 그냥. 저 작가 정말 좋아하는구나 싶어서."

"당연하죠. 제가 어렸을 때부터 엄청 존경했던 작가인데."

해연은 '맞다, 저 책 사러 가야 하는데. 마감 끝났으니 내일 갔다 와야지'라고 신이 난 목소리로 말했다.

도은우 작가를 알게 된 건 해연이 중학생 때쯤이었다. 그녀의 오빠인 수현이 그 당시 사귀던 여자 친구가 선물해 준 것이라며 가져왔지만 워낙에 운동밖에 모르는 그가 책에 관심을 가질 리가 없었다.

자연스레 해연의 손으로 온 그 책은 그녀의 마음을 단박에 사로잡았다. 10대라고 믿기지 않을 정도로 탄탄하고 흡입력 있는 문체와 내용에 그녀는 여러 번이고 곱씹어 읽었다.

해연에게 처음으로 글의 매력을 알게 해 준 것이 그 작가였다. 그때부터 조금씩 글을 써 왔고, 수현이 죽은 뒤로 매일같이 도은우의 책을 읽으며 버티고 버텼던 것 같다.

그러다 3년 전, 해연은 신춘문예에서 등단하면서 작가의 삶을 시작했고, 이번에 두 번째 소설도 내게 된 것이었다. 작년 처음 출간한 첫 소설 '무늬'는 그다지 욕을 먹지도, 히트를 치지도 못했다. 무난하게 물 흘러가듯 그녀의 첫 소설은 스멀스멀 지나가 버렸다.

"이번엔 잘될 거야. 네가 좋아하는 저 작가보다 더."

"에이, 빈말을 그렇게 부풀려서 하면 신빙성이 없잖아요. 그냥 전 누가 제 책을 읽고 공감된다고 한마디만 해 주면 좋아요."

"공감돼. 네 이야기들, 다."

한 치의 망설임도 없이 대답하는 재영의 말에 해연은 조금 당황스런 표정을 짓다가 이내 손사래를 치며 작게 웃음을 터 트렸다.

"됐어요. 엎드려 절 받기도 아니고, 무슨."

"진심인데."

재영은 나지막하게 작은 목소리로 대답했지만 해연은 그만 하라며 다그칠 뿐이었다.

두 사람은 삼겹살 6인분을 전부 다 해치운 뒤에야 가게를 나섰다. 해연은 행복한 미소를 지으며 배를 통통 두드리고 있었다. 그녀를 보며 작게 웃음 짓던 재영은 해연이 고개를 들자 언제 그랬냐는 듯 표정을 바꾸었다.

"정말 잘 먹었습니다."

집 앞에 도착하자 해연이 꾸벅 인사를 건네었다. 재영은 손 인사를 건네며 뒷걸음질 쳤다.

"들어가서 푹 자."

"네, 사장님. 들어가십쇼!"

해연은 우렁찬 목소리로 다시 한번 인사를 하곤 쏜살같이 계단을 올라 빌라 안으로 모습을 감췄다.

쿵쿵거리며 계단을 오르는 소리와 함께 한 층, 한 층 계단 비상등이 켜지는 것을 확인한 재영은 그녀가 완전히 집으로 들어가는 소리를 희미하게 들은 뒤에야 발걸음을 돌렸다.

그때 그의 휴대폰이 작은 진동을 내며 울리기 시작했다.

〈내일 출근할 때 사장님 좋아하는 아이스크림 사 가지고 갈게요. 고기 사 준 답례로요!)

　문자를 확인한 그의 입가에는 애정 어린 웃음이 지어졌다.
문장 뒤에 귀엽게 찡그린 이모티콘이 마치 해연의 표정과 닮
아 있었다. 그는 애써 터진 웃음을 참으며 집으로 향했다.

　그의 집은 해연의 집에서 그리 멀지 않았다. 카페를 지나
오른쪽 골목으로 올라가면 바로 보이는 곳이었다. 낡은 집들
사이에 지은 지 얼마 안 된 신축 건물 주택이라 이질적인 느낌
이 들곤 했다.

　재영은 익숙하게 문을 열고 집 안으로 들어갔다. 어둠이 짙
게 깔린 거실에서 그는 불은 켜지 않고 소파에 앉았다.

　길게 심호흡을 하던 그는 소파 옆을 더듬거리다 리모컨을
들어 TV 전원을 켰다. 어둠 사이로 쨍한 불빛이 퍼졌다.

　―이번 도은우 작가의 처음 열리는 강연회는 5분 만에 매진을
기록했습니다. 다음 주 금요일에 열리는 이 강연회는 천 명을 수용
할 수 있는 홀에서 진행되는데요. 인기 작가 도은우의…….

　낯익은 얼굴과 이름이 들려왔다.

　재영은 가만히 TV를 보다가 끝까지 뉴스를 보지 못하고 전
원을 꺼 버렸다.

　또다시 어둠으로 덮인 집 안에서 재영의 긴 한숨이 들려왔
다.

그는 제 눈두덩을 지그시 누르며 소파에 완전히 몸을 뉘었다.

✿　　　✿　　　✿

"작가님, 정말 수고하셨어요."

"아녜요. 편집장님이 더 수고하셨죠."

해연은 원고를 마감한 기념으로 편집장과 점심을 함께했다. 메뉴는 두 사람이 좋아하는 초밥이었다.

든든히 먹고 난 후에 행복한 얼굴로 초밥 가게를 나온 그들은 손을 맞잡으며 고생한 서로를 격려했다.

"맞다. 작가님, 도은우 작가 좋아한다고 하셨죠?"

편집장은 손뼉을 짝 치며 자신의 핸드백에서 흰 봉투를 꺼내 해연에게 내밀었다. 이게 뭐냐는 시선으로 그녀가 묻자 편집장이 웃으며 말을 이었다.

"도은우 작가 강연회 티켓이에요. 그쪽 출판사에서 초대장을 보냈는데 작가님 생각나서 두 장 챙겨 왔어요."

해연의 두 눈이 휘둥그레졌다. 안 그래도 마감하던 기간에 강연회 예매가 끝나 버려서 취소표나 양도표를 알아보려던 중이었다. 그녀는 놀란 표정으로 흰 봉투 속 표를 확인하고는 감격에 겨워 손으로 제 입을 막았다.

"저, 정말 이거 저 주시는 거예요?"

"고생하셨는데 기분 전환하셔야죠."

"……편집장님."

해연은 울먹거리며 덥석 편집장을 끌어안았다. 끄응, 앓는 소리를 내던 그녀는 연신 고맙다는 말을 내뱉었다. 편집장은 그런 그녀를 엄마처럼 토닥였다.

"이렇게 좋아하실 줄은 몰랐어요."

편집장은 다음에 도은우 작가와 관련된 자리가 있으면 부르 겠다는 약속까지 남기고 해연에게 인사를 건넸다.

돌아가는 내내 강연회 티켓을 바라보는 해연의 시선에는 행복함이 가득했다. 이렇게 쉽게 구할 수 있을 거라곤 상상도 못했기 때문에 더욱 벅차 올랐다.

"그런데 누구랑 갈까?"

제일 먼저 자신의 유일한 친구인 해리를 떠올렸지만 현재 출장으로 미국에 가 있었다. 2주 뒤에나 온다고 했던 것 같았으니, 후보에서 제외해야 했다.

그다음으로 떠오른 사람은 해리 다음으로 가까운 재영이었다. 워낙에 책을 좋아하는 사람인지라 강연회 표를 내밀면 좋아할 것이라고 생각했다.

그녀는 카페에 들어서자마자 어제 약속한 아이스크림과 함께 표 두 장을 그의 앞에 선물인 양 내밀었다.

"짜잔, 이게 뭐게요?"

재영은 해연의 내민 표를 유심히 바라보다가 살짝 미간을 찌푸렸다.

"사장님, 우리 여기 같이 가요!"

그녀가 신이 난 얼굴로 말하자 재영은 작게 한숨을 쉬었다.
그는 시선을 다른 곳으로 돌리며 말을 이었다.

"네 친구랑 가."

"해리 지금 출장 중이라 미국에 있어요."

"그럼 그냥 혼자……."

"표가 두 장이잖아요, 표가! 거참, 같이 가 주면 안 돼요?"

당연지사 좋아할 줄 알았는데 냉랭한 그의 반응에 해연은
서운함을 드러냈다. 그러고 보니 재영은 장르 가리지 않고 책
을 좋아했만 도은우 작가의 책을 읽는 걸 본 적이 없었다.

"도은우 작가 싫어해요?"

해연의 직설적인 물음에 재영은 말없이 동공만 또르르 굴렸
다.

"싫어하네."

"……그리 좋아하진 않아."

"그러니까 싫어한다는 거잖아요."

콕 집어 말하자 재영은 제 진한 눈썹을 엄지로 지분거렸다.
대답하기 싫을 때나 난감할 때 그가 자주 하는 행동이었다.

뭐가 그렇게 어려운 질문인지는 모르겠지만 재영이 저 행동
을 했다는 건 끝까지 대답을 안 하겠다는 것과 같았다. 해연은
더는 묻지 않고 옆에 있는 의자에 풀썩 주저앉았다.

"알겠어요. 혼자 갈게요. 사장님이 정 싫다는데 뭐 어쩌겠
어."

"……."

"9시에 시작이니까 두 시간 정도 한다고 치면, 11시에 끝날 테고. 거기서 우리 동네까지 넉넉잡아 한 시간 걸리니까 자정쯤에 난 이 어두운 골목을 혼자 걸어와야겠네요."

"……."

"요즘 우리 동네에 치한이 그렇게 많이 돌아다닌다던데. 으, 무서워라."

해연은 몸을 부르르 떨며 힐끗 재영을 쳐다보았다. 그는 무표정한 얼굴로 해연을 뚫어져라 쳐다보고 있었다.

"사장님은 신경 쓰지 마요. 제가 어린애도 아니고, 혼자 잘 찾아갈 수 있어요."

해연은 손사래를 치며 말했지만 연기하는 듯한 그녀의 말투에 재영은 말없이 한숨을 푹 내쉬며 고개를 떨어트렸다. 흔들린다는 신호였다. 해연은 터져 나오는 웃음을 꾹 참으며 제 손에 들린 표를 무심히 바라보았다.

"에이, 초대권 하나는 쓸데도 없는데 그냥 찢어 버려야지."

상실감에 가득 찬 얼굴로 해연은 표 하나를 양손에 집어 들었다. 찢으려는 제스처에 재영은 몸을 움찔거리더니 이내 해연의 손등을 움켜쥐었다. 그녀가 재영을 올려다보자 그는 심하게 미간을 구기며 낮은 목소리로 말했다.

"이번만이야."

재영의 말이 떨어지기가 무섭게 해연의 입꼬리가 하늘 위로 올랐다. 그녀는 기분 좋게 소리를 지르며 그의 품에 폭 안겼다. 그 반동에 몸이 뒤로 살짝 휘청거렸다.

"야, 야."

"헤헤, 역시 사장님밖에 없어요."

"너 왔다 갔다 할 때 지하철이나 택시 타기 싫어서 일부러 그러는 거지?"

"택시 타면 돈도 많이 들고, 지하철은 사람도 많고, 사장님 차 타고 가면 편하고, 혼자가 아니어서 덜 외롭고. 여러 상황을 고려했을 때 사장님과 가는 게 제일 좋으니까."

"으휴, 말이나 못 하면."

"이번 기회에 사장님도 도은우 작가한테 호감을 가져 보면 좋잖아요. 그 작가님 글 진짜 좋아요. 저 믿고 한번 보는 건 어때요?"

해연은 그대로 안긴 채 고개를 들며 말했다. 재영이 별로 탐탁지 않은 듯 고개를 좌우로 흔들자 '칫, 진짜 좋은데' 하며 그녀가 작게 혼잣말을 내뱉던 때였다. 카페 문이 열리며 손님 두 명이 들어섰다. 놀란 재영이 해연의 어깨를 잡고 제 품에서 떨어트려 놓았다.

"어서 오세요."

해연은 그의 행동에 별 상관하지 않고 메뉴판을 들어 손님에게로 다가갔다.

재영은 멀어지는 그녀의 뒷모습을 물끄러미 보며 자신도 모르게 미소를 지었다.

"사장님, 아이스 아메리카노 두 잔이요!"

우렁찬 해연의 목소리에 넋을 놓고 있던 재영은 고개를 끄덕이며 커피머신 앞에 섰다. 묘하게 그녀의 온기가 아직 손끝에 남아 있는 듯했다.

재영은 제 손을 꼼지락대다가 다가오는 해연을 보고 커피를 만드는 데 집중했다.

❀　　　❀　　　❀

해연은 6시 알바가 끝나기 무섭게 집으로 달려가 이리저리 분주하게 움직였다. 태어나서 처음으로 도은우 작가를 실제로 보는 것이었다. 훈훈한 외모 덕에 TV에 자주 등장하고 팬 사인회도 많이 했었지만, 시간이 맞지 않아서 가 본 적이 없었다.

그녀는 옷장에서 원피스를 여러 벌 꺼내 들었다. 평소엔 바지를 즐겨 입었지만 오늘은 특별한 날이었기에 한껏 꾸며 보고 싶었다. 평소엔 비비만 살짝 바르던 얼굴도 자주 쓰지 않았던 화장품을 모두 꺼내어 얼굴에 덧발랐다.

"으흠, 이상한가."

거울 앞에 남색 원피스를 입은 그녀는 꼼꼼히 제 모습을 살폈다. 치마가 너무 짧은 건가 싶다가도 이날을 얼마나 기다렸는지 문득 떠올려 보면 하루쯤은 괜찮다는 생각이 들었다.

완벽하게 준비를 끝내고 보니 벌써 8시가 넘어가고 있었다. 재영이 8시에 가게 앞에서 보자고 했던 말이 머릿속을 스쳐 그녀는 가방을 들고 부랴부랴 뛰어갔다.

오랜만에 힐을 신은 탓에 뒤뚱거리며 카페에 도착하자 그 앞에서 재영이 담배를 피우며 서 있었다.

"사장님!"

시야에 보이는 그의 모습에 반갑게 손을 흔들며 인사를 건넸다. 그러자 허공을 바라보고 있던 재영의 시선이 달려오는 해연에게로 옮겨졌다.

"오늘 좀 꾸며 봤어요. 어때요? 오랜만에 원피스 입어서 좀 어색하긴 한데."

그녀는 길게 늘어진 머리를 귀 뒤로 살짝 넘기며 말했다. 재영은 잠시 말없이 그녀를 바라보다 마지막 담배 연기를 후 내뱉으며 조수석 문을 열어 주기만 했다.

뭐야, 사람이 물어봤으면 대답이라도 해 주지.

해연은 조금 실망스런 표정을 짓다 순순히 조수석에 올라탔다. 빈말이라도 괜찮다고 해 주면 입에 가시가 돋나 보다. 그녀는 입을 삐죽 내밀며 재영을 흘겨보았다.

"뭐야, 진짜."

해연은 못내 찜찜한 기분이 들었다. 그렇게 안 어울리나 싶어 지금이라도 편한 바지로 갈아입고 나올까 싶었다. 그녀가 재영이 서 있던 쪽을 바라보려던 찰나, 그는 이미 사라지고 없었다.

"어디 갔지?"

주위를 두리번거리는데 카페 문을 열고 나오는 재영이 보였다. 곧바로 운전석에 탄 그는 그녀의 무릎에 작은 담요를 조심스럽게 내려놓았다.

"이거 덮고 있어."

"아……."

그녀는 물끄러미 재영을 올려다보다 실없는 웃음을 내뱉으
며 중얼거렸다.

"꼭 우리 오빠 같아."

"어?"

"아니, 예전에 우리 오빠가 교복 치마 조금이라도 올려 입
으면 어디선가 담요 들고 와서 맨날 허리에 묶어 주고 그랬거
든요."

해연은 장난기 어린 목소리로 말했다. 하지만 오빠라는 말
을 내뱉는 그녀의 얼굴에 조금 씁쓸함이 자리 잡혔다.

예전에 술에 취한 해연이 울며불며 수현의 이야기를 해 준
것이 문득 떠올랐다. 재영의 얼굴에 난감한 표정이 지어졌다.

"저녁 뭐 먹을래?"

그가 화제를 전환하려는 듯 조심스레 묻자 해연이 슬쩍 내
렸던 시선을 올렸다.

"에이, 새삼스럽게 그런 걸 왜 물어보십니까. 그거야 당연
히……."

"고기겠지."

"고기죠!"

동시에 같은 말을 한 두 사람은 서로를 응시하며 크게 웃음
을 터트렸다.

도은우의 강연을 듣기 위해 몰린 팬들은 생각보다 많았다. 표가 없는 사람들은 현장에서 암표라도 구하려는지 이리저리 뛰어다니며 표를 구하려고 아우성이었다.

재영은 초대권을 입장권으로 바꾸기 위해 잠시 티켓 부스로 갔다. 혼자 남은 해연은 많은 인파 사이에 서서 한 발짝도 움직이지 못했다. 짧은 원피스를 오랜만에 입어서인지 여간 불편한 게 아니었다.

아슬아슬하게 사람들을 피해 서 있던 그때, 해연에게로 돌아온 재영이 그녀의 손을 덥석 잡아챘다.

"가자."

해연은 순간적으로 들리는 재영의 목소리에 그의 손을 꽉 움켜쥐었다. 곧 그의 손이 해연을 이끌며 복잡한 인파 사이를 빠져나갔다. 혹시라도 놓칠까 꽉 잡은 그들의 손에는 미미하게 땀이 찰 정도였다.

"우와. 크다."

두 사람은 표를 내고 강연장 안으로 들어섰다. 반타원형처럼 생긴 강연장은 들어선 사람들의 웅성거림으로 가득했다. 해연은 신기한 듯 주변을 두리번거렸고, 재영은 그녀를 데리고 제일 맨 앞 중앙 자리로 걸음을 옮겼다.

"여기다. 우리 자리."

"와, 대박. 자리 완전 좋아요!"

"그러네."

초대권이라고 해서 설마 했는데 맨 앞 중앙이라니. 재영은 곤란한 듯 이마를 긁적거렸지만, 해연은 주변을 훑어보느라 그의 표정을 살피지 못했다.

괜히 따라온 것일까. 재영의 마음속에서 불안함이 슬금슬금 피어올랐다.

10분 정도 시간이 흐르자 곧 시작한다는 안내 방송이 흘러나왔다. 강연장을 가득 채운 사람들이 어느새 무대 위를 응시했고, 곧 왼쪽에서 도은우가 모습을 드러냈다.

열렬한 환호성과 함께 미소를 지은 은우의 시선이 묘하게 자신에게로 시선이 향하는 것 같았다. 재영은 몸을 움찔거리며 고개를 숙였다.

"안녕하세요. 도은우입니다."

그의 목소리에 더 큰 환호성과 박수가 흘러나왔다.

강연은 쉬는 타임 없이 꼬박 한 시간 반 동안 이루어졌다. 강연 내내 웃음과 박수 소리가 끊이질 않았다. 워낙에 말 주변과 센스를 가지고 있는 사람인지라 청중들을 단번에 사로잡았다. 한 시간 반이 어떻게 흘러갔는지 모를 정도였다.

"진짜 말도 잘하고, 글도 잘 쓰고 대단한 사람 같아요."

"그러게."

재영이 시큰둥한 반응을 보이자 해연은 빼꼼히 그를 응시하며 물었다.

"별로였어요?"

"아니, 그냥……."

그는 말없이 작게 웃으며 얼른 자리에서 일어섰다.

"이제 가자."

재영의 말에 해연은 자리에서 일어나 강연장을 빠져나갔다. 밖에 나가면 혹시 도은우와 말할 수 있는 기회가 있을까 생각했지만 강연장 오른쪽에 위치한 주차장 앞에는 많은 인파들이 그의 모습을 한 번이라도 더 보기 위해 기다리고 있었다.

말을 거는 건 무리겠다 싶었다. 연예인 뺨치는 인기 덕분에 잠깐의 다가감조차 허락하지 않는 사람이었다. 해연은 한숨을 푹 내쉬며 기어들어 가는 목소리로 재영에게 말했다.

"사장님, 저 화장실 좀 다녀올게요."

"응. 다녀와."

그녀는 빨리 갔다 오겠다 말하고는 그에게서 멀어졌다. 하지만 해연은 몇 미터 가지 못하고 길게 늘어선 화장실 줄을 보며 멈춰 섰다.

"와, 사람 진짜 많네."

강연이 끝난 직후라 화장실 앞에 줄은 어마어마하게 길었다. 해연은 줄 맨 끝에 자리를 잡고 서서 발을 동동 굴렀다. 시작 전부터 화장실이 가고 싶었지만 많은 인파 때문에 계속 참을 수밖에 없었다. 입술을 잘끈 씹으며 주변에 다른 화장실은 없나 찾아봤지만 보이는 건 비상구 계단 문 하나였다.

"그냥 갈까……."

이 줄을 다 기다리고 화장실에 들어서자니 무작정 기다리고 있는 재영에게 미안한 마음이 들었다. 차라리 음식점에 있는 화장실로 가는 게 더 빠를지도 모른다는 생각이 들었다.

몸을 돌리려는데 문득 떠오른 생각에 걸음을 멈췄다.

"아!"

해연의 입가에 작은 미소가 지어졌다. 곧 그녀는 화장실 맨 끝줄을 이탈해 맞은편에 있는 비상구 계단으로 향했다.

"역시 난 똑똑하다니까."

자화자찬하며 해연은 비상계단으로 들어섰다. 보통 건물은 층수마다 같은 자리에 화장실을 배치되어 있을 테니 한 층 올라가면 똑같은 위치에 화장실이 있을 것이라는 그녀의 추측이었다. 하지만 길게 늘어선 계단을 보며 잠시 작은 한숨을 내쉬었다.

"발 아픈데."

그녀는 구두에 쓸려서 벌겋게 살갗이 벗겨진 뒤꿈치를 내려다보았다. 엘리베이터를 탈까 생각해 보았지만 돌아가는 시간도 있고, 아픈 것보다는 화장실이 더 급했다.

해연은 걸음을 떼어 계단을 올랐다. 또각또각, 비상계단 통로를 울리는 소리가 일정하게 들리던 찰나, 계단 위에서 누군가의 목소리가 들려왔다.

"누나, 나 진짜 화장실만 다녀온다니까요. 회식 안 튀어. 절대. 나 못 믿어요?"

해연은 발걸음을 멈추었다. 아주 낮은 저음이었지만 목소리에는 장난기가 가득했고, 나긋나긋해서 부드럽게 느껴지기도 했다.

뚜벅뚜벅, 위에서 내려오는 발소리가 점점 가까워졌다. 그녀가 고개를 들어 위를 바라보았을 때 입가에 한껏 미소를 지은 도은우의 얼굴이 시야를 가득 채웠다.

"아, 이런……."

그는 휴대폰을 귓가에 가져다 댄 채 해연을 당황스러운 듯 바라보며 발걸음을 멈추었다. 누군가가 비상계단을 올라올 것이라고 생각조차 하지 못한 모양이다.

—뭐야? 무슨 일 있어?

"아니요. 아무 일도 없어요. 나 지금 화장실 들어갑니다. 끊어요."

들려오던 여자의 목소리가 휴대폰을 내리는 동시에 뚝 끊겼다. 해연이 굳어진 얼굴로 그를 가만히 바라보자 은우는 휴대폰을 주머니에 넣고 씩 웃었다.

"혹시 스태프? 아니면 오늘 강연 들으신 분들 중 한 명?"

"저기, 그, 그러니까 저는……."

"에이, 누구든 상관없지. 나 여기서 본 건 모르는 척해 줘요. 알겠죠?"

"……네?"

"그럼 이만. 만나서 반가웠어요."

순식간에 일어난 일이었다. 도은우는 해연에게 꾸벅 인사를 건네곤 도망치듯 계단을 내려갔다. 그녀가 뭐라 말하기도 전에 그는 시야에서 완전히 사라져 버렸다. 쿵 소리와 함께 지하 1층 아래의 비상문이 열렸다 닫혔고, 그제야 정신이 돌아온 해연은 눈을 깜빡거렸다.

"뭐야, 지금……."

나 도은우 본 거야?

그녀는 미미하게 떨리는 목소리로 말하다가 제 입을 손으로 틀어막았다. 꿈인가 싶었지만 뒤꿈치에 아릿한 아픔이 지금 이 상황이 꿈이 아니라는 것을 말해 주고 있었다.

"이게 말이 돼요? 전 그냥 화장실 가려고 한 건데 그때 딱 도은우가 내려오다니! 이거 진짜 운명적인 만남 같지 않아요?"

소주도 한 병 가까이 마셨겠다, 도은우도 실제로 봤겠다, 해연의 흥분감은 최고조를 달리고 있었다. 같은 말을 반복하던 그녀는 맞은편에 앉은 재영이 그릇만 깨작거리고 있다는 사실을 인지했다.

"사장님, 입맛 없어요? 고기를 앞에 두고 뭐 하는 거예요."

흥분을 감추고 재영에게 묻자 그는 시선을 들어 해연을 마주했다.

"나보다 네가 더 안 먹는 것 같은데? 너 지금 1인분도 안 먹었어."

해연도 마찬가지였다. 너무 흥분한 나머지 삼겹살이라면 사족을 못 쓰는 그녀도 말만 늘어지게 내뱉고 있었다.

해연이 민망함에 '이제 본격적으로 먹어 보죠?' 라고 소리치며 팔을 걷어붙였다.

그녀가 마음먹고 달려들자 접시 위에 가득히 쌓였던 고기가 어느새 바닥을 드러냈다. 배를 든든히 채운 두 사람은 카운터 앞에서 서로 계산을 하겠다며 아웅다웅거렸다.

"오늘은 제가 낸다니까요?"

"강연회도 보여 줬으니까 이건 내가 낼게."

"보여 주기는 무슨. 억지로 따라온 거잖아요."

"아니야, 그런 거."

"아니긴. 그럼 공평하게 가위바위보로 해요. 안 내면 진다, 가위바위보."

카운터 앞에서 난데없는 가위바위보가 시작됐다. 얼떨결에 재영은 주먹을 내밀었고, 해연은 자신 있게 보자기를 내었다. 승패에 따라 서로의 표정이 극명하게 갈리는 순간이었다. 재영의 얼굴이 당황한 듯 굳어졌지만 해연은 해맑게 웃으며 제 카드를 카운터 직원에게 내밀었다.

"어서 계산해 주세요."

재영은 더 말리지 못하고 입만 붕어처럼 뻐끔거렸다. 직원은 재빠르게 해연의 카드를 받아 계산을 마쳤다.

"혹시 자기가 계산 못 하면 죽는 병이라도 걸렸어요?"

차에 올라탄 재영의 표정이 여전히 좋지 않아 해연이 장난스럽게 말을 던졌다. 차의 시동을 걸던 그는 그녀의 말에 조금 느슨하게 얼굴이 풀어졌다.

"그래도 내 가게 직원인데, 어떻게 얻어먹을 수가 있어."

"참 나, 사장님. 저 무명이긴 해도 엄연히 본업은 작가거든요? 이거 은근 무시당하는 기분이 드는데요?"

"그런 게 아니라……."

"아니면 쿨하게 넘어가요. 계산 한 번 했다고 이상한 사람 취급해."

또다시 '아니, 그런 게 아니라'라고 말하며 말꼬리를 잡고 늘어지려 하자 해연이 제 입술 위에 검지를 올리며 살짝 미간을 구겼다.

"알겠어요. 다음부턴 절대 계산 안 할게요. 제가 소설 대박 터트려서 유명 작가가 돼도 사장님한테는 돈 한 푼도 안 쓸 거니까 이제 그만합시다. 네?"

해연이 장난스런 손길로 그의 어깨를 툭 치자 두 사람 사이에 잔잔한 웃음 물결이 일렁였다.

집으로 돌아가는 건 강연회장에 가는 시간보다 빨랐다. 집 앞에 차를 세우자 어김없이 해연은 우렁찬 인사를 건넸고, 그녀가 올라가는 것까지 지켜본 뒤에야 재영은 자신의 집으로 차를 돌렸다.

적당한 곳에 차를 주차한 그는 운전석에서 내려 골목을 빠져나갔다. 조용한 거리에 재영의 발소리만이 울렸다. 그가 이곳으로 이사 온 가장 큰 이유 중 하나였다. 아침저녁 할 것 없이 조용한 이 동네가 무척이나 좋았다.

몇 걸음 걸어 현관문 앞에 선 그가 익숙하게 비밀번호를 입력하려던 때였다.

"형."

누군가의 목소리에 버튼을 누르던 재영의 손이 멈추었다. 익숙하면서도 낯선 목소리였다. 아니, 오늘 강연장에서 오래 도록 들었으니 돌아보지 않아도 누구의 목소리인지 단박에 알 수 있었다.

허공에 멈춘 그의 손은 더는 비밀번호를 입력하지 못했다. 삐삐삐, 하고 도어록에서 경고음이 울려 퍼졌다.

재영이 뒤돌아서자 검은색 모자를 푹 눌러쓴 남자가 서 있었다. 남자는 모자를 벗어 던지고 그와 시선을 마주했다.

"드디어 찾았네."

은우는 설핏 미소를 지으며 나지막한 목소리로 읊조렸다.

10년 만에 만난 두 사람 사이에는 어색한 기류가 흘렀다. 함께 산 시간은 7년, 하지만 평범하게 대화를 나누어 본 적은 손에 꼽을 정도로 적었다. 밥 한 번 마주 보고 먹어 본 적이 없었으니 지금 이 순간도, 훗날 손에 꼽는 날이 될지도 모르는 일이었다.

은우는 재영의 집이 신기한 듯 이리저리 둘러보고 있었다. 그의 성격을 빼다 박은 듯 단조롭다. 그 흔한 사진 한 장 걸려 있지 않았고, 벽지도 연회색이었다. 가구들도 어쩜 그를 닮아 정적인지 제가 앉아 있는 소파마저도 모던한 디자인에 진회색 이었다.

한창 은우가 눈으로 거실 구석구석을 탐색하고 있을 때, 재영이 부엌에서 커피 두 잔을 들고나왔다. 은우는 자연스레 그가 건네준 커피 잔을 받아 한 모금 홀짝였다.

"어? 더치커피네."

은우가 평소 자주 즐겨 먹는 커피였다. 맛이 좋아 다시 한 번 홀짝이며 음미하자 재영이 불쑥 물음을 던졌다.

"내 뒤밟은 거야?"

재영의 물음에 은우는 커피 잔을 탁자 위에 내려놓았다.

"방법이 없었어. 지금 놓치면 평생 못 만날 것 같았거든."

"우리가 알고 지내서 득이 될 사이야? 차라리 모르고 사는 게 마음 편하지 않나?"

"가족이잖아, 형."

'이름만 가족이잖아' 라는 말이 재영의 입안에서 맴돌았지만 내뱉진 않았다. 그저 긴 한숨을 푹 내쉬었다.

가족이라고 생각해 본 적도, 가족 대접을 받아 본 적도 없었다. 객식구보다 못한 처사를 받았던 자신 앞에서 '가족' 이란 단어를 내뱉다니. 어이가 없어서 그는 실소를 터뜨렸다.

"돌아가. 그리고 다신 찾아오지 마."

찬바람이 쌩쌩 부는 말투로 이 지루한 대화를 끝내려던 재영이었다.

"싫어. 앞으로 자주 올 거야, 여기."

하지만 은우는 그의 말을 호락호락하게 들을 생각이 없어 보였다.

10년 만에 찾은 형이었다. 동복 형제는 아니지만 유일한 혈육이나 다름없었다. 그렇다고 한들 10년 전에도 막역한 형제 사이는 아니었다. 한 집에 있어도 시선 한 번 마주치지 않은 날이 대부분이었으니 남보다 못한 사이나 마찬가지였다.

"그리고 나 오늘 여기서 자고 갈 거야."

그의 말에 재영은 인상을 구겼다. 은우는 못 본 척 완전히 소파에 드러누우며 자리를 꿰찼다.

"야, 도은우."

묵묵부답. 아예 눈까지 감아 버렸다. 10년 만에 갑자기 찾아와선 자고 갈 거라니. 지독한 뻔뻔함에 기가 차 재영은 말씨름할 기운마저 사라졌다.

"마음대로 해."

재영은 관심 없다는 듯 말하며 제 커피 잔을 들고 자리에서 일어섰다. 은우가 무슨 생각을 하는지 도통 알 수가 없었다. 같이 살 때만 해도 새어머니의 등쌀에 못 이겨 말도 못 걸던 녀석인데.

"너 여기 있는 거 너희 어머니는 아셔?"

재영이 문득 방으로 가던 발걸음을 멈추고 은우에게 물었다.

어머니 이야기에 반듯했던 은우의 미간이 슬며시 좁혀졌다. 아무래도 말없이 온 듯 보였다.

"하긴. 아셨다면 당장에라도 널 끌고 가셨겠지."

나랑 같은 공간에 있는 것만으로도 치를 떠는 사람이니까.

재영은 입속에 맴도는 말을 삼키려는 듯 커피를 한 모금 깊게 마셨고, 방 안으로 모습을 감추었다.

은우는 슬며시 감았던 눈을 떴다.

"그러겠지. 우리 엄마가 알면 노발대발하시겠지."

혼잣말처럼 작게 중얼거리다 짙은 한숨을 푹 내쉬었다. 벌써부터 어머니의 잔소리가 귓가에 윙윙 울리는 듯했다.

그가 몸을 부르르 떨며 손으로 제 귀를 막으려던 찰나였다. 갑자기 은우의 얼굴 위로 검은색 담요 하나가 날아왔다. 놀란 그가 벌떡 몸을 일으키자 재영이 심드렁한 표정으로 문 앞에 서 있었다.

"오늘은 늦었으니까 자고, 다음부턴 절대 찾아오지 마."

명령하듯 말을 내뱉더니 재영은 은우의 대답도 듣지 않고 방으로 들어가 버렸다. 달각거리는 소리가 들리는 걸 보니 아예 문을 잠가 버린 모양이었다.

은우는 제 품에 날아온 검은색 담요를 물끄러미 내려다보다 피식 작게 웃음을 내뱉었다.

"아, 정말……."

은우의 머릿속에 문득 10년 전 재영의 모습이 떠올랐다. 어쩜 그는 그때나 지금이나 하나도 변한 게 없을까.

"사람이 이렇게 한결같을 수 있나."

은우는 담요에 얼굴을 묻고 큭큭 웃었다.

잠이나 자자. 한동안 강연회 준비와 새로 나온 소설 때문에 여기저기 불려 다닌 탓일까. 금세 잠이 쏟아져 오는 것 같았다. 아니, 집이 아닌 다른 곳에서 자기 때문일까.

"잘 자, 형."

그는 대답 없는 방문에 대고 작게 중얼거리며 거실 등을 껐다.

은우는 자리를 잡고 소파에 누웠다. 평소보다 불편한 잠자리인데도 불구하고 몇 분 지나지 않아 그의 일정한 숨소리가 거실을 울리기 시작했다.

✿　　✿　　✿

새벽 6시가 조금 넘은 시각이었다. 재영은 동그란 눈을 끔뻑거리며 가만히 천장을 바라보고 있었다.

평소에도 잠이 없는 편이었지만 집에 누군가 있다고 생각하니 더더욱 잠이 오지 않았다. 하지만 그와 반대로 거실에서 자는 도은우는 매우 깊게 잠이 든 듯했다. 굳게 닫혀 있던 방문을 열고 나가 보니 그는 코까지 드르렁거리며 잠에 빠져 있었다.

10년 전에만 해도 잠귀가 밝아 민감하게 반응하던 녀석이었다. 새벽마다 잠이 안 온다며 어머니에게 어찌나 징징대던지 매일같이 거실에서 실랑이가 벌어졌던 게 문득 떠올랐다.

"그새 불면증이 나았나."

아니지. 그새가 아니지. 10년이면 강산도 변하고도 남을 세월이다. 재영의 기억 속 은우는 열아홉이었고 지금은 스물아홉이었으니, 징징댈 시기는 한참 지난 후였다.

재영은 더는 관심을 두지 않으려는 듯 욕실로 들어섰다.

45

개운하게 씻고 나온 그는 수건으로 젖은 머리를 털며 거실로 나왔지만 여전히 은우는 단잠에 빠져 있었다. 욕실에서 소리가 나면 깨어날 줄 알았는데 영 일어나지 않는 그를 보며 재영은 고개를 갸웃거렸다.

발걸음을 옮겨 은우 앞에 다가선 재영은 그의 눈앞에 손을 이리저리 움직여 보았다. 여전히 깨지 않는다.

재영이 검지 끝으로 은우의 툭 어깨를 쳐 보았다. 살짝 몸을 뒤척일 뿐이었다. 작게 실소를 내뱉은 그는 몸을 반듯하게 세우고 아침으로 먹을 토스트를 준비했다.

음식 냄새와 부엌에서 달그락거리는 소리에도 은우는 여전히 미동이 없었다. 체질이 저렇게 바뀔 수도 있나 싶어서 재영은 요리하는 내내 거실을 슬쩍 바라보았다.

아침까지 다 먹고, 카페 오픈 준비를 하러 나갈 채비를 서둘렀다. 재영은 거실에 잠든 은우를 잠시 바라보다 이내 집 밖으로 나섰다.

5분도 걸리지 않는 거리에 카페에 도착해 제일 먼저 커피머신기를 켰다. 잔잔한 음악을 틀고 에스프레소 한 잔을 내리며 초를 체크하다 보면 어느새 문 앞에 해연이 나타나 있다.

"좋은 아침이에요, 사장님!"

언제나 같은 시간, 같은 목소리로 인사를 건네는 해연이었다. 정확히 말하면 완전히 같은 시간은 아니었다. 늦는 날이 많았지만 그럴 때면 허겁지겁 달려와 평소보다 높은 목소리로 인사를 건네곤 한다.

"제발 아침엔 조용히 좀 들어와."

"아니죠. 아침엔 그 어떤 때보다 활기차야 해요. 기합 팍팍 넣어서! 하루를 힘차게 보내려면 이래야 한다니까요?"

"어제 네가 좋아하는 작가 봐서 기분이 업된 건 아니고?"

재영의 콕 집어낸 말에 해연은 잠시 입을 닫고 허공으로 눈을 또르르 굴린다.

"음, 아니라고는 말 못 하겠네요."

재영에게 고정된 두 눈이 반달이 될 정도로 웃음이 번졌다.

7년이다. 해연의 옆에서 벌써 7년을 함께했다. 처음엔 신기해서 옆에 두었고, 지금은 그녀와 함께 있는 시간이 좋아 옆에 두고 있었다.

"아 참, 캐러멜 소스 얼마 안 남았는데 주문했어요?"

"아니, 이제 해야지."

"가게 문 열자마자 바로 하라니까. 이 사람들 9시 넘으면 다음 날로 배달 넘겨 버린다고요."

툴툴거리는 목소리로 인터넷을 켜는 해연을 보며 재영은 머쓱하게 웃어 보였다.

그녀는 주문서를 넣곤 카운터 구석에 놓인 빗자루를 들었다. 잔잔하게 흘러나오는 음악을 흥얼거리며 청소를 시작하는 해연이 창문 사이로 들어오는 햇살과 닮아 보였다.

"해연아."

재영이 부르자 해연은 청소하던 행동을 멈추고 뒤돌아 그를 바라보았다.

"커피 한잔할래?"

"네, 전 시원한 거로요!"

해연은 해사하게 웃으며 말했다. 그 모습이 보기 좋아 재영의 입가에도 어느새 그녀를 닮은 미소가 자리 잡혔다.

언제부터였을까. 이렇게 웃는 것이 자연스러워진 게. 해연을 만났던 어느 날부터인 것 같은데 기억은 잘 나지 않는다.

"자."

갓 뽑은 에스프레소로 시원한 아이스 아메리카노를 만들어 그녀에게 내밀었다. 그 위에 스트로 하나를 꽂아 주자 도톰한 입술로 끝을 앙 물었다.

그 모습이 귀여워 큭큭 웃음을 내뱉자 해연이 미간을 찡그리며 아니꼽게 재영을 바라보았다.

"가끔 사장님은 날 보면서 이유 없이 웃어. 기분 나쁘게."

"기분이 나빴어?"

"갑자기 날 보고 웃는데, 그럼 안 나쁘겠어요?"

"……그런가."

그냥 좋아서 웃는 건데. 기분이 나쁘다니 웃지 말아야지. 재영은 입술을 이를 꽉 물며 웃음을 멈추었다. 그러자 이번엔 해연이 품 하고 작게 웃음을 터트렸다. 그는 왜 웃는지 모르겠다는 시선으로 그녀를 내려다보았다.

"왜 그래?"

"아니, 그냥 웃겨서요. 기분 나쁘다니까 안 웃으려고 입술 꽉 무는 게 웃기잖아요."

해연은 어깨까지 들썩이며 웃음을 내뱉었다. 재영의 입에서도 허탈한 웃음이 터져 나왔다.

"이런 기분이구나."

갑자기 자신을 보고 웃는 기분. 앞으론 절대 안 웃어야지. 재영은 그렇게 다짐했지만, 곧 눈물까지 보이며 웃음이 터진 해연을 보며 또다시 웃고 말았다.

스피커를 통해 흘러나오는 음악은 콧소리를 절로 흥얼거리게 만들었다. 해연은 따사롭게 내리쬐는 햇살과 노랫소리에 심취해 있었다.

그녀는 지금 이 시간을 매우 좋아했다. 오전 11시가 안 된 지금은 항상 손님이 적고, 한산했다. 한 시간 정도 되는 짧은 시간이었기에 더욱더 꿀 같은 시간이었다. 행복은 짧을수록 더 달콤하다는 걸 해연은 지금 딱 이 시간을 통해 깨달았다.

물론 그 한산함은 오래 가지 않았다. 곧 점심시간이 되면 사람들이 몰려들 것이다.

몸까지 좌우로 흔들며 눈을 감고 여유를 즐기던 해연은 딸랑거리는 종소리에 감고 있던 눈을 떴다. 사람 몸이 들어가고도 남을 새파란 캐리어 하나가 카페 안으로 들어서고 있었다.

"어서 오세요."

'어디 해외라도 다녀오셨나, 엄청 크네.' 라고 생각하며 고개를 들었을 때, 해연은 당황스러운 나머지 '주문하시겠어요?' 라는 다음 말을 잇지 못했다. 뚜벅뚜벅 그녀의 앞으로 걸어오는 그의 모습에 꿈인지 생시인지 구분이 되지 않았다.

"어, 음……."

그는 해연의 뒤에 적힌 메뉴판을 올려다보며 검지로 툭툭
제 입술을 치고 있었다.

도은우다. 진짜 도은우였다.

대체 여기는 무슨 일이지? 이런 작은 카페에 눈에 띄게 큰
캐리어를 들고서.

해연이 넋이 나간 표정으로 은우를 쳐다보고 있자 메뉴판을
보던 그의 시선이 그녀에게로 옮겨졌다. 눈이 마주치자 요동
치는 그녀의 동공과는 달리 그는 눈을 접어 싱긋 웃었다.

"더치커피 하나 주세요."

"……네!"

메뉴를 고른 은우가 낮은 목소리로 말하자 해연은 우렁찬
목소리로 대답하며 고개를 세차게 끄덕였다.

그녀는 테이블 아래 냉장고에서 더치 원액을 꺼내기 위해
얼른 몸을 숙였다.

해연의 행동은 마치 로봇처럼 어색하지 짝이 없었다. 그 때
문인지 더치 원액을 꺼내다 커피머신기에 쾅 머리를 부딪히고
말았다.

"괜찮아요?"

"네…… 괜찮아요."

얼마나 세게 부딪힌 건지 머리가 핑 도는 기분이었다.

그녀가 고개를 좌우로 흔들며 뒤통수를 손으로 매만지던 찰

나였다. 은우가 살짝 미간을 좁히며 해연을 의미심장한 시선으로 바라보았다. 해연은 당황해 뒷걸음질 쳤고, 그 행동에 그가 어색하게 웃으며 손사래를 쳤다.

"죄송해요. 얼굴이 되게 익숙해서요."

"아……."

혹시 비상계단에서 만난 걸 기억하는 건가?

해연은 초롱초롱한 시선으로 은우를 물끄러미 바라보았다. 그러자 은우도 다시 한번 해연을 빤히 바라보다 갑작스럽게 '아!' 하고 탄성을 내질렀다.

"어디서 봤나 했더니, 그때 그분 맞죠? 강연회 비상계단에서……."

은우가 반가움에 환하게 웃던 찰나였다. 어느새 가게 문을 열고 들어온 재영이 잔뜩 인상을 찌푸리며 그의 옆에 다가섰다.

은우는 인기척을 느끼고 살짝 시선을 돌리더니 몸을 크게 움찔거렸다.

"뭐야, 너."

"형……?"

은우는 재영의 손에 들린 장바구니를 보고 고개를 갸웃거렸다.

재영이 들고 있던 장바구니를 카운터에 올려놓자 그 앞에 서 있던 해연이 안에 들어 있던 과일들을 하나씩 꺼내 품에 안아 들었다.

은우의 시선이 재영과 해연 사이를 왔다 갔다 했다. 그러다 문득 그의 머릿속에 재영과 함께 있던 여자의 흐릿한 얼굴이 선명해지기 시작했다.

2화
나에게 있어 너란 존재는

　해연은 온 신경을 청력에 집중했다. 가게가 그리 크진 않았지만 맨 끝 테이블의 대화 소리가 들릴 정도로 작은 크기 또한 아니었기 때문이었다.

　"대체 어떻게 된 거야."

　재영과 은우가 아는 사이라니. 그것도 도은우가 '형' 이라고 친근하게 부를 정도라면 가까운 사이임이 틀림없었다.

　"그런데 왜 나한테 한마디도 안 했지?"

　해연은 순간 배신감이 차올라 날카롭게 재영을 바라보았다. 그는 자신이 도은우의 팬이라는 걸 아주 잘 알고 있었다. 그런데 왜 아는 사이라고 단 한마디도 하지 않았던 걸까. 두 사람 사이의 대화를 듣는다면 궁금증이 풀리겠지만 목소리는 좀처럼 들리지 않았다.

"답답해."

그녀는 안 되겠다 싶어 트레이 위에 치즈케이크 하나와 작은 포크 두 개를 티슈에 쌓아 담았다.

해연은 애써 태연한 척 표정 관리를 하며 그들에게 다가갔다. 점점 가까워질수록 두 사람의 대화 소리가 선명하게 들려왔다.

"그래서 집을 나왔다고?"

"응. 나 이제 갈 데가 없어."

집을 나와?

해연이 그들의 이야기에 집중하던 때였다. 카운터 쪽을 보고 앉아 있던 재영이 다가오는 그녀를 발견했다.

그는 무언가를 말하려다가 그녀와 눈이 마주하자마자 입술을 꾹 다물었고, 해연은 조금 빠른 걸음으로 태연하게 그들에게 다가섰다.

"치즈케이크 드시면서 대화 나누세요."

"감사합니다."

은우는 다가선 해연에게 생글 웃으며 대답했다. 그녀는 슬쩍 눈치를 보며 그 자리에 서 있었고, 재영은 얼른 카운터에 가 보라는 눈짓을 하였다. 하지만 순순히 들을 해연이 아니었다.

"어디 여행 가시나 봐요."

"아뇨. 여행 아니고, 그냥 집 나온 거예요."

포크를 들고 치즈케이크를 먹던 은우가 거리낌 없이 말했다. 재영의 미간이 슬며시 좁혀졌지만 그는 케이크를 입안으로 밀어 넣으며 말을 이었다.

"그래서 형네 집에서 신세 좀 지려고 했는데……."

"안 돼."

"이 봐요. 이렇게 까칠하게 굴어요. 정말 갈 데 없는데."

재영의 태도가 익숙하다는 듯 어깨를 으쓱이는 은우의 행동에 해연은 입술에 힘을 주어 웃음을 참았다.

입가에 번지는 미소하며, 가벼운 행동 하며, 자신의 생각했던 것보다 장난기가 넘치는 사람 같았다. 방송에서도 늘 이런 모습인 사람이 어쩜 저렇게 정갈하고 반듯한 글을 쓸 수 있을까. 항상 의외였기에 방송용 성격이 아니냐는 말이 많이 돌았었다.

재영은 두 사람을 번갈아 보다가 자리에서 벌떡 일어났다. 그는 테이블 옆에 있던 은우의 캐리어를 손에 쥐고 해연을 지나쳐 가게 문 앞으로 걸음을 옮기며 말했다.

"돌아가. 택시 불러 줄 테니까."

"안 간다니까."

"네가 여기 있는다고 어머니가 못 찾을 것 같아?"

"찾겠지, 당연히. 그런데 내 발로 돌아갈 생각은 없어."

"미쳤지, 너."

"안 미쳤어. 그 어떤 때보다 제정신이야."

"도은우."

두 사람은 눈싸움이라도 하듯 서로를 바라보았다. 갑작스레

55

무거워진 분위기에 해연은 아무 말도 못 하고 눈동자만 또르르 굴렸다. 괜히 끼어들었구나 싶은 마음에 게걸음으로 두 사람 사이를 빠져나가려는데, 작은 종소리와 함께 카페 문이 열렸다.

"어서 오세요."

기회다 싶었던 해연이 도망치듯 손님들에게 다가섰다. 자리를 안내하고 메뉴판을 가져다드리는데, 이어서 또 다른 손님이 들어섰다. 은우와 대치 중이던 재영은 손님들을 힐끗 보며 눈썹을 지분거렸다.

"나중에 얘기하자."

재영은 은우의 대답을 듣지 않고 손님에게 다가갔다. 그는 언제 얼굴을 굳혔다는 듯이 미미한 미소를 머금었다. 은우는 재영을 흥미로운 눈길로 바라보다 혼잣말을 작게 중얼거렸다.

"손님들 대할 땐 저런 표정을 짓는구나."

은우는 재영이 자신한테만 쌀쌀맞게 구는 것 같아 내심 서운함이 들었다. 그럴 수밖에 없는 걸 잘 알고 있지만 밀려오는 감정은 어떻게 할 수 없는 노릇이었다. 평범한 형제들처럼 치고받고 싸웠으면 이렇게까지 멀어지지 않았을 것이다.

은우와 재영은 흔한 싸움조차 해 본 적이 없었다. 재영은 은우를 무시했고, 은우는 자신의 어머니 때문에 타의적으로 무시를 했다.

"핑계였지. 엄마는."

제 입에서 흘러나오는 말에 동의한다는 듯 은우는 헛웃음

지으며 고개를 작게 끄덕였다.

맞다. 핑계다. 친해지려고 마음만 먹었다면 벌써 가까워지고도 남았을 것이다. 그저 쌍방으로 서로를 멀리한 셈이었다. 처음 만났을 때부터 로봇처럼 감정 없어 보이는 재영이 불편했던 은우였다. 한편으론 궁금하기도 했지만 불편함이 더 컸기에 다가가지 않았었다.

이런저런 상념에 빠져 가만히 재영을 바라보고만 있자 따가운 시선을 느낀 그가 은우를 아니꼽게 노려보았다. 은우는 보지 않은 척 작게 휘파람을 불며 허공으로 동공을 던졌다. 3초 뒤, 흘끗 다시 재영을 바라보았을 땐 해연과 함께 음료를 만드는 데 집중하고 있었다.

두 사람은 오랫동안 함께 일했는지 손발이 척척 맞았다. 하루 이틀 맞춘 솜씨가 아니었다. 그 모습이 보기 좋아 은우는 턱에 손을 괸 채 물끄러미 구경했다.

해사한 웃음을 지으며 커피를 내놓은 해연의 뒤로 재영의 따스한 시선이 머물렀다. 은우는 낯선 그의 모습에 의미심장한 미소를 지었다. 필시 두 사람은 일적인 관계가 아니다. 적어도 한쪽은 이성적으로 느끼고 있는 것이 분명했다.

"으음."

어제 그를 봤을 때부터 느꼈었다. 재영은 저 여자를 좋아한다. 그것도 꽤나 깊게.

감정 없는 로봇인 줄 알았던 그가 누군가를 좋아한다는 거 자체가 신기해 은우는 입술을 뒤틀며 작게 웃었다.

하필 그때 재영의 시선이 은우에게로 향했다. 재영은 가게 문을 턱짓으로 가리켰다. 얼른 이곳에서 꺼져 버리라고 말하는 것 같았다.

하지만 은우는 그 말에 따를 생각이 없다는 듯 어깨를 으쓱이다 포크로 케이크를 잘라 얄밉게 입안에 밀어 넣었다. 재영이 미간을 슬그머니 좁히며 그에게 다가가려 했지만 또다시 들어서는 손님 때문에 다가갈 수 없었다.

하늘이 은우를 돕는 듯했다. 몇 시간 째 손님이 끊임없이 들어오고 나가는 바람에 재영은 카운터를 비울 수가 없었다. 해연이 가져다준 치즈케이크도 벌써 다 먹은 지 오래였고, 더 치커피도 한 번 리필해 먹기까지 했다.

배도 어느 정도 찼겠다, 가게 안도 햇살 덕에 따스하겠다, 은우는 유리창에 기대어 자신도 모르게 꽤 깊은 잠에 빠져들었다.

날이 저물어 하늘을 어두컴컴하게 만들었다. 손님들이 다 빠져나가고, 마감 청소를 하던 해연은 곤히 잠든 은우를 힐끗거리다 그의 얼굴 위로 손을 휘적거렸다.

"안 일어나네."

또다시 휘적거려 봤지만 그는 꼼짝하지 않았다. 빗자루를 옆구리에 끼고, 그를 깨우려고 손을 뻗는데 재영이 어느샌가 다가와 그 손을 맞잡았다.

"깨우지 마."

"곧 문 닫잖아요."

"청소 다 끝내고 깨우는 게 나아. 깨면 시끄러워."

재영은 덤덤하게 말하곤 해연의 손을 놓아주었다.

해연은 고개를 작게 갸웃거리다가 카운터로 걸음을 옮기는 그의 뒤를 따랐다.

"왜 말 안 했어요?"

"뭘?"

"도은우 작가님이요. 제가 엄청나게 팬인 거 뻔히 아시면서, 왜 한마디도 안 했냐고요."

해연은 장난 반, 진담 반으로 속상한 기색을 드러내며 말했다. 재영이 자신의 이야기를 떠들어 대는 걸 좋아하지 않았다는 사실은 잘 알고 있었다. 하지만 '아는 사람인데 사인 정돈 부탁할 수 있어'라고 말해 줄 순 있지 않은가.

서운한 건 진심이었지만 두 사람 사이에 문제가 있어 말을 안 한 것이라는 생각도 들었다. 그래서 일부러 장난스럽게 이야기를 꺼낸 건데, 그의 얼굴이 딱딱하게 굳어졌다.

"아……."

그는 작게 탄성을 내뱉었다. 화가 났다기보다는 어떻게 대답해야 할지 몰라 난감한 표정이었다.

어차피 끊을 인연이라 여겼기에 만날 일이 없을 것이라 생각했다. 그녀에게 도은우를 좋아한다는 얘기를 들었을 때부터 지금까지 그 생각은 변함이 없었고, 한 치의 걱정도 없었다. 그런데 강연회를 같이 가자고 한 날부터 견고했던 그 생각은 결국 틈을 만들어 지금의 상황을 만들어 버렸다.

"그러니까……."

일부러 말하지 않은 것은 사실이다. 사실대로 말한다면 지금 눈앞에 있는 해연이 실망할까? 아니, 자신을 농락했다고 생각하면 어떡하지. 별안간 걱정이 밀려와 그는 말을 쉽게 잇지 못했다.

"형이랑 저 이복형제예요."

정적이 일렁이던 가게 안에 잠에 취한 목소리가 뜬금없이 들렸다. 해연과 재영이 서로를 마주 보다가 고개를 돌려 은우를 바라보았다. 몸을 일으킨 그가 하품을 길게 늘어트리며 기지개를 켰다.

"집안 사정이 조금 복잡해서 말 못 한 걸 거예요. 워낙에 자기 얘기하는 거 싫어하는 사람이기도 하고. 맞지, 형?"

은우는 자리에서 일어나 배시시 웃음을 지으며 말했다. 재영이 얼떨결에 고개를 끄덕이자 해연은 그제야 납득이 간다는 듯 더는 묻지 않았다. 집안 사정이라면 누구든 말하기 꺼려한다는 것을 누구보다 잘 알고 있는 그녀였다.

"그나저나 밥 안 먹어? 나 배고픈데."

은우의 말이 떨어지기가 무섭게 그의 배에서 밥때를 알리는 소리가 울렸다. 우렁차고 대담한 소리에 해연이 은우를 보며 작게 품 웃었다. 그러자 그는 입을 삐죽 내밀며 대답했다.

"이런 걸로 비웃으면 나 좀 속상한데."

"죄송해요. 저는 그냥……."

"나 비웃음당해서 기분 상했으니까 같이 밥 좀 먹어 주세요."

"네?"

뜬금없는 제안에 해연의 동공이 화등잔만 해졌다. 재영도 그게 무슨 소리냐는 듯 경계심이 가득한 눈으로 그를 바라보는데 은우가 해맑게 웃으며 말을 이었다.

"형이랑 저랑 셋이서요. 저희 둘만 가면 말 한마디 못 하고 침묵 속에서 밥을 먹어야 하거든요. 아, 아예 안 먹을 수도 있겠다. 밥도 같이 안 먹어 줄 사람이니까. 그냥 쌩하니 혼자 집에 가 버릴지도 몰라요, 나 두고."

'설마요'라고 해연이 농담으로 받아치려 했지만 재영은 속내를 들킨 사람처럼 뜨끔한 표정으로 은우를 바라보고 있었다.

의외였다. 재영은 그 누구에게도 싫은 내색을 잘 보이는 사람이 아니었다. 말로는 싫다고 해도 해연의 말이라면 뭐든 들어주는 사람이었고, 동네 아주머니의 무리한 부탁에도 무시하지 못하는 다정다감한 사람으로 평이 자자했다. 천하의 도재영도 가족한테는 까칠함을 보이는구나 싶었다.

"어때요, 내 제안? 오늘 내가 쏠게요. 뭐 좋아해요?"

해연이 말없이 두 사람을 번갈아 바라보고만 있자 쐐기를 박으려는 듯 은우가 다시 한번 그녀에게 물었다.

어쩌지? 재영을 다시 한번 바라보자 그는 미세하게 싫은 내색을 보이고 있었다.

하지만 해연은 동경하는 작가와 함께 식사할 기회를 순순히 날릴 사람이 아니었다. 일생일대의 기회였고, 재영에 미움을 산다고 한들 한 번쯤이야 뭐 어때리 싶어 그녀는 고개를 끄덕였다.

"좋아요."

해연의 대답에 두 사람의 표정이 확연히 달라졌다. 은우는 두 주먹을 불끈 쥐며 '앗싸!' 하고 가게가 떠나갈 듯 외쳤고, 재영은 온 세상 시련을 다 떠안은 사람처럼 시선을 낮게 가라앉혔다.

대체 두 사람에게 무슨 일이 있었던 걸까?

너무나 상반된 반응에 해연은 몹시 궁금해졌다.

그녀는 입고 있던 앞치마를 벗으며 의심이 가득한 눈초리로 두 사람을 흘끗거렸다. 재영은 문 앞에 서서 먼 산을 바라보고 있었고, 은우는 그런 재영에게 해맑은 미소를 보내며 제 캐리어 손잡이를 만지작거렸다.

해연은 앞치마를 옷걸이에 걸어 두고 조심스레 카운터를 빠져나왔다. 그녀의 움직임에 재영이 가게 현관문을 열자 은우는 기다렸다는 듯 콧노래를 부르며 재빨리 캐리어를 끌고 빠져나갔다. 재영이 아니꼽게 은우를 쳐다보았지만 전혀 개의치 않은 듯했다.

"가자."

재영은 은우에게 향한 시선을 거두고 그녀에게 애써 웃음 지으며 말했다. 해연은 고개를 끄덕이며 가게를 먼저 나섰다.

먼저 나와 있던 은우는 어둠이 짙게 깔린 동네를 두리번거리고 있었다. 그 모습이 마치 화보의 한 장면 같아서 해연은 자신도 모르게 넋 놓고 바라보았다. 그러자 은우가 두리번거리던 시선을 해연에게 멈추고 씨익 웃음을 지으며 말을 걸었다.

"그러고 보니 이름을 모르네요?"

"저는 경해연이라고 해요."

"만나서 반가워요, 경해연 씨."

은우가 한 발짝 다가와 해연에게 악수를 청했다. 그녀가 조심스레 손을 맞잡자 은우는 가까이 다가서며 그녀의 귓가에 중얼거렸다.

"앞으로 내가 귀찮게 굴어도 이해해 줘요."

"네?"

해연이 이해하지 못하겠다는 듯 은우를 올려보았다. 너무 가깝다. 바로 눈앞에 있는 그의 얼굴에 조금 당황한 듯 입술을 달싹이던 찰나 훅 하고 은우의 모습이 멀어졌다.

"뭐 하는 거야?"

악수를 하고 있던 손을 떼어 내며 두 사람 사이로 재영이 파고들었다.

"통성명이랑 악수 좀 했어. 앞으로 자주 볼 사이잖아."

"누구 마음대로 자주 봐?"

"내가 형네 집에서 있으면 당연히 자주 보는 거 아냐?"

"재워 준다고 한 적 없어. 밥만 먹고 본가로 돌아가."

"형, 자꾸 그러면 나 해연 씨 집에서 재워 달라고 할 거야."

"야, 도은우."

"아까 해연 씨 내 팬이라고 했던 거 같은데, 팬서비스 진하게 해 줄 테니까 나 좀 재워 줄 수 있어요?"

은우가 해연에게 한 발짝 다가서며 장난스럽게 물었다. 해연은 두 눈을 동그랗게 뜨고 반쯤 벌어진 입만 붕어처럼 뻐끔거렸다. 그러자 재영이 경고의 눈길을 던지며 해연의 앞을 막아섰다.

"너 이럴 거면 지금 당장 가."

시선에 가득 담긴 경계심과 날이 선 말투에 은우는 아차 싶었다. 평소처럼 의미 없이 던진 거였는데 재영에게는 조금 자극적인 말처럼 들린 듯했다.

"장난이야, 장난. 남녀가 유별한데 어떻게 해연 씨네 집에서 자?"

"……."

"정말 장난이라니까, 형."

진심을 전해 보려 했지만 재영의 표정은 풀릴 기미가 보이지 않았다. 그렇지 않아도 벌어진 사이를 어떻게 좁히나 걱정인데, 처음부터 이렇게 삐그덕거리다니. 몇 초전으로 돌아가 제 입을 꿰매 버리고 싶은 마음이었다.

일단 작전상 후퇴하고 다음에 다시 와야 하나 하는 생각이 들 때였다. 우렁찬 배꼽시계 소리가 무거운 정적 사이로 흘러들어 왔다. 재영은 '설마 또 너냐?' 하는 눈빛으로 은우를 노려보았다.

"이번엔 내 소리 아닌데."

그가 억울하다는 듯 격하게 고개를 좌우로 흔들며 말했다. 꼬르륵 소리 났다고 이렇게까지 타박받을 일인가 싶어 한마디 반박하려던 순간이었다.

"죄송합니다. 제 소리예요……."

해연이 왼손을 수줍게 들며 빼꼼 고개를 내밀었다. 재영의 잔뜩 좁혀졌던 미간이 해연의 목소리에 점차 펴져 갔다.

"배고파?"

"당연하죠. 지금 10시 넘었거든요?"

밥 먹으러 가자면서 왜 싸우고 있는지 도통 모르겠다는 표정으로 두 사람을 번갈아 보는 해연이었다. 더는 은우와 으르렁댈 수 없다고 판단한 재영은 '그래, 먹으러 가자'라고 말하며 그녀의 어깨를 톡톡 두드렸다.

두 사람이 몇 걸음 옮기자, 은우는 얼른 묻어가자는 마음으로 캐리어를 끌고 그들의 뒤를 쪼르르 따랐다. 캐리어 끄는 소리에 재영이 잠시 걸음을 멈춰 고개를 돌렸다.

"바, 밥은 내가 사기로 했잖아!"

"……."

"그죠? 해연 씨, 밥은 내가 사도 되죠?"

은우는 제발 도와 달라는 시선으로 해연을 바라보았다. 그녀는 재영을 흘끗 쳐다보다가 고개를 작게 끄덕였다.

"같이 먹죠? 도 작가님도 배고프실 텐데."

제안하듯 해연이 조심스레 묻자 재영은 긴 한숨을 내쉬며 멈춘 걸음을 천천히 옮기기 시작했다.

❀　　　　❀　　　　❀

자신이 동경하는 사람과 함께 밥을 먹을 수 있는 기회가 흔한 일일 수 있을까. 만약 생에 한 번뿐이라면 해연은 지금 이 순간을 절대 잊을 수 없을 것이다.

중학교 3학년 때였다. 그녀의 오빠인 수현이 그맘때쯤 사귀던 여자 친구에게서 책 선물을 받아 왔었다. 워낙에 책에 담쌓고 운동만 하던 사람이었기에 책 선물을 달가워하지 않았고, 그것은 자연스레 해연의 손에 들어오게 되었다. 그 책이 바로 은우가 열일곱 살에 작가로 데뷔해 처음 출간했던 책이었다.

해연과 한 살밖에 차이 나지 않는 그는 누구보다 멋진 필력을 가지고 있었다. 그의 글에는 주저함이 없었다. 읽는 내내 흥미를 놓치지 않게 만드는 매력도 있었다. 해연은 그날 앉은 자리에서 두 시간도 채 되지 않아 책 한 권을 다 읽어 버렸다. 며칠 동안 책 내용이 뇌리에 남아 빠져나오기가 어려웠다. 이런 적은 난생처음이었다.

그 뒤로 해연은 도은우의 책이 나오는 날이면 제일 먼저 서점으로 달려갔다. 은우의 글은 늘 해연을 실망시킨 적이 없었다. 언제나 놀라운 글을 보여 줬고, 매번 나오는 신간은 기대 이상이었다.

그를 보며 작가가 되고 싶다 생각했다. 도은우 만큼은 아니더라도, 그의 발끝만이라도 따라갈 수 있는 멋진 작가가 말이다.

"많이 드세요, 해연 씨."

그런 그가 지금 자신의 맞은편에 앉아 앞 접시에 잘 익은 고기를 놓아 주고 있다. 이게 말이 되는 일인가. 말이 안 된다. 말이 안 되는데, 꿈이라고 생각하기엔 너무나 생생하고.

"맛있다……."

"맛있죠? 제가 원래 고기를 좀 잘 구워요."

고기는 너무나도 맛있었다. 10년간 거의 짝사랑하듯 좋아하던 사람이 앞에 있는데도 해연의 입은 쉴 틈 없이 먹어 댔다. 3인분을 비우고 나서야 해연은 자신이 무지막지한 속도로 먹고 있다는 것을 깨달았다.

"다들 좀 드세요."

해연이 어색하게 웃으며 불판을 바라보았지만 고기는 모두 사라진 뒤였다.

"여기, 3인분 추가요."

재영이 손을 들어 말하자 기다렸다는 듯 생고기가 등장했다. 이런 일이 익숙하다는 듯 재영은 다시 고기를 굽기 시작했다. 그에 비해 은우는 신기하다는 듯 그녀에게서 시선을 떼지 못하고 있었다.

"와, 해연 씨 진짜 잘 드신다."

"하하, 칭찬……이죠?"

"당연하죠. 보기 좋잖아요. 잘 먹는 사람."

은우는 다정한 표정을 지으며 턱에 손을 괸 채 해연을 바라보았다. 그녀는 조금 발그스름해진 얼굴로 수줍게 웃었다.

"배고프다며. 왜 안 먹어?"

재영은 어느 정도 익은 고기를 은우의 앞 접시에 던지듯 내려놓았다. 은우는 제 접시에 오른 고기를 한 번 쳐다보고서 감동받은 얼굴로 재영에게 물었다.

"세상에, 형 지금 나한테 고기를 준 거야?"

재영은 은우의 큰 반응에 미간만 찌푸릴 뿐 대꾸하지 않았다. 고기를 서너 점 집어 해연에게도 줄 뿐이었다.

"와, 나 진짜 감동. 해연 씨, 나 이 고기랑 사진 좀 찍어 줘요. 이거 인증샷 남겨야 해."

"오버하지 마."

"사실 나 죽을 때까지 형이랑 한 밥상에서 밥 못 먹을 줄 알았거든요. 그런데 고기까지 올려 줬어요. 이건 기적이야, 기적."

은우는 제 휴대폰을 꺼내어 해연에게 넘겼고, 앞 접시를 들어 해맑게 웃어 보였다. 그녀는 얼떨결에 휴대폰을 쥐고 사진을 찍어 주었다.

찰칵, 기분 좋은 셔터 소리가 울렸다. 사진을 확인한 그는 만족스런 미소를 지으며 얼른 고기를 제 입에 넣었다.

"맛있다. 하나만 더 주면 안 될까?"

"네가 집어 먹어."

"아, 형. 하나만."

스물여덟이나 된 남자가 애교스럽게 검지를 올려 말했다. 그것도 자신의 형에게.

해연은 그 모습이 귀여워 작게 웃음을 터트렸지만 재영은 마치 못 볼 꼴을 본 사람처럼 표정을 굳혔다. 어깨까지 작게 털어 주며 '응?' 하고 묻자 재영은 테이블에 있던 은우의 휴대폰을 잽싸게 빼앗아 들며 말했다.

"어머니께 당장 너 데리고 가라고 전화할게."

"아! 안 돼. 형! 미안. 내가 잘못했어! 잘못했다고!"

은우는 자리에서 일어나 두 손을 모아 싹싹 빌었다. 재영은 통화 버튼을 누르려다 말고, 휴대폰을 테이블에 내려놓았다.

"한 번만 더 이상한 짓 해 봐."

"알겠다고."

"조용히 먹기만 해."

경고하는 어투에 은우는 말없이 고개를 끄덕이며 젓가락을 들었다. 은우가 입술을 꾹 다물자 테이블에 침묵이 찾아왔다. 재영은 그제야 조금 풀린 표정으로 고기 하나를 입안으로 밀어 넣었다.

"되게 친해 보여요. 둘이."

겨우 편하게 저녁을 먹나 싶었는데 해연이 뜬금없이 내뱉은 말에 재영의 얼굴이 딱딱하게 굳어졌다.

친하다니, 어딜 봐서? 그 말에 절대 동의하지 않는다는 듯 그녀를 쳐다보았지만 은우는 기분이 좋은 듯 해실거렸다.

"진짜 그래 보여요?"

"네. 장난치는 거 보니까 딱 친한 형제 같은데요?"

"와, 형. 우리 진짜 형제처럼 보인대. 대박."

은우는 손뼉을 치며 기분 좋게 하하 웃어 댔다. 반면 재영은 불편한 기색을 드러내며 고기를 말없이 집어 먹었다. 당장 이 자리를 파하려면 빨리 고기를 먹어 치우는 방법밖에 없다는 것을 겨우 깨달은 듯했다.

❀　　　❀　　　❀

"오늘 잘 먹었습니다."

해연이 꾸벅 인사를 건네자 은우는 사람 좋은 미소를 지었다.

"다음에 더 좋은 거 사 줄게요. 또 셋이서 같이 밥 먹어요."

재영은 얼굴에 싫은 티를 팍팍 냈지만 해연은 또 은우와 밥을 먹을 수 있다는 말에 눈이 초롱초롱 빛났다. 그래서 차마 '안 돼'라고 단호히 말하지 못한 채 속으로만 끙끙거리고 있었다.

"어서 들어가. 문단속 잘하고."

"네. 두 분 다 안녕히 가세요."

"해연 씨, 잘 가요."

은우가 손을 이리저리 흔들며 해연에게 인사를 건네었다. 그녀는 다시 한번 꾸벅 인사를 하더니 빌라 안으로 모습을 감추었다. 탁탁탁탁, 계단 올라가는 소리에 두 사람의 시선도 같이 따라 올라갔다.

현관문 열리고 닫히는 소리가 끝나고 나서야 두 사람의 시선이 빌라에서 떨어졌다.

"되게 발랄하다. 귀엽고."

은우는 제 말을 무시하는 재영의 뒤를 따르며 계속 말을 이어 갔다.

"같이 있으면 심심하지 않겠어. 되게 친해 보이던데?"

"……."

"카페는 언제부터 하고 있었던 거야? 어제 집에서 준 더치커피도 형이 내린 거야? 바리스타 자격증, 뭐 그런 것도 땄어?"

"야, 도은우."

걸음을 멈춘 재영이 낮은 목소리로 은우의 이름을 불렀다. 그의 표정에선 해연이 있을 때와는 다르게 냉기가 흘렀다.

"뭐 하자는 거야, 너."

재영의 차가운 말투에 은우는 온몸에 잔뜩 긴장감이 어렸다. 하지만 그런 제 마음을 들키지 않으려 애써 웃음 짓는 그였다.

"뭐긴 뭐야. 집 나와서 갈 곳 없는 불쌍한 동생이 형한테 며칠만 재워 달라고 아부하는 거지."

"우리 사이 10년 전에 정리된 거 아니었나."

"가족을 어떻게 정리하고 살아."

"……가족?"

계속 가족이란 단어를 강조하는 은우의 말에 재영이 헛웃음을 흘렸다. 정말이지 웃음밖에 나오지 않는다. 단 한 번도 가족처럼 지낸 적이 없는데 어떻게 그 말이 그렇게 쉽게 나올 수 있을까.

"나는 네가 이러는 이유를 모르겠어."

서로를 알게 된 건 재영이 열세 살 때, 은우가 열두 살 때였다. 아버지는 은우의 어머니와 결혼하기 전에 재영의 어머니와 연인이었지만, 가난한 재영의 어머니와는 결혼을 할 수가 없었다. 조건에 맞는 사람과 결혼한 것이 은우의 어머니였고, 재영의 어머니가 죽고 난 후에야 아버지는 자신에게 아들이 있었다는 걸 알게 되었다.

"벗어나고 싶어졌어."

"……."

"한 번만 나 좀 도와주라."

그렇게 만난 우리는 늘 가까워지지 않았다. 아니, 그러지 못했다는 표현이 맞을지도 모른다.

"싫어. 당장 본가로 가."

재영은 단호히 말하곤 유유히 걸음을 옮겼다.

은우는 더는 그를 뒤따라가지 않았다. 아니, 못 했다는 말이 맞겠다.

그는 한숨을 푹 내쉬며 꺼 두었던 휴대폰의 전원을 켰다. 켜자마자 부재중 통화로 여러 통 찍힌 어머니의 번호가 눈에 띄었지만 가볍게 넘기고 '이미나'라고 적혀 있는 번호의 통화 버튼을 꾹 눌렀다. 두어 번 이어지던 신호음이 곧 끊겼고, 익숙하고도 앙칼진 여자의 목소리가 들렸다.

❀   ❀   ❀

한가로운 카페 오전 시간. 재영은 늘 그랬듯 카운터 옆 구석에 앉아 책을 읽고 있었다. 한 번 책에 빠지면 옆에서 누가 건드려도 인지하지 못하는 그였지만 오늘따라 집중력이 그리 오래가지 않았다.

그 이유는 해연에게 있었다. 오늘 출근하자마자 자꾸만 재영을 흘끗거리며 무언가 할 말이 있다는 시선을 던졌기 때문이다.

재영이 고개를 돌려 그녀를 쳐다보면 아닌 척 고개를 휙 돌린다. 그 행동이 대여섯 번 반복됐을 때 그는 결국 책을 손에서 내려놓으며 해연에게 물었다.

"왜 그래?"

"네?"

"무슨 할 말이라도 있어?"

올곧은 재영의 눈동자에 해연은 또다시 시선을 회피하며 말을 머뭇거렸다. 저렇게 망설일 애가 아닌데 무슨 큰일이라도 있나 싶어 걱정이 조금 앞서던 찰나였다.

"오늘은…… 안 오세요, 도은우 작가님?"

아, 도은우.

그의 걱정스런 표정이 순식간에 싹 사라졌다. 도은우라는 이름에 재영의 표정이 조금 굳어진 것을 느낀 해연이 시선을 내리깔며 중얼거리듯 말을 이었다.

"아니, 사인받고 싶어서…… 혹시 오늘도 오실까 하고 책을 가져왔거든요."

평소와 달리 백팩을 메고 온 것이 의아했던 재영이었다. 그는 구석에 있는 해연의 가방을 흘끗 보며 작게 한숨을 내쉬었다.

"받고 싶어?"

재영이 묻자 해연은 대답 대신 고개를 끄덕였다.

그녀는 재영이 은우를 불편해한다는 것을 어제 저녁을 함께 한 뒤로 뼈저리게 느낀 뒤였다. 해연이야 오랜 팬으로서 은우와 더 가까워지고 싶은 건 당연지사지만, 재영이 싫은 내색을 대놓고 보인 적이 처음인지라 강경하게 말할 수 없었다.

재영은 말없이 제 눈썹만 손끝으로 지분거렸다. 그 침묵은 꽤나 길었다. 빈말로라도 '그래'라며 대답하기도 싫었고, 무엇보다 다시는 도은우와 엮이고 싶지 않았다.

아버지가 돌아가신 뒤로 완전히 남남이 되어 버린 사이였다. 거기다 도은우만 보면 잊고 있던 아버지의 대한 생각이 물밀 듯이 밀려와 머리를 어지럽게 만들었다.

그는 긴 침묵 끝에 깊은 한숨을 푹 내쉬었다. 해연이 은우의 글을 매우 좋아한다는 건 진작부터 알고 있었던 사실이었고, 지금까지 숨긴 것도 미안했기에 맘 편하게 거절할 수 없었다.

"……다음에."

'사인 정도는 괜찮겠지'라고 생각하며 두 눈을 질끈 감고 대답을 내뱉던 때였다. 갑작스레 탁, 손뼉을 치는 소리가 가게 안을 울렸다. 놀란 재영이 몸을 움찔거리며 두 눈을 떠 해연을 바라보았다. 그녀는 허둥지둥하며 무언가를 찾기 시작했다.

"사장님! 오늘이 며칠이죠?"

"어? 오늘이 그러니까……."

재영은 주변을 재빨리 두리번거리다 카운터 앞에 오른 달력으로 시선을 돌렸다.

"12월 15일이네."

"오늘이 마지막 날인 거 같은데."

"뭐가?"

"이 영화요. 엄청 보고 싶었는데 소설 마감하느라 못 봤거든요."

재빠르게 휴대폰으로 영화 검색을 한 그녀가 포스터 사진을 보여 주며 말했다.

재영은 화면에 뜬 영화를 보며 살짝 미간을 좁혔다. 검은색 배경에 긴 머리를 휘날리는 여자 귀신이 무섭게 자신을 노려보고 있었다. 누가 봐도 '이것은 공포 영화군요'라고 말해 주는 포스터였다.

재영은 영화를 좋아하는 편이었다. 딱히 장르를 가려서 보는 편이 아니었지만 공포는 선호하지 않아서 살짝 고민스런 눈길로 해연을 바라보았다.

"사장님……."

애처롭게, 조금은 애교가 섞인 목소리로 재영을 부르는 해연이다. 딱히 애교를 부리는 성격은 아니었지만 그녀는 가끔 부탁할 때면 없는 애교를 보이곤 했다.

"심야고, 공포 영화 혼자 보기는 조금 무서운데."

"낮에 보지 그랬어."

"까먹고 있다가 막 생각났어요. 이거 봐요, 사장님. 우리 동네 영화관에서 오늘 심야가 마지막이에요. 오늘 가게 마감하고 가면 딱이겠다, 그죠?"

또 어느새 상영 시간까지 검색한 그녀가 휴대폰을 재영의 얼굴 앞에 내밀며 말했다. 그는 어이없다는 듯 작은 실소를 내뱉으며 웃었다.

"널 누가 말려."

긍정의 대답이었다. 해연이 초롱초롱한 눈동자로 확인 차 다시 한번 '같이 가는 거죠?'라고 묻자 재영이 고개를 끄덕이며 담담하게 '그래'라고 대답했다. 해연의 입가에 해맑은 미소가 지어졌다.

"그럼 빨리 예매해야지. 자리는 맨 뒷자리로 할게요. 인원수는 두 명……."

"아니, 세 명이요."

해연의 귓가에 다른 목소리가 끼어들었다. 고개를 돌리자 코앞에 얼굴을 들이밀고 휴대폰을 바라보는 은우가 보였다. 놀란 해연이 작게 소리치며 뒷걸음질 쳤다. 은우는 그녀가 넘어지지 않게 손으로 허리를 받아 주며 싱긋 웃었다.

"아이쿠, 괜찮아요?"

"아……."

"셋이 같이 봐요. 나도 영화 엄청 좋아하는데."

은우는 넋이 나간 해연을 대신해 화면에 뜬 인원수를 세 명으로 고쳤다.

해연은 뒤늦게 정신을 차리고 살짝 기운 제 몸을 단단히 세웠다. 그러자 은우도 그녀의 허리에서 손을 떼었다.

"너 어쩐 일이야?"

"어쩐 일이긴. 우리 형이랑 해연 씨, 점심 챙겨 주러 왔지요."

은우는 재영의 물음에 손에 든 봉투를 흔들곤 카운터 앞 테이블에 음식을 내려놓았다.

"너 안 바빠?"

"나 오늘 할 일 없는데."

바보처럼 헤벌쭉 웃는 은우의 모습에 재영은 금방이라도 욕설을 퍼부을 것 같은 표정을 지었다. 그는 얼른 해연의 등 뒤로 몸을 숨겼다.

"어떻게 들어왔어요? 문 열리는 소리 못 들었는데."

"뒷문으로 들어왔어요. 그냥 열려 있던데요?"

그가 부엌 뒤쪽 문을 가리키며 말했다. 뒷문은 가끔 재영이 담배를 피울 때 드나드는 공간이었다. 환기하느라 문을 열어 놓은 틈에 은우가 들어온 모양이었다.

"예매 안 해요?"

"네? 아, 맞다. 영화."

"나도 같이 가도 되죠?"

은우의 물음에 해연은 재영을 보며 난감한 시선을 보냈다. 딱 봐도 재영은 함께 가기 싫다는 표정을 짓고 있었기에 선뜻 '그래요'라고 대답하지 못했다.

"형, 같이 가도 되지?"

어떻게 하면 좋을까 생각하고 있던 때 불쑥 은우가 물었다. 재영은 무언가 생각하듯 잠시 그녀를 응시하더니 담담하게 말했다.

"마음대로 해."

생각보다 빠르게 재영의 입에서 답이 나와 버렸다. 아까 사인을 받고 싶다는 말에 한참을 망설이던 모습 하곤 정반대였다. 해연은 갸웃거리며 재영을 쳐다보았지만 마침 손님이 들어서였을까. 그는 그녀에게서 시선을 피하며 자리에서 일어났다.

갑자기 들어온 손님을 시작으로 점심 피크 타임이 이어졌고, 은우가 사 온 음식은 차게 식어 갔다. 혼자 자리에 앉아 있던 그는 지루함에 여러 번 하품을 늘어트렸다.

두 시간 정도가 흘렀을까. 손님이 두어 명 정도 남았을 때

은우는 자리에서 일어나 카운터 너머 해연의 어깨를 손으로 툭툭 쳤다.

"이제 피크 타임 끝났어요?"

"네. 끝난 거 같아요."

"그럼 이제 점심 먹을 수 있는 거죠? 아침도 굶었더니 너무 배고프다."

은우는 아직 그대로 테이블 위에 있는 봉투를 가리키며 물었다.

"먼저 드시지 그랬어요."

"어떻게 나 혼자 먹어요. 다 같이 먹으려고 산 건데. 빨리 앉아요. 또 손님 들어올라."

은우는 해연의 팔을 잡아 카운터 밖으로 끌어냈다. 그녀는 얼떨결에 그가 앉아 있던 맞은편에 앉았다.

"형도 와서 얼른 먹어."

"됐어."

"배 안 고파?"

"안 고파."

뒤돌아보지도 않고 묵묵히 설거지만 하는 재영의 모습에 은우는 입을 삐죽거렸다.

해연은 난감한 표정으로 재영을 물끄러미 바라보았다. 분명 오늘 아침도 먹지 않고 나왔다던 재영이었다. 배가 고프지 않을 리가 없었다. 지금 먹지 않으면 저녁때는 바빠서 또 먹지 못 할 것이 분명했다.

고민 끝에 해연은 걸음을 옮겨 재영에게 다가갔다. 재영은
갑작스레 다가온 그녀를 물끄러미 바라보았다.

"어서 가서 먹어."

"사장님도 같이 먹어요."

"난 진짜 괜찮……."

"오늘 아침에 밥 안 먹었다고 했잖아요. 가게 와서도 아메
리카노밖에 안 마셨으면서."

해연이 어서 앉아 같이 먹자는 듯 작게 고갯짓을 했다. 하
지만 재영은 애꿏은 아랫입술만 잘끈 씹을 뿐 움직일 생각이
없어 보였다.

"사장님, 음식은 죄가 없거든요."

해연은 단호히 말하며 싱크대 수도꼭지를 잠그고 그의 팔을
잡아끌었다. 버팅기면 어쩌나 싶었는데 의외로 그는 쉽게 끌
려왔다. 해연이 얼른 그를 은우의 맞은편에 앉혔고, 도망가지
못하게 바로 옆자리에 앉았다.

"자, 먹읍시다!"

그녀의 말에 은우는 피식 웃으며 '그래요, 먹읍시다!' 하고
따라 대답했다. 검은 봉투에 싸여 있던 떡볶이와 순대, 튀김을
꺼내었다.

"이런, 다 식었네. 떡볶이는 따뜻해야 제맛인데."

"전자레인지 있는데 조금 데울까요?"

"전자레인지가 있어요? 다행이다."

"제가 데워 올게요."

해연이 식은 음식들을 들고 주방으로 들어서자 테이블에는 무거운 침묵이 감돌았다. 은우는 어색하게 뺨을 긁적이며 재영을 바라보았다. 그는 차디찬 시선으로 은우를 노려보고 있었다.

"너 또 왜 왔어?"

냉담한 반응에도 은우는 그저 웃을 뿐이다. 웃는 사람에게 침을 못 뱉는다는 속담을 철석같이 믿으면서 말이다.

"같이 점심 먹으러. 아까 말했잖아."

헤헤, 바보같이 웃으며 들고 있던 나무젓가락을 입에 물자 재영의 얼굴이 더 일그러졌다. 은우는 웃고 있던 얼굴을 지우고 조심스레 젓가락을 테이블에 내렸다.

"난 너 안 도와준다고 했지."

안다는 듯 은우는 고개를 말없이 끄덕였다. 마주한 재영의 두 눈은 매우 담담하고 고요했다.

은우는 문득 처음 재영이 집에 왔던 그날을 떠올렸다. 삐쩍 마르고 작은 체구의 어린 재영의 눈동자는 열세 살의 눈빛이 아니었다. 텅 빈 것 같은 그의 시선에는 아무것도 담겨 있지 않았다. 불러도 절대 대답 없을 것 같은 재영의 시선은 사람을 무력하게 만드는 무언가가 있었다.

은우는 고개를 숙인 채 작게 한숨을 내쉬었다. 도통 좁혀지지 않은 거리. 둘 사이에 있는 높은 벽은 여전히 견고했다.

"자, 떡볶이 가져왔습니다. 냉장고에 치즈 있어서 그것도 조금 올려 봤어요."

해연은 사기그릇에 예쁘게 담아 온 떡볶이를 내려놓았다. 그릇이 뜨거웠는지 '앗, 뜨거!' 라는 말을 내뱉으며 손을 귀에 가져다 댔다. 재영이 놀라 자리에서 일어서며 그녀에게 말했다.

"데었어?"

"아뇨, 그냥 좀 뜨거워서."

"쿠킹 장갑 끼지 그랬어. 손 데면 어쩌려고. 봐봐."

재영은 해연을 자리에 앉히고 손을 살피기 시작했다. 어느새 그녀의 손은 빨갛게 부어오르고 있었다. 그는 잔뜩 미간을 찌푸리며 그녀를 내려다보았다.

"진짜 괜찮은데……."

"괜찮긴 뭐가 괜찮아."

재영은 혀를 끌끌 차더니 해연을 데리고 싱크대로 가 데인 손을 차가운 물줄기에 가져다 댔다. 시원함과 아린 느낌이 동시에 느껴지자 그녀는 살짝 인상을 찌푸렸다.

"거봐. 하나도 안 괜찮잖아."

"그, 그러네요. 괜찮은 줄 알았는데."

"이 덤벙아. 뜨거운 거 잡을 땐 쿠킹 장갑 꼭 쓰라니까 더럽게 말 안 들어."

"자꾸 깜빡하게 되는 걸 어떡해요."

오리처럼 입이 삐죽 나온 해연이 우물거리면서 말하자 재영은 그녀를 꾸짖듯 이마를 손으로 톡 밀어냈다. 해연의 얼굴이 뒤로 살짝 들리자 그는 작게 웃음을 터트렸다.

"자기가 쳐 놓고 웃는 것 봐. 못됐어, 진짜."

한편 두 사람의 모습을 물끄러미 지켜보던 은우의 시선에는 신기함이 가득 묻어 있었다. 해연을 바라보는 재영의 얼굴에 생기가 돌았다. 자신을 바라볼 때처럼 텅 빈 시선이 아닌 진짜 사람의 눈동자 같아서, 은우는 한참을 웃고 떠드는 그들에게서 시선을 떼지 못했다.

❂   ❂   ❂

세 사람은 가게 마감을 조금 일찍 끝내고 영화관으로 향했다. 시간이 조금 남아 그들은 새로 개봉하는 영화 포스터를 훑어보고 있었다. 순간 해연이 무언가를 발견한 듯 한 리플릿을 꺼내 들었다.

"이거 재밌을 거 같다."

포스터를 흘끗 본 재영이 대답해 주려 하는데 은우가 먼저 말을 이었다.

"어, 믿고 보는 배우! 이 배우 나오는 건 거의 다 본 거 같아요."

"저도요. 연기도 잘해서 어떤 캐릭터를 해도 어울리고, 또 잘생겼고."

"맞아. 남자가 봐도 잘생긴 얼굴이긴 해요. 다음에 이것도 봐야지."

이미 손에 잔뜩 리플릿이 들려 있었음에도 불구하고 그는 해연의 손에 들린 것과 같은 것을 집었다.

해연이 작게 웃음을 내뱉으며 물었다.

"영화 진짜 좋아하시나 봐요."

"영화도 좋아하고, 드라마도 좋아하고, 이야기라면 다 좋아해요. 안 본 게 없을 정도? 좋은 영화 많이 알고 있으니까 추천 원하면 언제든 물어봐요."

은우가 해맑게 대답하자 해연은 수줍게 웃으며 고개를 끄덕였다.

"뭐 먹을래요? 팝콘? 해연 씨가 영화 보여 주는 거니까 먹을 것은 내가 살게요."

"그럼 저는 버터오징어에 콜라요."

"어? 나도 맨날 영화 볼 때 버터오징어 먹는데."

"진짜요? 보통 사람들 팝콘 많이 먹는데."

"팝콘보다 전 무조건 버터오징어. 다른 건 잘 안 먹어요."

좋아하는 작가가 자신과 같은 취향의 입맛을 가지고 있다는 것에 괜히 가슴이 간질거렸다. 해연은 쿵쿵 뛰는 가슴을 진정하려 얕게 심호흡을 했고, 시선을 재영에게 돌리며 태연스레 말을 이었다.

"사장님은 나초 맞죠?"

"형은 나초 파야?"

"사장님은 무조건 나초예요. 음료는 스프라이트."

해연은 재영의 대답을 기다리듯 해사하게 웃었지만 그는 대답하지 않았다. 은우가 주문하고 카드를 내밀자 재영은 고개를 돌리며 말을 이었다.

"나 화장실 좀 다녀올게."

그는 도망치듯 자리를 떠났다. 멀어지는 그의 모습에 해연의 미소가 점점 사라져 갔다.

"내가 사 주는 건 죽어도 싫은가 보네."

은우는 혼잣말처럼 씁쓸하게 말했다. 해연은 뭐라 대답해야 할지 몰라 입술만 달싹이며 은우를 바라보았다.

"그래도 주문하면 먹긴 하겠죠?"

은우는 애써 밝은 목소리로 말했다. 해연이 작게 고개를 끄덕였다.

양손에 먹을 것을 잔뜩 든 두 사람은 상영관 앞에서 재영을 기다렸다. 입장 시간이 되고 사람들이 하나둘 상영관을 들어갔지만 두 사람은 앞에서 발만 동동 구르며 보이지 않는 재영만 찾고 있었다.

"왜 안 오지? 시간 다 됐는데."

"그러게요……."

무슨 일이라도 생긴 건가 싶어 은우가 화장실로 발걸음을 옮기려 할 때였다. 주머니에 있던 해연의 휴대폰의 진동이 울리기 시작했다. 그녀는 손에 들고 있던 콜라를 반대편 손에 들고 휴대폰을 꺼내 들었다.

〈나 몸이 안 좋아서 먼저 집에 갈게. 둘이서 보고 와.〉

재영의 문자였다.

"저, 저기, 작가님."

"네?"

그녀는 은우의 불러 세워 자신에게 온 문자를 보여 주었다. 은우는 가던 걸음을 멈추고 내용을 확인했다.

"거짓말. 아까까지 멀쩡했으면서."

그는 살짝 미간을 좁히며 중얼거렸다. 해연도 괜한 핑계를 댄 느낌이 들었지만 이미 가 버린 재영을 끌고 돌아올 시간이 없었다.

"곧 있으면 2관 상영 시작합니다. 입장해 주세요."

상영관 문 앞에 서 있었던 직원의 목소리가 들려왔다. 해연은 그를 흘끗 바라보며 난감한 표정을 짓자 은우가 작게 고갯짓하며 말했다.

"일단 우리끼리 봐요, 해연 씨. 보고 싶은 영화라면서요."

해연은 대답 대신 작게 끄응, 앓는 소리를 냈다. 보고 싶은 영화이긴 했지만 갑작스레 재영이 가 버린 것이 영 마음에 걸렸다. 그녀가 망설이며 들어가지 못하자 은우가 그녀의 팔을 끌며 상영관 안으로 들어섰다.

영화는 꽤나 재밌었다. 공포 영화만의 스릴도 갖췄고, 스토리도 탄탄했다. 마지막까지 긴장감을 놓을 수 없는 내용이었다.

"정말 재밌었다. 그죠?"

해연이 해맑은 미소를 지으며 은우에게로 시선을 돌렸다. 그는 잔뜩 겁에 질린 표정으로 두 눈을 질끈 감고 있었다. 손에 들린 오징어는 거의 먹지 못 한 듯 그대로였고, 입술도 파랗게 질려 있었다.

"괘, 괜찮아요?"

놀란 해연이 은우의 어깨를 흔들자 그는 실눈을 뜨고 엔딩 크레딧이 올라가는 것을 확인했다. 그는 그제야 안도의 한숨을 내쉬며 온몸에 긴장을 스르르 풀었다.

"살았다……."

의자에 미끄러지듯 기댄 그가 고개를 좌우로 흔들며 정신을 차리려 애를 쓰고 있었다.

"공포 영화 안 좋아해요?"

아까는 분명 자기도 보고 싶은 영화라고 했었던 거 같은데.

해연은 의구심이 가득한 표정으로 은우를 바라보았다. 그는 대답하지 못하고 어색하게 하하 웃었다.

"이제 나가죠?"

은우는 민망함에 벌떡 일어섰다. 하지만 다리에 힘이 풀려 또다시 자리에 주저앉고 말았다. 은우는 당황스런 얼굴로 해연을 올려다보고는 다시 일어나 '얼른 가요. 갑시다!' 하고 큰 소리를 치며 상영관 밖으로 나섰다.

두 사람은 바로 집에 가지 않고 영화관 앞에 있는 빈 테이블에 앉았다. 영화를 보는 내내 손도 대지 못한 은우의 버터오징어와 콜라를 해결하기 위해서였다.

은우는 오징어 하나를 질겅질겅 씹으며 흘끗 해연의 눈치를 보았다. 그리곤 조심스럽게 말을 이었다.

"사실 공포 영화 잘 못 봐요. 형이랑 가까워져 보려고 일부러 좋아한다고 한 거였는데 형은 먼저 가 버리고."

"정말…… 못 봐요?"

해연이 고개를 갸웃거리며 묻자 은우는 이미 해탈한 듯 고개를 푹 숙이며 대답했다.

"아니, 사실 엄청 못 봅니다. 죽어도 못 봐요."

그녀는 은우의 대답에 작게 큭큭 웃었다.

"웃지 마요."

해연은 죄송하다고 하며 입술을 꾹 깨물어 보았지만 웃음이 입술 사이로 터져 나왔다. 은우는 입을 삐죽거리다 결국 자신도 따라 웃었다.

"해연 씨."

"네?"

"나 묻고 싶은 거 있는데."

"뭔데요?"

"우리 형이랑 무슨 사이예요?"

뜬금없는 물음에 남은 콜라를 마시던 해연이 놀라 기침을 내뱉었다.

"네? 그게 무슨…… 그냥 사장님과 직원이에요."

"정말?"

"네, 정말."

"아닌 거 같은데."

"정말이에요. 오랫동안 같이 일해서 서로에 대해 아는 게 많다 보니까 그렇게 보이나 봐요."

덤덤히 말을 잇는 걸 보니 해연은 딱히 재영과의 사이에 한 치의 의심조차 없는 듯 보였다.

"몇 년 알고 지냈다고 했죠?"

"7년이요. 제가 알바생으로 카페에 들어간 게 7년 전이니까요."

예상은 했지만 정말 연애는 빵점이구나. 아님, 이쪽이 눈치 없는 건가.

은우는 너털웃음을 지으며 난감한 듯 제 이마를 긁적였다.

"그런데 가방엔 뭐 들었어요? 아까부터 되게 소중하게 안고 있던데."

검은색 큰 백팩을 가리키며 은우가 물었다. 해연은 '아' 하고 작게 탄성을 내짓다가 머리를 긁적였다.

"이거 사실⋯⋯."

설명보다는 보여 주는 게 나을 것 같아 그녀는 백팩 지퍼를 열어 안에 든 책을 하나씩 꺼내 들었다. 그것을 본 은우가 동그랗게 두 눈을 떴다.

"어? 내 책."

"오늘도 오시지 않을까 해서 가져온 건데, 정말 오실 줄은 몰랐어요."

해연은 은우의 첫 데뷔 작품부터 최근작까지 총 열 권의 책을 꺼내 들었다. 은우는 쩍 벌어진 손으로 손때 묻은 제 책을 하나하나 신기한 듯 바라보았다.

"와, 정말 내 팬이었구나."

"저…… 작가님, 열일곱 때 첫 작품부터 팬이었어요."

작가님이라는 극존칭에 은우는 몸을 부르르 떨었다. 평소에 시도 때도 없이 들은 호칭이었지만 왠지 그녀의 입에서 나오는 '작가님'이라는 단어는 어색하게 느껴졌다.

"사인……해 주실 수 있어요?"

해연은 검은색 펜을 수줍게 내밀었다. 아, 귀엽다. 은우는 그녀를 바라보며 희미하게 웃어 보이곤 그녀가 내민 펜을 받아 들었다.

"당연하죠. 아주 예쁘게 사인해 줄게요."

은우는 맨 위에 있는 책을 펼쳐 내지에 능숙하게 사인을 했다. 해연의 이름 옆에는 특별히 하트 두 개도 그려 넣으면서 말이다.

하나하나 정성스럽게 사인을 하고 있는데 그 모습을 초롱초롱하게 쳐다보는 해연이 조심스럽게 말을 이어 갔다.

"저, 작가님 덕분에 글쓰기 시작했어요."

"글을 써요?"

"네. 무명이지만 책도 냈어요."

"해연 씨 작가님이에요?"

"아, 작가님 정도는 아니고…….."

"책 냈으면 작가님이죠. 따로 필명은 안 쓰죠?"

해연이 고개를 끄덕이자 사인을 멈춘 그가 휴대폰으로 빠르게 그녀의 이름을 검색했다. 그녀가 신춘문예에 등단한 기사와 경력들이 주르륵 보이기 시작했다. 신기함을 감추지 못하고 기사를 눌러보는데 해연의 얼굴이 붉게 달아오른 것이 눈에 띄었다. 은우는 옅은 웃음을 지었다.

"멋지다. 신춘문예 등단도 하고."

"아뇨. 진짜 우연이었는데……."

"내 글 보고 작가가 됐다고 한 사람은 해연 씨가 처음이에요. 신기하고 뿌듯해서 묘한 감정이 드네요."

"……."

"기분 좋다."

그는 약간 들뜬 표정을 지으며 제 턱을 매만지다 '맞다. 사인해야지' 하며 놓았던 펜을 손에 쥐었다. 열 권의 책에 모두 사인한 은우는 펜을 해연에게 돌려주었다.

그녀는 사인을 끝마친 책을 조심스럽게 백팩에 넣었다. 소중하게 자신의 책을 다루는 모습이 너무 귀여웠다.

아, 큰일인데. 이렇게 귀여워 보이면 안 되는데.

"해연 씨."

"네?"

마지막 책을 넣고 지퍼를 닫았을 때였다. 은우의 부름에 고개를 든 그녀가 동그란 두 눈을 끔뻑거리며 그와 시선을 마주했다.

"우리 번호 교환할래요?"

해연은 대답 없이 두 눈만 끔뻑거렸다. 혹시 자신이 잘못 들은 건 아닐까 싶어 '네?' 하고 묻자 그가 해연의 앞에 휴대폰을 내밀었다.

"아니, 같은 작가끼리 알고 지내면 좋고, 또 형이랑 가까워지려면 그 주변 사람들과도 친해지는 게 좋으니까……."

은우는 허공을 시선을 돌리며 머쓱한 표정을 지었다. 해연은 여전히 그를 물끄러미 바라볼 뿐 입을 열지 않았다.

10년간 좋아했던 작가가 자신에게 번호 교환을 하자고 한다. 그녀는 상상으로만 하던 일이 현실로 이루어진 게 믿기지 않았다.

"싫어요?"

계속 대답이 없는 해연 때문에 은우가 다시 물었다. 그러자 그녀는 고개를 좌우로 세차게 흔들며 그가 내민 폰을 빼앗아 가듯 손에 들었다. 그녀의 행동에 은우는 작게 웃음을 내뱉었다.

"형 마음을 조금 알 것 같다."

"네?"

"아, 아니에요."

은우는 고개를 흔들며 해연이 번호를 입력한 제 휴대폰을 손에 들었다. 그가 곧 통화 버튼을 꾹 누르자 주머니에서 휴대폰을 꺼낸 해연이 화면을 확인했다. 그녀가 해사하게 웃으며 '떴어요'라고 말하자 은우는 통화를 끊었다.

"앞으로 자주 연락하고 지내요, 경해연 작가님."

장난스럽고도 다정한 말에 해연은 조금 수줍은 미소를 지으며 고개를 끄덕였다. 그녀를 바라보는 그의 얼굴에도 기분 좋은 미소가 지어진다는 것을 은우는 전혀 알지 못했다.

❖　　　❖　　　❖

영화관을 나와 집에 도착하자 머리가 깨질 듯한 두통에 눈을 뜰 수조차 없었다. 침대에 널브러지듯 쓰러진 그는 관자놀이를 손으로 꾹 누르며 두통을 이겨 내려 애를 썼다. 하지만 결국 몇 초 버티지 못하고 자리에서 일어나 침대 옆 서랍을 뒤적거렸다.

"없네."

그는 허망하게 말을 내뱉곤 다시 침대에 드러누웠다.

재영은 두 눈을 깜빡이며 까만 천장을 바라보았다. 두 눈에 해연의 수줍은 미소가 보인다. 자신이 아닌, 은우를 보며 짓던 그 모습이 너무나 예쁘게 느껴졌다.

평소에 좋아하던 작가를 만났는데 당연한 모습이었다. 그래, 당연한 일인데 그런 그녀를 보는 것이 재영은 너무나 힘들었다.

왜 하필 도은우일까.

그의 입술 사이로 무거운 한숨이 흩어졌다. 별빛 한 점 없이 어둠이 가득한 방 안에 자꾸만 해연의 얼굴이 떠올랐다.

"경해연……."

그녀의 이름을 담담히 부르자 그가 해연을 처음 만났던 날
이 눈앞에 아른하게 흩어졌다.

유난히도 추운 겨울이었다. 갑작스런 아버지의 죽음은 재영
을 무너지게 만들었다. 그에게 아버지는 한 줄기의 빛이었다.
우울증를 앓고 있던 어머니와 살았던 그는 하루하루가 지옥이
었지만 아버지를 만나고부터 세상에 지옥만 있지 않다는 것을
깨달았다.

어렸을 적 그는 어머니의 감정 쓰레기통이었다. 우울함, 상
실감을 받아 내는 어리고 약한 쓰레기통. 재영이 그때 어머니
에게 해 줄 수 있는 것은 아무것도 없었다. 그저 가만히 들어
주는 것이 전부였다.

언제부터 어머니가 우울증을 앓고 있었는지는 기억나지 않
았다. 그가 세상을 인식했을 때부터 어머니는 밤낮없이 울고,
괴로워했다. 웃는 모습을 단 한 번도 본 적이 없었다. 항상 그
늘지고 힘없는 얼굴. 그게 재영이 기억하는 어머니의 얼굴이
었다.

어머니는 결국 우울증을 견디지 못하고 자살을 선택했다.
목매달아 죽은 어머니를 보며 어린 재영은 어쩌면 다행이라고
생각했다. 더는 어머니가 괴로워하지 않아도 되니까, 그 모습
을 자신도 더는 보지 않아도 되니까.

"네가 재영이니?"

장례식장에서 처음 본 아버지의 모습은 그 누구보다도 환했다. 아니, 항상 그늘진 어머니의 얼굴을 보고 자라서 그렇게 느낀 것일지도 모른다. 처음 그가 아버지를 보고 느낀 것은 '맑다'라는 느낌이었다.

"눈매가 엄마랑 아주 많이 닮았구나."

고요한 시선으로 그를 올려다보던 재영은 자신을 아버지라고 소개하는 그를 조금도 믿을 수가 없었다. 재영이 상상했던 아버지는 어머니를 버린 괴팍하고 무섭고 차가운 사람이라고 생각했으니 말이다.

하지만 그는 다정다감한 말투에 순수한 인상을 가진 아주 따뜻한 아버지였다. 이런 사람이 왜 어머니를 버렸는지 의문점이 들었지만 그의 손에 이끌려 간 집에서 그 해답을 곧 찾을 수 있었다.

"난 도은우야. 만나서 반가워, 형."

그 집에는 재영보다 한 살 어린 남자아이와 그 아이의 어머니가 살고 있었다. 쉽게 말하자면 배다른 형제와 새어머니가 생긴 것이었다. 그는 낯선 이곳에서 처음으로 제 방과 물건을 가졌다.

신기했다. 얼마 전까지 입에 풀칠하기도 어려운 형편에서 우울한 어머니와 살던 그였다. 이제는 삼시 세끼 걱정 없이 환한 빛을 받으며 살 수 있다는 것 자체가 너무도 꿈만 같았다.

그런데 그 행복은 거저 얻을 수 있는 것이 아니었다.

"나 보고 저 애를 키우라는 거예요? 미쳤어요, 당신?"

"저 애도 내 아이야. 내 핏줄이라고! 엄마도 없이 혼자 남은 애를 버려?"

"당신이 내 앞에서 그렇게 당당할 수 있어요? 당신, 지금 나한테 미안해해야 해. 무릎 꿇고 사과해도 모자란다고. 결혼 전에 다른 여자랑 애까지 만들어 놓고 나한텐 한마디도 안 했잖아?"

"나도 몰랐어. 최근에 그 사람한테 연락이 와서 알게 된 것뿐이야."

"하, 그 여자도 참 무책임하네. 몰래 애를 낳았으면 끝까지 책임질 것이지. 당신한테 연락은 왜 했대?"

"여보!"

"아무튼 난 저 애 못 키우니까, 당신이 알아서 해요."

불청객.

재영은 그 집에서 불청객이었다. 재영은 호적상 새어머니의 아들이 되었지만 그녀는 그가 '새어머니'라고 부르는 것조차도 싫어했다. 눈도 마주치지 않았고, 말 한마디 걸지도 않았다. 그녀가 유일하게 재영에게 말을 걸 때는 트집과 폭력을 행사할 때였다.

하지만 괜찮았다. 그따위 폭력은 진짜 어머니와 살 때와 비교하면 약과였으니까. 초반에 은우가 재영에게 말을 자주 걸었지만 항상 새어머니가 제지하자 횟수는 점점 줄어들어 형제 사이엔 벽이 생겼다. 그는 그 집에서 늘 혼자였다.

유일하게 제게 말을 걸어 주는 사람이 아버지였지만 워낙 바빠 집에서 얼굴 보는 일은 극히 드물었다. 가끔 재영의 방에 들어와 다정하게 말 한마디 건네주는 게 전부였다.

"재영아, 누구에게나 무너지는 순간은 와. 이게 끝이라고 생각했을 때 늘 사람에게 한 줄기 빛이 찾아온단다. 여기가 내 인생의 끝이구나, 했을 때 나에게 네가 찾아 왔듯이 너에게도 언젠가 그런 빛이 찾아올 거야."

가끔 보는 아버지는 재영에게 항상 힘이 되는 말을 건네주곤 했다. 그때마다 그가 자신의 아버지인 것이 자랑스러웠다. 하지만 그 행복도 잠시였다. 아버지는 갑작스런 교통사고로 세상을 떠나고 말았다.

유일하게 기댈 수 있는 무언가가 있다 사라지니 세상이 무너지는 기분이었다. 이제 진짜 혼자였다. 처음부터 기댈 곳이 없었다면 좋았을 텐데.

자신에게 많은 시간을 쏟지도, 함께 무언가를 한 적도 없었지만 그의 마음속에서 이미 큰 존재가 되어 버린 아버지였다. 그에겐 유일한 빛이었다. 아버지는 빛을 잃었을 때 해야 하는 일을 알려 주지 않았다.

어머니가 '죽고 싶다'라는 말을 매일같이 내뱉을 때도, 그는 죽고 싶었던 적이 한 번도 없었다.

그런데 이제야 어머니를 이해할 수 있을 것 같았다. 그녀는 빛을 잃고 어둠의 구렁텅이에 떨어졌을 것이다. 아버지를 잃고 늘 어둠을 헤매는 것이 너무나 싫어서 목숨을 끊은 것이었다.

그녀를 이해하고 나서 재영이 도착한 곳은 어느 한 건물의 옥상이었다.

끝내고 싶다. 버티기 힘든 자신의 삶을. 편안해지고 싶다. 더는 괴로워하지 않기 위해서.

그가 지옥 같은 인생에서 벗어나려 했을 때였다. 그녀가 나타났다. 허리를 끌어안아 떨어지려는 자신을 막아서며.

쿵, 하는 소리와 함께 옥상 바닥에 널브러진 그는 잔뜩 인상을 찌푸리며 앞을 보았다. 상복을 입은 여자가 있었다. 그렁그렁 눈물이 맺힌 두 눈엔 무거운 눈물이 뚝뚝 바닥으로 흘러내리고 있었다.

"야, 미친 새끼야! 왜, 왜, 왜!"

그녀의 작은 주먹이 재영의 가슴을 툭툭 쳤다. 딱히 아프진 않았지만 어쩐지 마음 깊은 곳 어딘가를 두드리는 것 같은 기분이었다.

"왜 혼자 죽어. 왜 나 혼자 두고 죽어!"

"……."

"죽으려면 같이 죽어야지. 왜 나 혼자 두는 건데. 너 없으면 나 어떡해. 어떻게 살아, 나……."

말을 끝까지 내뱉지 못한 그녀는 제 앞에서 목 놓아 울어 버렸다. 분명 자신에게 하는 말이 아닐 것이다. 처음 보는 사람이었기에.

그제야 정신이 번쩍 들며 죽으려던 자신의 모습이 창피하게 느껴졌다. 그는 그대로 옥상에서 도망쳤고, 꽤나 시간이 지난 후 다시 갔을 때, 상복을 입고 있던 여자는 이미 사라지고 난 후였다.

그 뒤로도 죽고 싶었던 적이 없었던 건 아니다. 기댈 사람이 없어 금방이라도 무너지고 싶을 때마다 옥상을 올라가면 그녀가 생각났다. 자신을 살리려 손을 내밀어 준 그녀가.

이름도, 나이도 모르고 어디 사는지도 모른다. 어둠 속에서 본 상복을 입은 그녀의 희미한 모습이 그가 아는 전부였다.

"안녕하세요. 저 아르바이트 모집 공고 보고 왔는데요."

그런데 신기하게도 재영은 다시 만난 해연을 첫눈에 보자마자 알아볼 수 있었다. 어렴풋했던 그녀의 얼굴이 선명해졌고,

멈췄던 심장이 뛰었다.

"이름이 뭐예요?"
"경해연입니다."

경해연. 해연. 해연.

운명을 믿지 않았다. '우연적 필연'이라는 말도 사람이 만들어 낸 말장난이라고만 생각했다. 하지만 그녀를 다시 만나고, 운명이라는 게 있을지도 모른다고 생각하게 됐다.

다시 마주친 그녀는 울지 않았다. 항상 밝았고, 맑았고, 따뜻하고, 선명했다. 그녀를 보고 있으면 한 번도 지어 본 적 없는 미소가 그려졌다.

"재영아. 여기가 내 인생의 끝이구나, 했을 때 나에게 네가 찾아왔듯이 너에게도 언젠가 그런 빛이 찾아올 거야."

아버지의 말을 맞았다. 인생의 끝에서 한 줄기 빛을 찾았다.

경해연. 그녀는 재영에게 아버지를 대신할 한 줄기 빛이었다. 그녀를 향한 자신의 감정을 한 단어로 표현할 수는 없었다. 그 이상으로 그녀를 생각하고 의지하고 있었다. 해연은 전혀 모르는 듯했지만.

"해연아……."

재영은 그녀의 이름을 나긋하게 불렀다. 마법 같은 이름이

다. 부르면 부를수록 애타고, 보고 싶고, 가슴이 몽글몽글해지며 살아나는 기분. 함께한 7년간 그 마음이 줄어들지 않을까 생각했지만 그것은 잘못된 계산이었다. 오히려 그 마음이 너무 커져 버려서 이제는 숨기기조차 어려웠다.

다시 시작된 두통에 잠이라도 억지로 들려고 하던 때였다. 갑작스럽게 그의 휴대폰이 울리기 시작했다. 재영은 일어나 제 옆에 있는 휴대폰을 들었다.

〈어디가 아픈지 몰라서 일단 쌍화탕이랑 진통제, 감기약 두고 가요. 분명 사장님 성격상 약 먹을 사람이 아닐 것 같아서요. 왠지 지금쯤 자고 계실 거 같아서 우유 주머니에 넣어 놓고 갑니다. 내일 가게 나오시기 전 꼭 먹고 와요!〉

그녀였다. 재영은 미동 없이 두 눈을 깜빡거리다 자신도 모르게 해연에게 전화를 걸었다. 몸을 일으켜 거실로 나선 그는 베란다 문을 열어 젖혔다. 다행히도 해연의 뒷모습이 보였다.

뚜르르르. 신호음이 울리던 소리가 끊기자 명랑한 그녀의 목소리가 들리기 시작했다.

—어? 안 잤어요? 자는 줄 알았는데.

해연은 전화를 받으며 제자리에 멈춰 섰다. 재영은 가볍게 숨을 몰아쉬며 제 얼굴을 손으로 쓸어내렸다. 그는 휴대폰에 뜬 시계를 슬쩍 바라보았다. 새벽 1시가 훌쩍 넘은 시각이었다.

"지금이 몇 신데 우리 집까지 와. 위험하잖아."

─코앞인데 뭐가 위험해요. 평탄하게 잘 들어가고 있으니까 걱정 마요.

해연은 씩씩한 목소리로 대답하다 멈췄던 걸음을 다시 옮기기 시작했다.

저벅저벅 걷는 소리 수화기 너머로 들려왔다. 재영은 두 눈을 지그시 감으며 낮은 목소리로 중얼거렸다.

"해연아."

─네?

"……해연아."

그가 한숨 섞인 목소리로 그녀의 이름을 또다시 불렀다. 그녀의 이름을 부를 때마다 자꾸만 가슴이 미어지는 느낌이 들었다.

─왜 불러요.

해연은 작게 웃음을 내지으며 대답했다. 하지만 재영에게서 돌아오는 대답은 없었다.

네가 좋아. 네가 다른 사람이랑 가까워지는 게 싫어.

그의 입술 끝에 걸린 말은 차마 터져 나오지 못했다. 그저 가슴속에 묻어 두듯 재영은 숨을 깊게 들이마셨다.

"……조심히 들어가."

─네, 사장님도 약 드시고 주무세요. 알겠죠?

"그래."

네가 지금 나의 감정을 알게 된다면 너는 과연 어떤 표정으로 나를 볼까.

재영은 상상이 되지 않았다. 당황해할까, 어색해할까. 어쩌면 자신을 보고 더는 웃지 않을지도 모르겠다.

그는 이런저런 생각을 하며 말없이 멀어지는 해연의 뒷모습을 바라보았다.

그녀의 작은 뒷모습이라도 놓칠 수 없다는 듯, 아주 집요하면서도 매우 애틋하게.

3화
너를 앓아

아침부터 시끄러운 소리에 눈을 뜬 재영은 잔뜩 미간을 찌푸렸다. 어디서 공사라도 하는 건가 싶었지만 공사 소리치고는 뭔가 얇고 간질간질한 소리였다.

그는 끄응, 앓는 소리를 내며 몸을 일으켰고 열린 문틈으로 보이는 현관문에서 소리가 나는 것을 확인했다. 문 앞에 누가 있다. 그렇지 않고서야 이렇게 여러 번 현관문 비밀번호 틀리는 소리가 날 리 없었다.

그는 의문스런 시선을 던지며 현관으로 걸어가 인터폰 화면을 켰다.

─이거 왜 안 열려. 생일도 아님 뭐야, 대체?

화면 너머로 보이는 은우는 머리를 신경질적으로 헝클어뜨리고 있었다. 곧 마구잡이로 번호를 또다시 입력한다. 삐삐삐

삑. 틀렸다는 소리가 또 귓구멍을 후벼 파자 이제는 발까지 동
동 구르며 짜증을 내기 시작했다.

　—내가 이거 꼭 오늘 풀고 만다, 진짜.

　그 모습을 지켜보던 재영의 입술 사이에서 짙은 한숨이 흩
어져 나왔다.

　정말이지 왜 이렇게 끈질긴 거지. 예전에도 이런 성격이었
었나. 본가에 있을 때만 해도 이렇게 엉겨 붙은 적은 없었는
데.

　어렸을 때 은우가 자신에게 관심을 가진 건 고작 몇 달 정
도였을 뿐이라 이렇게까지 피곤했던 기억은 없었다.

　"벗어나고 싶어졌어."

　얼마 전 은우가 했던 말이 문득 떠올랐다. 벗어나고 싶다고
했던 그 말은 분명 그의 어머니를 두고 한 말일 것이다. 하긴,
이제 터질 때도 됐다 싶었다. 그런데 왜 자신에게 도와 달라고
하는 것일까. 어째서.

　재영이 어렸을 적 기억을 더듬던 때였다. 갑자기 경쾌한 소
리가 나며 덜컥, 열렸다. 놀란 그가 고개를 돌려 현관문을 바
라보았다.

　"어? 일어나 있었네?"

　"……."

　"와, 형 되게 철두철미한 사람일 줄 알았는데 생각보다 단

순하다. 난 비밀번호가 1234일 것이라곤 상상도 못 했어."

벌써 현관문 안으로 들어온 은우가 문에 달려 있는 잠금장치를 손가락으로 톡톡 쳤다.

그는 자기 집마냥 신발을 벗고 터벅터벅 들어섰다. 얼마 전에 들고 왔던 큰 캐리어도 함께였다.

"너 아직도 집에 안 들어갔어?"

"안 들어간다니까 그러네."

드르르륵, 캐리어를 끌고 온 은우는 재영의 옆을 획 지나가더니 소파에 풀썩 앉았다.

재영은 미간을 좁히며 아니꼽다는 듯 바라보았지만 은우는 시선은 신경 쓰지 않은 채 세상 편하다는 듯 나른한 표정을 지으며 히죽거렸다.

"너 내 인내심 테스트하는 거야?"

"설마요. 나 진짜 갈 데가 없어서 그래. 좀 봐주라."

여기서 또 '집에 들어가면 되잖아' 라고 대답한다면 아까 했던 대화가 반복될 것을 알기에 재영은 그저 말없이 한숨만 푹 내쉬었다.

무단 침입으로 확 신고해 버릴까. 그는 잠시 생각을 하다 오히려 자신이 더욱 귀찮아질 것 같아 포기했다.

"됐다, 네 맘대로 해라."

"진짜?"

"난 네가 뭘 하든 신경 안 쓸 거야. 그냥 쥐 죽은 듯 조용히 지내. 알았어?"

그의 말에 은우는 환히 웃으며 고개를 세차게 끄덕였다.

재영은 그를 한 번 흘겨보고는 제 방으로 들어가 카페로 나갈 준비를 서둘렀다.

집에 누군가를 두고, 아니, 그것도 그 누군가가 도은우라는 것이 카페에 와서도 그를 신경 쓰이게 만들었다. 가게에 도착해 오픈 준비를 다 끝냈는데도 뭔가 끝마치지 않은 것처럼 마음이 불안했다.

재영이 그 마음을 달래려 어제 읽다 만 책을 손에 들던 찰나였다.

"좋은 아침입니다!"

가게 문이 열리는 소리와 함께 해연이 들어섰다.

"어젠 잘 들어갔어?"

"잘 들어갔죠. 사장님, 몸은 괜찮아요?"

해연은 질문을 던지며 그의 이마에 손을 얹어 보았다. 갑작스레 닿은 손길에 재영이 조금 놀란 표정으로 그녀를 올려다보았다.

"어? 열이 좀 있는 거 같은데."

"……열 없어. 네 손이 차가워서 그래."

애써 태연한 척 그녀의 손목을 가볍게 잡아 내렸다. 한 손에 쥐고도 남는 가느다란 손목에 재영은 살짝 미간을 좁히며 물었다.

"아침은 먹었어?"

"아뇨, 출근 30분 전에 일어나서 못 먹었죠."

"챙겨 먹으라니까."

"사장님은 드셨어요?"

"……."

"이 봐, 자긴 안 먹고 항상 나보고만 먹으래."

해연의 말에 재영은 또르르 눈동자만 굴리다 자리에서 일어나 냉장실에 있는 베이글을 꺼내 들었다.

"베이글…… 먹을래?"

재영의 조심스런 말투에 해연은 작게 헛웃음을 지으며 대답했다.

"네, 크림치즈 듬뿍 발라서요."

두 사람은 카운터 앞에 있는 테이블에 마주 보고 앉아 커피와 함께 베이글을 먹었다. 재영이 바삭하게 구운 베이글을 한입 베어 무는데 해연이 그 위에 크림치즈를 얹어 주며 말을 이었다.

"저 오늘 새 책 출간된대요."

"벌써 날짜가 그렇게 됐어?"

"조금 일정이 앞당겨졌나 봐요. 그래서 오늘 저녁에 서점 들리려고요."

해연은 약간 신이 난 듯 입술에 호를 그렸다. 그 모습에 재영도 작게 미소를 짓고는 나지막이 말을 이었다.

"같이 가자, 서점."

해연은 출간 날이면 서점에 가서 직접 자신의 책을 사곤 했다. 출판사에서 별도로 증정본을 주긴 하지만 자신이 산 것과 받는 것은 기분의 차이가 컸기 때문이었다.

그녀는 재영의 말에 고개를 끄덕이며 크림치즈를 듬뿍 바른 베이글을 한 입 베어 물었다. 그녀의 윗입술에 새하얀 크림치즈가 묻었지만 곧 혀로 깔끔히 훑어냈다.

"어제 영화는 잘 봤어?"

"네. 저는 잘 봤는데 작가님이 공포 영화를 못 보시더라고요."

그 말을 하는 해연의 입가에 작은 웃음이 지어졌다. 어제 영화가 끝나고 사색이 되어 다리에 힘까지 풀렸던 은우의 모습이 떠올랐기 때문이었다.

"작가님이요. 생각보다 훨씬 좋은 사람 같아요."

해연을 향한 재영의 눈동자가 차갑게 식어 갔다. 그 모습을 인지하지 못한 그녀의 입가에는 잔잔한 미소가 지어지고 있었다.

"글이나 방송으로만 봤을 때보다 더 밝은 사람처럼 느껴져요. 대화도 잘 통하고 같이 있으면 기분도 좋고요."

고개를 들자 재영의 굳은 얼굴이 보였다. 그녀는 웃음기를 지우고 입술을 달싹이며 물었다.

"작가님 얘기가 많이 불편해요?"

은우를 만나기 전까지는 그에 대한 이야기를 해도 불편한 기색을 드러내지 않았었다. 그래서 아무런 거리낌 없이 말을 던졌을 때 노골적으로 싫은 티를 내리라곤 생각하지 못했다.

해연은 입술을 달싹이며 재영의 눈치를 보았다. 하지만 곧 그는 언제 그랬냐는 듯 입가에 희미한 미소를 지으며 고개를 저었다.

"아냐, 괜찮아."

괜찮은 것 같지 않은데.

7년이란 시간 동안 그녀가 제일 많이 만난 사람이 재영이었다. 그의 눈빛이나 행동만 봐도 기분이 어떤지 단번에 파악이 가능할 정도로 가까운 사이다.

물론 그렇게 지내면서도 작가 도은우와 형제라는 것은 전혀 알지 못했지만.

"정말 괜찮아. 나랑 도은우 관계 몰랐을 때처럼 편하게 얘기해."

"정말 그래도 돼요?"

"응. 네가 좋아하는 작가잖아."

고개를 끄덕이며 평소와 다름없이 말을 잇는 재영이었지만 어두웠던 그의 표정이 마음에 걸렸다. 두 사람 사이에 묘한 정적이 흘렀다.

해연은 얼른 화젯거리를 돌리려고 주위를 두리번거렸지만 딱히 이어 나갈 대화를 찾지 못하고 그저 하하 웃음을 크게 터트렸다.

"오늘따라 베이글이 맛있네요."

그녀는 어색하게 웃으며 얼른 베이글을 베어 물었다.

입가에 크림이 잔뜩 묻은 해연을 바라보던 재영은 테이블 위에 있던 티슈 하나를 그녀에게 건네었다.

오늘따라 가게 안은 매우 한가했다. 매일같이 들리는 단골 손님 아주머니들마저 보이지 않았기에 더더욱 조용했다. 손님 없는 가게에는 침묵이 감돌았다.

아침에 재영의 좋지 않은 표정을 봐서인가. 해연은 오늘따라 그에게 말을 걸기가 어려워 그 침묵은 꽤나 오랫동안 이어 졌다. 평소에는 느끼지 못했던 묘한 기시감과 위화감이 느껴지는데 그게 도통 뭔지 알 수가 없었다.

어색한 분위기를 이어 가길 한참, 어느새 어둑해진 밖을 보던 두 사람은 서점에 들르기 위해 평소 10시 마감이던 가게를 9시에 문을 닫았다.

해연은 재영과 함께 서점에 갔고, 신간 코너에 있는 자신의 책을 발견하고는 얼른 손에 들었다.

"잘 나왔다."

재영이 해연의 손에 든 책을 보며 말했다. 해연은 그 말에 동의한다는 듯 입가에 해맑은 미소를 지으며 고개를 끄덕였다.

"표지 진짜 잘 나온 거 같아요. 실물이 더 예뻐."

"예쁘네, 정말."

재영은 그렇게 말하며 해연의 새 책 한 권을 손에 들어 카운터로 향했다. 해연은 놀라 그의 뒤를 따라서며 말을 이었다.

"사시려고요?"

"그럼 내가 왜 같이 오자고 했겠어."

"내일 증정본 오면 드릴 수 있는데 굳이 왜 돈을 써요."

"많이 팔아야 너한테 좋은 거잖아. 마음 같아선 여기 있는 책 다 사고 싶은데 네가 부담스러워 할까 봐 참는 거야."

재영의 농담에 해연이 작게 실소를 터트리자 '왜, 진심인데. 정말 다 산다, 나?' 하고 한술 더 뜨며 다시 책이 진열되어 있는 곳으로 발걸음을 돌리려고 했다.

"그러지 마요. 진짜 부담스러우니까."

그의 팔을 붙잡자 재영도 그제야 따라 웃으며 장난을 멈추었다. 재영이 먼저 계산했고 뒤에 줄 서 있었던 그녀도 뒤이어 책을 구매했다.

뿌듯한 마음에 책을 품에 꼭 안고 나오는데 재영이 서점 옆에 있는 한식당을 가리키며 물었다.

"밥 먹고 갈래?"

그 소리를 왜 안 하나 싶었다. 어디 같이 나오는 날에 매번 재영은 '밥 먹자', 혹은 '밥 먹고 갈래?' 라는 말을 입에 달고 살았다.

밥 못 먹으면 죽는 귀신이라도 붙었나. 매번 어쩜 그렇게 나올 때마다 밥 타령인지 모르겠다.

"사장님, 배고파요?"

"아니. 너 배고플까 봐."

"저 안 배고파요."

"정말?"

"6시쯤에 저녁 먹었잖아요. 내가 무슨 돼지인 줄 아나."

"아니었어? 넌 항상 서너 시간마다 배고프잖아."

"사장님!"

"농담이야. 농담."

해연이 버럭 소리치자 재영은 달래듯 그녀의 뒤통수를 어루만지며 말했다.

해연이 물끄러미 그를 올려다보자 '날이 춥다. 얼른 가자'라고 재촉하며 걸음을 빨리했다.

그녀는 찬바람이 훅 불어오자 몸을 부르르 떨었다. 흘끗 재영이 그녀를 바라보다가 제 목에 두른 목도리를 풀며 걸음을 멈추었다.

뒤에서 기척이 느껴지지 않아 해연이 몇 걸음 앞서다 고개를 돌려 재영을 바라보았다. 곧 그가 다가와 온기가 가득한 목도리를 그녀의 목에 둘러 주었다.

"내가 몇 번이나 말했을 텐데, 날 추울 때는 꼭 목도리 하라고."

"어제 세탁했는데 아직 안 말라서……."

"핑계는."

"진짜예요."

입술을 오리처럼 삐죽 내밀며 말했지만 재영은 딱히 믿는 표정은 아니었다.

진짠데, 집에 있는 세탁기 속을 보여 줄 수도 없고.

이런저런 말들을 속으로 구시렁거리는 동안 재영은 그녀의 목에 단단히 목도리를 여몄다.

"사장님도 춥잖아요."

"넌 감기 걸리면 목감기부터 오잖아."

"사장님은 코감기부터 오면서."

"그럼 난 코 막고 다닐까?"

코를 막는다니.

해연의 눈앞에 그가 휴지로 코를 틀어막는 모습이 순간적으로 떠올랐다. 애써 웃음을 참으려고 입술을 꽉 이로 움켜쥐었지만 결국 씰룩거리던 입꼬리는 하늘로 올라가며 웃음이 터져 버렸다.

"상상하니까 되게 웃기다."

가끔 저렇게 살면 재미없지 않나 싶을 정도로 매사 진지하고 진중한 성격인 그였기에 상상만으로도 꽤나 웃긴 장면이 연출되었다. 큭큭 웃음을 터트리는데 재영의 시선이 자신에게로 향해 있는 게 느껴졌다.

"이제 안 웃을게요."

혹시 기분 나빠 할까 봐 해연은 제 입을 손으로 막으며 웃음을 멈추었다. 그러자 재영은 피식 작게 실소를 터트리며 말을 이었다.

"이미 상상할 거 다 하고 한참 웃어 놓고는."

"이제 안 웃어요."

"웃어도 돼. 맘껏 웃어."

"기분 안 나빠요?"

해연이 조심스레 묻자 재영은 고개를 좌우로 흔들었다.

"하나도."

편안한 표정을 보아하니 진심으로 아무렇지 않은 듯 보였다. 치, 그럼 어디 장난 좀 더 쳐 봐? 하며 그녀는 개구진 미소를 짓곤 재영의 팔을 톡톡 손으로 찔렀다.

"사장님, 그럼요."

"……."

"진짜 한 번만 코 틀어막아 주심 안 돼요? 완전 웃길 것 같은데."

해연의 장난스런 말에 잔잔한 미소가 퍼지던 재영의 얼굴이 단단히 굳어졌다. 그는 잘게 고개를 좌우로 흔들며 싫은 티를 확연히 드러냈다.

"싫어."

"왜. 괜찮다면서요."

"제발 상상하는 것까지만 하자."

재영은 짙은 한숨을 내쉬며 이마를 매만졌다. 묘하게 입술에 웃음기가 걸린 것을 보니 그도 자신이 그러고 있는 모습을 속으로 상상한 듯 보였다.

"나중에 게임을 해서라도 꼭 시켜 볼 거야."

해연이 굳은 의지를 보이며 혼잣말을 했다.

난감한 표정을 지으며 재영이 낮은 목소리로 '해연아' 하고 그녀의 이름을 부른다. 그 모습에 더욱더 놀리고 싶어진 그녀는 해맑게 웃으며 다시 말을 이었다.

"기분 안 나쁘다면서요."

"정말 무슨 말을 못 하게 만든다, 너는."

재영이 자포자기한 표정으로 한마디 할 때쯤 두 사람은 그녀의 집 앞에 도착했다.

해연은 이대로 아쉬움을 남기고 집에 들어가는 게 싫었다. 그를 흘끗흘끗 바라보자 재영은 얼른 들어가라며 그녀의 등을 떠밀었다.

"얼른 들어가. 감기 걸려."

"알겠어요. 내일 봐요, 사장님."

"내일은 목도리 꼭 하고 나와."

재영의 말에 해연은 '아' 하고 작게 감탄사를 내뱉고는 제 목에 두른 목도리를 풀었다. 그리곤 총총걸음으로 재영에게 다가가 그의 목에 목도리를 매어 주었다.

자신의 익숙한 향으로 뒤덮였던 목도리는 어느새 해연의 향으로 바뀌어 있었다.

"지금 안 돌려줘도 되는데."

"어떻게 그래요. 저는 집이 코앞이고 사장님 집도 코앞이지만! 그래도 제 집보다는 멀잖아요."

예쁘게 매어진 목도리가 만족스러웠는지 그녀는 흐뭇한 표정으로 고개를 작게 끄덕이며 '됐어' 하고 혼잣말을 중얼거렸다.

"그럼 저 가 볼게요."

해연은 몇 걸음 뒷걸음질 치며 손 인사를 건네다 이내 뒤돌아 빌라 안으로 들어서려 했다.

"해연아!"

재영은 멀어지는 그녀를 바라보다 자신도 모르게 이름을 불러 버렸다. 그 소리에 걸음을 멈춘 해연이 고개를 돌려 물끄러미 그를 바라보았다. 무언가 할 말이라도 남아 있느냐며 눈짓으로 묻는 그녀에게 재영은 고개를 가로로 저으며 말을 이었다.

"아냐. 잘 들어가."

"뭐야, 싱겁게……. 내일 봐요!"

해연은 해맑게 웃곤 다시 한번 손을 흔들며 건물 안으로 모습을 감추었다.

통통통통. 그녀가 계단을 오르는 소리가 일정하게 들렸다. 3층 계단에서는 여느 때처럼 조금 느려진 걸음으로 현관문을 열고 들어섰다.

그녀가 완전히 자취를 감추고 나서야 재영의 시선이 건물에서 떨어졌다. 그는 손에 들린 해연의 신작 소설을 물끄러미 바라보았다.

'멀어진다'라고 쓰여 있는 제목이 왜 해연과 자신의 모습을 가리키는 것처럼 느껴질까.

카페 일을 하는 내내 서로에게 멀어진다고 생각해 본 적 없었다. 그런데 왜 오늘따라 그녀와 있었던 둘만의 시간이 이렇게 무겁게만 느껴지는 건지.

알 수 없는 감정을 느끼며 해연의 집에서 곧장 걸어 집으로 들어왔다.

거실에 들어서자마자 소파에 드러누워 TV를 보고 있는 은우의 모습이 보였다.

"형 왔어?"

그 감정의 이유는 도은우 때문이겠지.

재영은 인사를 하는 은우를 아니꼽게 바라보았다. 그를 지나쳐 방 안으로 들어가려던 찰나, 소파 앞 테이블 위에 눈에 익은 책 한 권이 놓여 있는 것이 보였다.

설마 하는 생각에 테이블로 다가가서 보니 그 위엔 해연의 책이 놓여 있었다.

"심심해서 뭐 볼 만한 거 없나 하다가 책장에 해연 씨 책 있길래 읽어 봤어. 재밌던데? 잘 쓰더라. 막힘없이 술술 익히고."

재영의 시선이 테이블 위로 향한 것을 본 은우가 책을 들며 말했다. 그리곤 책을 펴더니 '나는 이 문장 좋더라' 하고 말하려던 참이었다.

"누가 내 물건 함부로 만지래?"

낮고 차가운 음성으로 재영이 은우의 말을 잘랐다. 그 목소리에 놀라 그가 머뭇거리며 말을 이었다.

"나는 심심해서 그냥……."

은우의 말이 끝나기도 전에 재영은 거칠게 해연의 책을 빼앗아 들었다.

순식간에 빈손이 된 그는 입술을 달싹이며 어색하게 웃어 보였다.

"그냥 읽기만 했어. 겉표지에 상처 하나 안 났다니까?"

늘어지는 변명에도 재영의 굳어진 표정은 풀리지 않았다. 은우는 난감함에 머리를 긁적이다가 그의 손에 들린 다른 책을 발견했다.

"그건 뭐야?"

은우가 유심히 바라보다가 책등으로 보이는 해연의 이름에 반가운 미소를 지으며 말을 이었다.

"해연 씨 신작이야? 우와."

그는 자신도 모르게 손을 내밀 뻔했지만 허락 없이 재영의 물건에 손을 댔다는 이유로 혼이 난 상황이라는 걸 빠르게 인지했다. 은우는 내밀었던 손을 자연스럽게 제 머리로 옮기며 고개를 좌우로 흔들었다.

"아냐, 아냐, 안 건드려. 내가 사서 볼게. 사서 보면 되잖아."

은우의 조금 짜증 섞인 말투에 재영은 작게 한숨을 내쉬었다. 두 손에 들린 책을 한 손으로 옮기며 단호하고도 쌀쌀맞게 말했다.

"두 번은 없어. 한 번만 더 내 물건에 손대면 가만 안 둬."

재영은 그 말을 뒤로한 채 제 방으로 모습을 감추었다. 불도 켜지 않은 어두컴컴한 방에 선 그는 손에 든 해연의 책을 꼭 움켜쥐었다.

✿   ✿   ✿

재영은 꿈을 꿨다. 어둠 속에서 길을 잃는 꿈. 한참 동안 어둠에서 벗어나지 못하고 헤매고 있는데 제 앞에 해연이 나타났다. 아무것도 보이지 않는 그곳에서 유일하게 보이는 것은 해연 하나였다.

재영은 그녀를 잡으려고 손을 뻗었다. 하지만 쉽사리 그의 손에 잡히지 않았다. 한 발짝 다가가면 그녀는 한 발짝 멀어진다.

또다시 안간힘을 써서 두 발짝을 움직이면 그녀는 세 발짝 멀어져 갔다. 점점 멀어진 해연은 어둠 속으로 영영 사라져 버렸다.

해연에게 뛰어가던 재영의 발이 멈춰 섰고, 어둠은 점점 그를 잠식했다. 손, 발, 온몸이 어둠으로 덮여 사라졌다. 시야에 보이는 모든 것이 흑으로 물들 때쯤 그가 거친 숨을 토해 내며 두 눈을 떴다.

아침이었다. 그것도 아주 평범한. 창문 너머로는 햇살이 드리우고 있었고, 살짝 열린 문틈으로 미세하게 찬바람이 들어오고 있었다.

그는 두 눈을 지그시 감으며 제 얼굴을 두 손으로 감쌌다. 얼굴에도, 손에도 식은땀이 가득했다.

재영은 손등으로 땀을 닦아 내며 거친 호흡을 천천히 잠재웠다.

어느 정도 안정이 되었을 때 침대에서 몸을 일으켜 거실로 나섰다.

소파에 자고 있어야 할 은우가 보이지 않았다. 혹시 집에 간 것일까 하는 작은 기대가 생길 때쯤 거실 구석에 있는 그의 캐리어가 보였다.

그러면 그렇지. 순순히 갈 리가 없잖아.

그는 애써 시선을 거두며 욕실로 가 땀에 절은 몸을 개운하게 씻어 냈다.

재영이 샤워를 마치고 나왔지만 여전히 도은우는 보이지 않았다. 간단하게 빵으로 아침을 때우고 카페에 출근할 때까지도 말이다.

영영 안 들어왔으면 좋겠다는 마음으로 재영은 가게로 가 오픈 준비를 마쳤다. 곧 해연이 해맑게 웃으며 카페에 들어섰다.

"장 보고 올게. 가게 보고 있어."

재영은 나지막한 목소리로 말하며 입고 있던 앞치마를 벗고 근처 마트로 향했다.

떨어진 재료들을 적은 종이를 보며 하나하나 카트를 채워 나갔다. 날이 추워져서 따뜻한 차 종류가 많이 나가는 계절이었지만 여전히 생과일 스무디나 주스류를 고집하는 손님들도 있었기 때문에 여느 계절과 다름없이 과일들을 담았다.

"맞다. 유자청도 새로 담가야 할 텐데."

냉장고에 있던 유자청이 거의 바닥을 드러냈다. 계절이 바뀌자 가을까지만 해도 많이 나가지 않았던 유자차가 불티나게 팔리고 있었다. 재영은 싱싱한 유자 한 박스를 보며 잠시 고민하다가 카트에 집어 담았다.

계산을 마친 후 물건들을 차에 싣고 가게로 돌아가던 찰나였다. 유리창 너머 편의점 앞에 놓인 호빵 찌는 기계가 눈에 띄었다.

분명 해연은 오늘 아침도 먹지 않고 왔을 것이다. 겨울만 되면 단팥이 든 호빵이 먹고 싶다며 노래를 부르던 그녀의 모습이 떠올라 재영은 망설이지 않고 차를 세워 편의점 안으로 들어섰다.

"단팥 호빵 두 개 주세요."

재영은 카드를 내밀며 말을 이었다. 워낙에 단 것을 싫어하고, 팥 자체도 그다지 좋아하지 않는 그였다. 그럼에도 불구하고 아침도 먹고 나온 재영이 두 개를 사는 이유는 해연 때문이었다. 하나만 사 갈 때면 그녀는 순식간에 호빵을 먹어 치우곤 매우 아쉬워하며 호빵 밑에 붙은 종이만 만지작거렸다. 대식가인 해연에게 호빵 하나는 너무나 적은 양이었다.

호빵 두 개를 조수석 위에 올려 두고 가게까지 빠르게 향했다. 차에서 내릴 때 제일 먼저 호빵을 챙기는 것도 잊지 않았다.

"형 왔어?"

잔잔한 미소를 지으며 가게에 들어섰을 때, 제일 먼저 들리는 목소리는 해연의 목소리가 아니었다. 입가에 지어지던 미소는 그를 보자마자 온데간데없이 사라졌고 미간에 자잘한 주름이 지어졌다.

"너 뭐야?"

재영이 은우를 노려보자 환하게 웃으며 손에 들린 무언가를 흔들어 보였다.

해연의 신작 소설이었다. 어제 만지지 못하게 했더니 책을 사러 아침 일찍 서점에 간 것이었나 보다.

"가독성 진짜 죽인다는 얘기하고 있었어. 앉은 자리에서 한 권 다 해치워 버렸다니까?"

은우의 말에 해연은 부끄러운 듯 귀까지 새빨개진 채로 고개를 푹 숙였다. 좋아하는 작가가 제 소설 칭찬을 했으니 그녀의 반응은 당연한 것이었다.

"문체 좋아, 재미도 있어, 사건들이 파파팍 일어나는데 내가 다 긴장해서 손에 땀이 날 정도였어. 해연 씨 전작도 좋았는데, 이번 작품 진짜 최고로 좋은 거 같아요."

"제 전작도 보셨어요?"

"어제 형네 집에 있다가 해연 씨 책이 있길래 봤죠. 어휴, 자기 물건 만졌다고 얼마나 잔소리를 하던지. 그런데 그 혼난 게 아깝지 않을 정도로 재밌었어요, 정말."

정말이란 단어를 하나 더 붙이며 강조하자 해연은 얼굴을 붉히며 어쩔 줄 몰라 했다.

그녀를 보는 은우의 입가에 슬며시 미소가 피어올랐다. 두 사람 사이에 묘한 분위기가 형성되었다.

재영은 빠르게 그들에게 다가가 들고 있던 호빵을 두 사람 사이에 내려놓았다.

"어, 호빵이다."

"안 그래도 이거 먹고 싶었는데."

해연보다 은우가 먼저 호빵 하나를 집으려 하자 재영이 그의 팔을 잡아채며 인상을 구겼다.

"네 거 아니야."

"두 갠데? 형은 팥 안 먹잖아."

"두 개 다 해연이 거야."

재영의 시선이 '손대면 죽는다'라고 말하고 있었다. 은우가 입을 삐죽이며 해연을 쳐다보자 그녀는 당황한 기색이 역력한 얼굴로 두 사람을 번갈아 쳐다보았다.

"아니, 그러니까…… 그게."

굳이 먹고 싶어 하는 은우 앞에서 두 개를 다 먹자니 마음이 불편하고, 그렇다고 하나를 그에게 주려 하니 사 온 당사자가 굉장히 싫어하는 눈치고. 어떻게 해야 할지 몰라 그저 난처한 표정만 짓던 때였다.

"알겠어. 안 먹을게. 해연 씨 다 드세요."

"……네? 아, 그럼."

"아냐, 됐다. 그냥 너도 먹어라."

"안 먹는다니까. 원래 해연 씨 다 주려고 사 온 거라며."

"먹으라고, 그냥."

"아니, 안 먹는다고. 해연 씨, 두 개 다 드세요."

호빵이 담긴 봉투를 해연에게로 밀며 은우가 말했지만 재영이 다시 두 사람 사이에 가져다 놓으며 말했다.

"먹으라고."

왜 어린애처럼 이러는 걸까. 대체 이깟 호빵이 뭐라고.

재영은 아예 호빵 하나를 꺼내 은우의 손에 억지로 쥐여 주었다.

은우는 재영이 잡은 손을 거칠게 뿌리쳤고, 그 바람에 손에 들려 있던 호빵이 카페 바닥에 툭 떨어지고 말았다.

"아……."

해연이 그것을 보고 작은 탄식을 내뱉었다. 당황한 두 형제는 떨어진 호빵을 굳은 표정으로 내려다보다 서로의 탓이라는 듯 아니꼬운 시선을 마주했다. 해연은 쪼르르 카운터에서 나와 떨어진 호빵을 주웠다.

종이가 붙은 부분도 아니고 하필 뒤집어서 떨어질 게 뭐람. 해연은 후후, 입김을 불어 호빵에 붙은 먼지를 털어 내려 했지만 역부족이었다. 위에 빵을 좀 떼어 내 볼까 싶어 카운터로 돌아와 싱크대 앞에서 먼지가 묻은 겉면을 섬세하게 떼어 내기 시작했다.

"주니까 왜 또 안 먹어, 청개구리야?"

"형이 처음에 먹지 말라며. 난 말 잘 듣는 동생이라 형 말 들은 건데?"

"빈정거리지 마."

"형이 먼저 그랬거든요? 옜다, 먹어라 하는 식으로 주는데 누가 먹고 싶겠어. 있던 식욕을 뚝 떨어지게 만든 건 형이야."

"저기, 이거 먹을 수 있겠어요!"

두 사람이 팽팽하게 말싸움을 하고 있던 중 해맑은 해연의 목소리가 끼어들었다.

그녀는 해맑게 웃으며 이곳저곳이 해진 호빵을 내밀었다. 그것을 보고 당황한 두 사람이 해연을 바라보는데, 그녀는 해맑게 호빵을 제 입으로 가져갔다.

두 사람은 동시에 해연의 팔을 붙잡았다. 오른쪽 팔은 재영이, 왼쪽 팔은 은우가.

"안 돼."

"먹지 마요."

미간을 잔뜩 찌푸리며 두 사람은 그녀를 말렸다.

"제가 먼지 붙은 곳 다 뜯어내서 먹어도 돼요."

"아니, 먹지 마. 그냥 새것 먹어."

"정말 먹어도 되는데……."

"안 돼요. 새것 먹어요."

단호하게 말리는 두 사람에 의견에도 해연은 '그래도 아까운데'라는 말을 읊조리며 미련을 버리지 못했다.

재영과 은우는 흘끗 서로를 바라보았다. 그리곤 누가 먼저랄 것 없이 해연의 손에 든 호빵을 정확히 반으로 나눠 자신들 입속으로 욱여넣었다. 우물우물, 호빵을 먹는 두 사람의 표정이 좋지 않았다.

"괜찮아요, 둘 다?"

해연이 걱정스런 시선으로 묻자 두 사람은 억지 미소를 지으며 고개를 끄덕였다.

재영은 새 호빵을 꺼내서 그녀의 손에 쥐여 주었고, 은우는 급기야 더는 참을 수 없는지 입을 막으며 가게 밖으로 허겁지겁 달려 나갔다.

은우의 그런 행동을 보며 입안에 호빵을 꿀꺽 삼킨 재영이 고개를 좌우로 흔들며 말을 읊조렸다.

"유난 떤다, 진짜."

누가 고고하게 자란 부잣집 도련님 아니랄까 봐.

재영은 옆에 놓인 물을 따라 한 컵을 다 비우며 입안에서 나는 팥 향을 없애려 했다. 그러자 해연이 그의 얼굴 앞까지 고개를 들이밀며 조심스레 묻기 시작했다.

"괜찮아요?"

"뭐가?"

"몸에 두드러기 난다든가, 열 같은 거 안 나요?"

"그런 건 없어. 그냥 싫어하는 것뿐이야."

"아하, 난 또. 사장님이 팥을 유난히 싫어하시기에 알레르기라도 있는 줄 알았어요."

해연이 안심한 듯 옅은 미소를 지으며 새 호빵을 한 입 먹었다. 재영은 맛있게 먹는 그녀를 보며 물을 따라 그녀의 앞에 놓았다.

알레르기라. 정확히 말하면 알레르기가 아니라 트라우마였다.

어렸을 때 어머니가 우울증으로 방문을 걸어 잠그고 사나흘 정도 나오지 않았던 적이 있었다. 그때 재영의 나이는 여섯 살이었다. 무언가 음식을 해 먹기엔 너무 어린 나이였고 라면이나 간단하게 먹을 수 있는 것들도 모두 떨어진 상태였다.

3일째 아무것도 먹지 못한 그는 배가 고픈 나머지 냉장고에 오래전에 넣어 두었던 상한 팥떡을 꺼내 먹었다.

그는 그날 밤 거실에서 밤새 배를 부여잡고 한참을 울었다. 울다가 토하고, 완전히 녹초가 되어 움직이지 못할 때가 되었을 쯤에야 어머니가 방에서 나왔다. 그녀는 삼사일 간 어린 자식을 방치해 둔 매정한 사람이었지만 눈앞에서 죽어 가는 아들은 볼 수 없었는지 바로 응급실로 데리고 가 목숨을 부지할 수 있었다.

그 이후부터였다. 팥과 관련된 음식을 일절 입에 대지 않았다. 어렸을 땐 경기를 일으키기도 했지만 시간이 지나 그 반응은 점차 사그라들었고, 지금은 싫은 음식 정도로 생각하게 되었다.

"죽는 줄 알았네."

해연이 새 호빵을 한 입 정도 남겨 놓았을 때 은우가 죽을상을 한 채 슬그머니 카페 안으로 들어섰다. 그녀는 은우에게 재영이 제 앞에 놓아두었던 물컵을 내밀었다.

"제가 먹는다니까 왜 그랬어요."

"해연 씨가 먹으려고 했잖아요."

"전 진짜 괜찮은데."

"내가 안 괜찮아요, 내가."

은우는 말을 끝맺자마자 해연이 내민 물을 벌컥벌컥 마시기 시작했다. 그 모습이 재영의 눈엔 왠지 아니꼬워 찌릿 째려보았다.

그의 시선에 은우는 또 왜 그러냐는 듯 미간을 찌푸렸다. 재영은 휙 눈길을 거두고 새 컵에 물을 따라 해연에게 내밀었다.

"물도 마시면서 천천히 먹으라니까 또 급하게 먹지."

"안 체해요. 전 살면서 단 한 번도 체해 본 적 없는 강력한 위장을 가지고 있거든요?"

"너 먹는 거 볼 때마다 내가 체할 것 같아서 그래. 제발 천천히 좀 먹어."

"아휴, 잔소리쟁이."

해연은 입술을 삐죽이면서도 남은 호빵을 먹고 물을 쭉 들이켰다. 빈 컵을 흔들어 보이며 '됐어요?' 라고 묻자 재영은 만족스러운 듯 고개를 끄덕였다.

"잘했어."

어린아이 칭찬하듯 그녀의 머리를 쓰다듬자 해연은 칫, 하고 작게 소리를 내더니 빈 봉투와 컵을 치우기 위해 움직였다. 그 모습을 흐뭇하게 바라보는데 묘한 눈초리가 느껴졌다. 고개를 돌려 보니 은우가 카운터 바에 기댄 채 의미심장한 시선으로 재영을 바라보고 있었다.

"너 안 가?"

"어차피 갈 데라곤 형 집밖에 없거든? 내가 집에 있는 거 싫어하면서."

"여기 있는 게 더 싫어."

차라리 해연이가 없는 집에 두는 게 천배 낫지.

재영이 마지막 말을 속으로 곱씹으며 허공으로 시선을 돌릴 때였다. 컵을 씻고 쓰레기까지 버리고 온 해연이 다시 카운터 앞에 돌아왔다. 그러자 은우가 시선을 돌려 그녀의 이름을 불렀다.

"해연 씨."

"네?"

"혹시 작가 콜라보레이션 단편집 해 볼 생각 없어요?"

갑작스런 제안에 해연의 두 눈의 휘둥그레졌다. 옆에 있던 재영도 그게 무슨 소리냐는 듯 바라보자 그가 말을 이었다.

"이번에 아는 작가들끼리 같은 주제로 단편집 하나 낼 건데 마침 한 자리가 비었거든요. 유명한 기성 작가 선배님들이랑 하는 건데 해연 씨 글 읽어 보니까 실력도 좋고. 해연 씨만 오케이한다면 같이 작업해 보고 싶은데, 어때요?"

"아……."

해연은 어안이 벙벙한 표정으로 두 눈만 깜박였다. 좋아하는 작가와 이야기를 나누고, 제 글을 칭찬해 주는 것만으로도 날아갈 것만 같은데 같이 작업이라니. 꿈에서도 생각해 본 적 없는 일이었다.

그녀는 어떻게 대답해야 할지 몰라 제 손가락만 만지작거렸다.

"한번 생각해 봐요. 해연 씨한테 정말 좋은 기회니까."

은우는 카운터 바에 기대고 있던 몸을 슬그머니 일으켰다. 그는 재영에게 '친구 만나고 저녁에 들어갈 거니까 비밀번호 바꿔 놓는 야비한 짓은 제발 하지 말자'라고 말하며 카페를 나섰다.

그가 사라진 카페에는 한동안 잔잔히 깔리는 노랫소리만이 가득했다.

해연은 은우의 제안이 아직도 믿기지 않았다. 묘하게 그녀의 입가에 미소가 지어질 때쯤 재영의 얼굴에도 변화가 찾아왔다. 해연과 상반되는 그늘이 가득 배어 있는 표정이었다.

❀   ❀   ❀

"저 그거 해도 될까요?"

아까부터 책에서 눈을 떼지 않던 재영이었지만 책장은 넘어갈 생각을 하지 않았다.

침묵 사이를 뚫고 해연의 조심스러운 물음에 그는 의미 없이 책장에 넘기던 행동을 멈추고 고개를 들었다. 그녀의 동공이 불안함에 떨리고 있었다. 아마도 하고 싶은 마음은 크지만 마음에 걸리는 게 한둘이 아닌 듯싶었다.

"뭐 때문에 고민하는 건데?"

"유명 작가들과 함께하는 건데 저 때문에 망칠까 봐 겁도 나고, 제가 그렇게 잘 쓰는 사람인지도 모르겠고, 또……."

해연이 입술을 달싹이다 한 템포 느리게 뒷말을 이었다.

"사장님 불편하시잖아요. 계속 이렇게 작가님이랑 엮이는 거."

첫 번째, 두 번째 이유야 예상은 했었지만 세 번째 이유에 재영은 조금 놀란 표정을 지었다.

"왜 내가 불편해해?"

"제가 작가님이랑 일하면 자주 만날 테고, 그러다 보면 카페에도 자주 찾아올지도 모르잖아요."

"저번에도 말했잖아. 나랑 도은우 사이는 신경 쓰지 말라고."

"어떻게 신경을 안 써요. 작가님 얘기만 나와도 사장님 미간에 주름이 잡히는데."

해연은 재영을 따라 한답시고 제 미간에 주름을 잡으며 인상을 구겼다.

그 모습이 웃겨 작게 헛웃음을 터트렸지만 그녀는 딱히 웃지 않고 진지하게 말을 이었다.

"사장님이 불편하면 더는 엮이지 않을게요."

'정말 그럴 수 있어?' 라는 말이 입술 끝에 걸렸다. 하지만 제 의사를 사실대로 표현한다는 건 좋은 기회를 잡은 해연의 앞길을 막는 것과 다름없었다.

언제 또 이런 기회가 그녀에게 올 수 있을까. 평소 좋아하는 작가가 신인 작가에게 단편집을 제안한다는 건 평생에 몇 없을 행운이었다.

개인적인 관계로, 그것도 해연 본인이 관련된 것도 아닌 일로 이래라저래라 할 순 없었다. 그럼에도 불구하고 재영의 입에서 대답이 쉽게 나오지 않는 이유는 제 마음 때문이었다.

그는 길게 심호흡을 내쉬며 이마를 매만졌다.

"그건 네가 고민할 사항이 아냐, 해연아. 넌 네 문제를 생각해야지."

어차피 답은 정해져 있었다. 그녀가 쉽게 제안을 받아들이지 못하는 진짜 이유는 겁이 나기 때문이었다.

재영의 말에 해연은 그런 제 마음을 간파당했다는 것을 단번에 깨달았다. 그녀는 두 손으로 얼굴을 묻으며 앓는 소리를 내었다.

"사실 저 되게 무서워요. 아직 제 글에 대한 확신도 없고."

"네 글 좋아. 정말이야."

재영은 진심으로 칭찬했지만 그다지 효과는 없어 보이는 듯했다. 여전히 얼굴을 손에 파묻고 있는 해연을 보며 그는 또다시 말을 이었다.

"네가 좋아하는 작가도 인정했잖아."

그 말에 해연이 고개를 조심스레 들기 시작한다.

"진심으로 한 말이겠죠? 제 글이 좋다는 거."

"그런 거로 장난치는 사람은 아냐. 믿어 봐."

재영의 말에 희미하게 해연의 입가에 미소가 지어졌다. 지인의 진심 어린 칭찬보다는 자신의 우상인 작가에게 받은 칭찬이 더 힘이 되는가 보다.

재영은 한쪽 가슴이 찌르르했지만 그 마음을 애써 들키지 않으려 태연한 척 말을 이었다.

"그리고 너 자신도 좀 믿어. 넌 항상 네 글에 대한 자신감이 너무 부족해 보여."

"전문적으로 배워 본 적이 없어서요. 보통 작가들은 대학에서 글을 몇 년 동안 전공으로 배운 사람들인데, 전 대학조차 나오지 않았잖아요."

해연은 풀 죽은 얼굴로 애꿎은 카운터 바를 손톱으로 긁어 댔다.

그거였구나. 자기 글에 자신감이 부족했던 이유가. 재영은 해연을 물끄러미 바라보다 그녀의 이마에 딱 소리가 날 정도로 세게 꿀밤을 날렸다.

"아!"

갑작스런 통증에 그녀는 아픈 이마를 손으로 비비며 재영을 바라보았다. 그러자 곧 그가 다시 말을 잇기 시작했다.

"그런 걸로 자격지심 갖지 마. 네 글, 대학 나온 사람보다 훨씬 더 좋고 대단하니까. 몇 년씩 배워도 너처럼 등단한 사람은 몇 없어. 네 경력에 자부심을 가져 봐."

아릿한 통증이 점점 무뎌졌다.

해연은 이마에서 손을 뗐지만 붉은 자국은 아직 선명하게 남아 있었다.

"이제 그 경력에 이번 단편집도 넣어 줘야지. 안 그래?"

그가 웃으며 말하자 해연의 입가에도 점점 미소가 피어올랐다. 꽤나 자신감을 되찾은 듯한 미소였다.

"그죠, 제 경력이 남들과는 좀 다르긴 하죠?"

하하. 호탕하게 웃으며 말하는 해연을 보며 그는 '정말 한 번 띄워 주면 하늘 끝까지 날아오르려 한다니까' 하며 핀잔을 주었다.

하지만 그녀는 이미 자신감을 회복한 뒤라 재영의 말 따윈 들리지 않는 듯했다.

"사장님, 미리 제 사인이라도 받아 놓으실래요? 유명 작가들이랑 일하다가 엄청 유명해질 수 있다고요."

"사인은 나중에 하고, 손님 받을 준비나 해."

재영이 턱짓으로 살짝 가게 앞을 가리켰다. 여자 손님 둘이 이야기를 나누며 가게 안으로 들어오고 있었다.

해연은 자리에서 일어나 그들에게 인사를 건넸고 주문을 받기 시작했다.

재영은 커피머신기 앞으로 걸음을 돌렸지만 여전히 맑은 목소리로 주문을 받는 그녀에게서 시선을 떼지 못했다.

❀   ❀   ❀

해연이 단편집을 하기로 결심하고 은우가 남겨 준 번호로 연락했을 때 그는 어느 때보다 밝은 목소리로 환영했다.

그때까지만 해도 '그래, 유명 작가들이라고 해서 별거야? 똑같은 글 쓰는 사람들일 뿐이야'라고 생각했지만 막상 첫 미팅 장소 앞에 도착하자 심장이 몸 밖으로 튀어나올 것만 같았다.

일부러 40분 전에 미리 도착했지만 해연은 쉽게 건물 안으로 들어가지 못하고 주변을 서성거렸다. 쌀쌀한 날씨에 손끝을 벌써 얼어 가고, 발끝마저 시리기 시작했다.

"들어가자."

입은 분명 들어가자고 읊조리고 있는데 몸은 움직이지 않았다.

추워서 얼어붙은 것인가 싶을 정도로 딱딱하게 굳은 몸을 간신히 억지로 움직여 문을 조심스레 열었다.

잔뜩 긴장한 얼굴로 주변을 두리번거리는데 인포메이션에 앉아 있던 출판사 직원이 자리에서 일어나 해연을 바라보며 방긋 웃었다.

"어떻게 오셨나요?"

"저⋯⋯."

어떻게 설명을 하면 좋을까 잠시 생각하던 찰나였다.

"어, 여기 있었네요?"

익숙한 목소리가 들려와 고개를 돌리자 은우가 반가운 표정을 지으며 다가오고 있었다.

"안 그래도 어디쯤이냐고 전화하려던 참이었는데."

은우는 사람 좋은 미소를 지으며 들고 있던 휴대폰을 주머니에 집어넣었다.

"올라가요. 다들 기다리고 있어요."

"네? 벌써요?"

밉보이지 않으려고 일찍 출발해서 왔는데 생각보다 건물 앞에서 시간을 많이 지체한 듯싶었다. 시간을 보니 미팅을 하기로 한 시간이 몇 분 남지 않았다.

얼른 걸음을 옮기려던 때 건물 현관문이 열리며 누군가 들어섰다.

구두 소리가 또각또각 들려와 뒤를 돌아보았다. 화려한 외모의 중년 여자가 안으로 들어서고 있었다.

"이사님, 안녕하세……."

인포메이션에 앉아 있던 직원이 얼른 일어나 인사를 건넸지만 눈길조차 주지 않고 들어선 그녀는 은우를 똑바로 응시하며 다가섰다.

"도은우!"

날이 잔뜩 선 목소리로 은우의 이름을 부른 그녀는 입술을 이로 짓이기며 인상을 구겼다.

"너 대체 무슨 짓을 한 거야? 단편집에 무명작가라니. 다른 작가들이 하는 말 듣고 엄마가 얼마나 놀랐는지 알아? 너 대체 요즘 무슨 생각을 하는 건지, 정말 도통 모르겠다."

속사포 랩을 하듯 내뱉는 말을 듣다 중간에 '엄마'라는 단어에 놀라 해연의 두 눈이 휘둥그레졌다.

예전에 은우가 나온 TV 프로그램에서 그의 어머니에 대한 내용이 언급된 적이 있었다. 젊었을 때 유명 배우로 활동했던 미모의 어머니를 두고 있다는.

재벌 2세, 그러니까 은우의 아버지이자 재영의 아버지이기도 한 그분과 결혼하면서 배우 활동을 중단했던 여자. 그 수식어답게 나이가 들었음에도 불구하고 화려한 외모를 자랑하고 있었다.

"엄마."

은우가 낮게 깔린 목소리로 말하며 인상을 찌푸렸다. 그제야 은우의 옆에 해연이 있다는 것을 본 그녀가 흘끗 시선을 돌렸다.

"설마, 얘니?"

그녀는 슬쩍 검지를 올려 해연을 가리켰다. 은우는 얼른 그녀의 손을 잡아 내렸다.

"얼른 집에 가, 엄마. 오늘 첫 미팅 있는 날이야."

"그래서 엄마가 온 거잖아. 다들 무명작가 들이는 거 말려 달라고 노발대발하는데 네가 그냥 밀어붙였다며."

은우는 억지로 그녀의 등을 밀었다. 몇 발자국 떠밀려 문 쪽으로 갔지만 그녀는 은우의 손을 뿌리치고 그 자리에 서서 그를 노려보았다.

"너 진짜 요즘 왜 그러니? 뒤늦은 반항기야?"

"엄마."

"하지 말라는 짓만 계속 골라서 하고, 집에도 안 들어오고. 너 자꾸 도재영 집에 들락날락하는 거 더 이상 안 봐줘. 며칠 미나네 집에서 잘 지내는 것 같다 했더니 또 그 자식 집에 들어가?"

"엄마, 나한테 감시 붙이지 말라고 분명⋯⋯."

은우는 언성을 높이다 옆에 해연이 있었다는 것을 인지하고 말문을 닫았다.

그는 무거운 한숨을 푹 내쉬었다.

"일단 돌아가 있어. 오늘 작가들끼리 하는 첫 미팅이야. 엄마 있으면 다들 눈치 보느라 집중도 못 할 거고."

"저 무명작가도 내 눈치를 많이 볼 거고."

"엄마."

"더는 네 마음대로 하는 거 안 볼 거야. 도은우, 봐주는 것도 한계가 있어."

그녀는 은우를 지나쳐 1층에 멈춰져 있던 엘리베이터에 올라탔고, 독한 향수 냄새만 남긴 채 사라져 버렸다.

1층 로비에 덩그러니 남겨진 두 사람 사이에 정적이 흘렀다. 분명 상처 되는 말을 들은 것 같은데 해연의 마음엔 쉽게 다가오지 못했다.

아니, 처음부터 예상했었기에 이미 마음의 준비가 되어 있었나 보다. 뭐 하나 봐 줄 것 없는 작가가 갑자기 유명 작가들 사이에 껴서 단편집을 낸다는데, 그것도 도은우라는 인기 작가의 낙하산을 타고 굴러들어 온 무명작가가 아닌가.

해연은 두 눈을 끔뻑거리며 슬쩍 은우를 바라보았다. 그의 얼굴에는 미안함이 가득 담겨 있었다.

"엄마 말 신경 쓰지 말아요. 원래 약간, 아니 많이 좀⋯⋯."

은우는 더는 말을 잇지 않고 한숨으로 대신했다. 해연은 그런 그를 보며 작게 미소를 지었다.

"괜찮아요. 이러다 미팅 늦는 거 아니에요? 빨리 올라가요, 우리."

해연은 걸음을 옮겨 엘리베이터 앞으로 가 올라가는 버튼을 꾹 눌렀다. 3층에 멈춰서 있던 엘리베이터가 천천히 내려오기 시작했다.

3층에 올라와 맨 복도 끝에 위치한 회의실로 향했다. 굳게 닫힌 문을 열고 들어가자 이미 도착한 작가들과 긴 테이블 가운데에 은우의 어머니가 자리 잡고 있는 것이 보였다. 잔뜩 긴장한 얼굴로 해연은 꾸벅 인사를 건넸다.

"안녕하세요."

떨지 않으려고 온몸에 힘을 주며 말했는데 미세하게 흔들리는 목소리까지 감추지 못했다.

책 표지 첫 장에 프로필 사진으로만 보던 사람들, 기사 사진으로만 접했던 유명 작가들이 줄줄이 해연을 바라보았다. 모두가 그녀를 반기는 표정이 아니었다. 무리에 새로운 이가 들어와서 잔뜩 경계하는 사자 무리 같다고나 할까.

"저번에 말했던 경해연 작가예요."

은우의 소개에도 다들 미동조차 없었다. 민망해하던 해연이 다시 한번 인사를 건네도 마찬가지였다.

그는 일단 해연과 함께 자리를 잡고 앉았다. 침묵이 흘렀다. 누구 하나 말 한마디 꺼내지 않았고, 테이블 중심에 앉아 있는 은우의 어머니의 눈치만 보고 있을 뿐이었다.

"다들 왜 그렇게 불편해해? 그냥 나 없다고 생각하고 회의들 해요."

"네, 이사님."

30대 중반 정도 되어 보이는 남자가 그녀의 대답에 고개를 끄덕이며 말했다. 그는 크흠, 목을 가다듬고는 작은 메모지를 슬쩍 바라보며 말을 이었다.

"그럼, 단편집 첫 미팅을 시작하겠습니다. 저는 이번 단편집 편집을 맡은 편집장입니다. 우선, 모든 작가들 사이에서 나왔던 의견인데 도 작가님이 영입하신 신인 작가 경해연 씨에 대한 얘기부터 나눠 볼게요."

은우는 처음 듣는 얘기인 듯 보였다. 놀란 표정으로 무슨 소리냐며 물었지만 편집장은 흘끗 쳐다보기만 할 뿐 말을 멈추지 않았다.

"경해연 씨에 대해서 짧게 얘기하자면 올해 신춘문예로 등단해 그 뒤로 '무늬', 최근에 나온 '멀어지다'를 출간하셨습니다."

다른 작가들 손에는 이미 그녀의 프로필과 경력이 적힌 종이가 들려 있었다. 마치 면접을 보는 듯한 숨 막히는 분위기에 은우는 난감한 기색을 드러냈다.

이런 식으로 첫 미팅을 할 생각은 전혀 없었다. 해연을 소개하고, 어떤 주제로 옴니버스 단편집을 묶을 것인지에 대한 이야기를 간단하게 나눌 참이었다.

하지만 은우의 어머니가 나타나면서 모든 것이 수포로 돌아가 버렸다. 이미 편집자와 그녀가 짜 놓은 판에 해연은 먹잇감이 되어 버린 듯싶었다.

"낸 소설들이 히트를 쳤나요?"

"미미한 성적이었습니다. 최근 '멀어지다' 도 마찬가지였고요."

"그렇군요."

굳이 확인 사살하지 않아도 모두가 알고 있었다. 처음 듣는 신인이 히트를 쳤다면 이들이 벌써 눈여겨봤을 테고, 이렇게 냉랭한 반응도 나오지 않았을 거다.

해연은 입술을 달싹이며 고개를 들지 못했다. 자신에게 향한 시선들도 부담스러웠고, 그녀는 순식간에 초라해졌기 때문이었다.

"네 경력에 자부심을 가져 봐."

문득 재영이 했던 말이 그녀의 머리를 스쳤다. 자부심. 그딴게 이 사람들 앞에서 생길 리가 없었다.

"어느 대학 나오셨어요?"

해연의 맞은편에 있는 작가가 물었다. 그녀는 숙이고 있던 고개를 슬그머니 들었다.

"저는 대학을 나오지 않았습니다."

"그럼 전문적으로 글을 배운 적은요?"

"배워 본 적도 없습니다."

작아진다. 점점. 목소리도. 자존감도.

해연은 다리 위에 모은 손을 꾹 움켜쥐었다. 손안에는 식은 땀이 흥건하게 배어 있었다.

"오늘 미팅, 여기까지 하죠."

보다 못한 은우가 자리에서 일어서며 말했다. 화가 난 표정으로 자신의 어머니와 작가들을 한 번씩 훑어보고는 옆에 있는 해연의 팔을 잡아 일으켰다.

"가요, 해연 씨."

그의 손에 이끌려 해연은 회의실 밖으로 나왔다. 그녀의 팔을 잡은 은우의 힘이 너무 강해서 아팠지만 아프다고 말할 틈도 없이 엘리베이터에 올라탔다.

내려가는 엘리베이터 안에서 은우는 입을 열지 않았다.

두 사람은 가만히 바닥만 바라보다 지하 1층에 도착했다. 은우는 제 차 앞까지 가서야 꽉 잡은 해연의 손목을 스르륵 놓아주었다.

"정말 미안해요."

차에 타지 못하고 가만히 서 있던 그가 침묵을 깨고 내뱉은 첫마디는 사과였다. 해연은 아릿한 손목을 매만지며 그에게 한마디 했다.

"괜찮아요."

정말 괜찮아서 한 말은 아니었다. 자신보다 은우가 더 상처받은 얼굴을 하고 있어서 위로 차 건넨 말이었다. 그도 그걸 아는지 고개를 들어 다시 한번 미안하다는 말을 꺼내었다.

"상황 정리되면 다시 연락할게요. 그리고 다른 작가님들은 해연 씨 싫어서 그러는 거 아니에요. 다들 엄마 때문에 그러는 거니까 너무 상처받지 말아요."

해연은 마지못해 고개를 끄덕였다.

은우가 그녀를 안쓰럽게 바라보다 '타요'라고 말하며 조수석 문을 열어 주던 때였다. 누군가 그들의 뒤로 다가오는 인기척이 들렸다. 또각또각 구두 굽 소리에 두 사람이 뒤돌아보았다. 아니꼬운 시선으로 다가오고 있는 은우의 어머니의 모습이 보였다.

"뭐 하는 거야, 아들?"

"해연 씨 데려다주려고."

"저 앤 손이 없어, 발이 없어? 알아서 가라고 해. 넌 할 얘기 있으니 따라오고."

"엄마."

"얌전히 따라와. 엄마 더 열 받게 하기 싫으면."

그녀는 강경하게 한마디를 남기고 주차되어 있는 빨간색 차 앞으로 유유히 걸어갔다. 은우는 한숨을 푹 내쉬며 옆에 서 있는 해연을 바라보았다.

"미안해요. 혼자 갈 수 있죠?"

은우는 미안함에 어쩔 줄 몰라 했고, 해연은 옅은 미소를 지으며 고개를 끄덕였다.

"연락할게요."

그는 해연의 어깨에 살짝 손을 얹었다. 하지만 따스함이 느꺼지기도 전에 떨어진 손.

은우는 곧장 빨간색 승용차 조수석에 올라탔다. 순식간에 주차장 안을 빠져나간 차는 흔적도 없이 사라졌다.

주차장 안엔 고요하고 싸늘한 기운만 가득했다. 해연은 그제야 어깨를 축 늘어트렸다.

✿   ✿   ✿

건물을 빠져나왔을 때까지만 해도 하늘은 분명 환했다. 하지만 해연이 동네에 도착했을 때는 하늘은 까만색으로 물들어져 있었다.

몇 시간을 걸어 다닌 걸까. 추위를 많이 타는 그녀였지만 오늘따라 무디게 느껴졌다. 정확히는 찬바람이라도 쐬며 정신을 가다듬고 싶었다. 안 그럼 자신의 자존감이 완전히 무너져 내릴 것 같았기에.

좁은 골목에 들어서자 유난히 눈에 띄는 환한 가게가 보였다. 재영의 카페였다.

그녀는 손목시계로 시간을 확인했다. 11시가 훌쩍 넘은 시간이었다.

왜 아직도 닫지 않고 있을까.

해연은 유리창 너머로 안을 들여다보았다. 재영은 카운터 앞 테이블에 앉아 벽에 기대어 눈을 감고 있었다. 책을 읽다 잠이 든 모양이었다.

해연은 조심스럽게 가게 문을 열고 들어섰다. 살금살금 까치발을 들고 들어간 카페 안은 온기로 가득 차 있었다. 차갑게 얼어 버린 몸이 훈훈한 기운에 슬며시 녹아드는 기분이 들었다.

그녀는 목도리를 풀며 재영의 맞은편 자리에 조심스레 앉았다. 고개를 그의 앞에 빼꼼히 내밀어 보기도 하고, 손을 이리저리 휘저어 보기도 했지만 깰 기미가 보이지 않았다.

해연은 그를 따라 벽에 머리를 기대었다. 추운 바깥을 떠돌다 따스한 곳으로 들어왔기 때문일까. 어쩐지 눈꺼풀이 무거워지는 기분이 들었다.

"카페 마감해야 하는데."

혼잣말을 중얼거렸지만 그녀의 두 눈은 이미 감겨져 있었다. 곧이어 숨소리가 일정해졌고 해연은 깊은 잠에 빠져들었다.

똑같은 포즈, 똑같은 숨소리. 조용히 깔리는 잔잔한 음악 소리가 그들에겐 자장가처럼 들렸다.

그렇게 시간이 얼마나 흘렀을까. 두 사람 중 먼저 눈을 뜬 건 재영이었다.

벽에 기대어 있는 자세가 불편해 미간을 찌푸리며 몸을 일으켰을 때, 제 앞에 있는 해연을 보고 처음엔 꿈인가 싶었다. 오늘 하루는 그녀를 못 보겠구나 생각했던 그였다. 그런데 제 앞에서 잠든 해연을 보고 놀란 그는 멍하니 두 눈을 깜빡였다.

"꿈인가."

낮게 중얼거리며 손을 뻗어 그녀의 얼굴에 가져갔다. 톡톡. 엄지로 볼록한 뺨을 찌르자 해연이 움찔거리며 미간을 찌푸렸다.

"꿈이 아니네."

재영은 옅은 미소를 지으며 손에 턱을 괸 채 그녀의 얼굴을 바라보았다. 가끔 카페에 손님이 없고 조용할 때면 해연이 앉아 졸곤 했었는데. 지금은 조는 정도가 아니라 깊게 잠에 빠진 듯 보였다.

재영은 그녀의 얼굴 앞에 손을 이리저리 움직여 보았다.

"첫 미팅이 힘들었나."

은근 예민한 타입인지라 손만 살짝 움직여도 벌떡 일어나 '어서 오세요'를 외치던 해연이었는데.

그는 중지와 엄지를 부딪쳐 딱딱 소리를 내보았다. 딱딱딱. 세 번 정도 냈을 때였을까. 해연의 내려앉았던 속눈썹이 예쁘게 말아 올라가며 맑고 둥근 눈동자가 드러났다. 두 사람이 시선이 마주쳤다.

"언제 왔어?"

"11시 넘어서요."

"집에 들어가지 않고 여기서 자고 있음 어떡해."

"사장님이 또 마감 안 하고 자고 있으니까. 내가 대신하려고 했죠."

"그래 놓고 여기서 나랑 같이 자고 있냐. 여러 사람 만나느라 피곤했을 텐데 일찍 가서 편하게 쉬지 그랬어."

재영이 꾸짖는 투로 말하자 해연의 입술이 삐죽 튀어나왔다.

"생각해 줘도 뭐라 그러네."

"나 생각하기 전에 너부터 생각해. 지금 온 거 보면 미팅이 꽤 길었던 거 같은데."

미팅은 진작 끝났다는 말이 목구멍까지 차올랐지만 해연은 그저 웃음으로 답했다.

오늘 일어났던 일을 재영에게까지 말하고 싶지 않았다. 물론 같이 화를 내고, 분노하고, 너는 잘못 없다고 말해 줄 것이 분명했다.

위로는 받을 수 있겠지만 자신의 나약함까지 모두 보이며 위로받고 싶진 않았다.

"밥은?"

"음…… 먹었어요."

"하긴, 지금 시간이 꽤 지났지. 미팅은 어땠어?"

"그냥, 그럭저럭?"

"그럭저럭?"

"네, 뭐, 그럭저럭 잘 끝냈어요."

"기죽었구나."

"아, 아닌데요?"

"그런데 왜 말을 더듬어."

"추, 추워서요!"

"목소리도 높아졌는데?"

"어, 어이가 없어서 그래요. 저 진짜 멀쩡하거든요!"

"알겠어. 화를 낼 것까지야······."

씩씩거리는 해연을 보며 그는 작게 웃음을 터트렸고 달래듯 말을 이었다. 그래도 여전히 표정이 풀리지 않자 재영은 손을 뻗어 조심스럽게 그녀의 머리를 쓰다듬었다. 갑작스런 행동에 해연이 눈을 동그랗게 뜨고 재영을 바라보았다. 그가 희미하게 웃으며 말했다.

"잘했어. 아주."

"······."

"앞으로도 그렇게 해. 기죽지 말고. 당당하게."

머리에 느껴지는 따뜻함에 왠지 마음마저 몽글하니 따스해진다. 해연은 그 느낌이 왠지 낯설어서 벌떡 자리에서 일어나 화젯거리를 돌렸다.

"마, 마감 안 해요? 얼른 하고 집 가죠?"

해연은 얼른 싱크대 앞으로 걸어가 팔을 걷어붙였다. 커피 머신기를 닦으려고 손을 뻗는데 문득 어깨 위로 재영의 손이 얹어졌다.

"가. 피곤했을 텐데, 얼른 가서 자."

"같이해야 빨리 끝내죠."

"됐습니다. 사장님이 다 알아서 하고 갈 테니 걱정 말고 가시죠."

그는 해연을 카운터 밖으로 밀어냈다. 카페 문까지 열어 그녀가 가는 길을 배웅해 주기까지 했다.

"진짜 저 먼저 가요?"

뒤돌아 다시 한번 해연이 묻자 재영은 대답 대신 고개를 끄덕거리며 얼른 가라는 듯 손을 흔들었다.

도와주기를 포기한 얼굴로 해연은 천천히 걸음을 옮겼고, 곧 그의 시선에서 완전히 사라졌다.

재영은 뒤돌아 문을 닫고 들어서 기분 좋은 미소를 입가에 지어 보였다.

딱 하루였다. 매일 보던 그녀를 보지 못한 것이. 하루 정도는 괜찮지 싶었는데 눈앞에 그녀가 아른거려 견딜 수가 없었다. 또 그곳에 가서 잘할 수 있을지 걱정도 이만저만이 아니었다.

하지만 해연의 등장으로 걱정했던 게 순식간에 해결되자 재영은 그 어떤 때보다 기분 좋은 미소를 지었다. 얼른 청소하고 가야지, 하며 카운터 쪽으로 발걸음을 옮기려는데 해연이 앉아 있던 테이블 위에 그녀의 목도리가 있는 것이 보였다.

"이런."

재영은 얼른 목도리를 들고 카페 문을 나섰다. 찬바람이 꽤나 거세게 불고 있었다. 그는 살짝 어깨를 움츠리며 그녀의 집 방향으로 뛰어갔다.

찬 공기 때문에 입에서 뿌연 입김이 흩어졌다. 그것들이 재영의 시야를 슬며시 가릴 때쯤이었다. 해연이 보이기 시작했다.

그녀의 이름을 부르려 했지만 그는 조용히 입을 닫을 수밖에 없었다.

"왜 이렇게 늦게 와요. 얼어 죽는 줄 알았네."

해연의 앞에 다른 이가 있었다.

도은우였다.

4화
짝사랑은 끝났다

"여기서 뭐 하세요?"

해연은 갑작스런 은우의 등장에 놀라 물었다. 자신의 집 앞에 쭈그려 앉아 있는 은우라니. 그녀의 얼굴에는 당황한 기색이 역력했다. 그는 자리에서 일어나 들고 있는 봉투 하나를 내밀었다.

"그냥 보낸 게 마음에 걸려서요. 오는 길에 보쌈 싸 왔는데, 시간이 꽤 지나서 다 식어 버렸을 것 같아요. 미안해요."

은우가 멋쩍게 웃음을 내지었다.

"언제부터 기다린 거예요?"

"엄마한테 끌려갔다가 한바탕하고 바로? 오자마자 전화했는데 해연 씨 휴대폰이 꺼져 있더라고요."

"아······."

해연은 가방에서 휴대폰을 꺼내 들었다. 은우의 말대로 전원이 꺼져 있었다.

미안함 가득한 시선으로 그를 올려다보자 은우는 어깨를 으쓱이며 작게 웃음을 내지었다.

"이렇게 누구 기다려 본 거 처음이라 되게 신기한 경험이었어요."

"연락 안 되면 그냥 가시지. 이 추운 날 왜 밖에서 기다리셨어요."

"해연 씨 집 근처에 들어갈 만한 곳이 형네 카페밖에 없는데, 형은 제가 가는 거 싫어하고 그냥 가자니 계속 마음에 걸려서 도저히 발길이 안 떨어져서요."

은우가 한 발짝 다가와 해연의 손에 보쌈이 든 봉투를 쥐여 주었다.

그의 손은 얼음장 같았다. 최소 서너 시간을 밖에서 기다렸을 텐데 감기라도 걸렸을까 봐 걱정이 앞섰다.

은우는 코를 훌쩍이며 씩 웃었다.

"이만 가 볼게요. 차가우니까 꼭 데워 먹고요."

은우는 그 말을 남기고 해연의 옆을 지나쳐 갔다. 그녀는 얼른 몸을 돌려 멀어지는 은우를 바라보다 그의 이름을 불렀다.

"저기…… 은우 씨!"

그가 해연의 부름에 멈춰 돌아섰다. 그녀는 머뭇거리다 제 손에 들린 봉투를 들어 보이며 말했다.

"이거, 같이 드실래요?"

자정이 넘은 야심한 시각, 그것도 여자 혼자 사는 집에 무슨 생각으로 외간 남자를 끌어들인 건지 해연은 스스로도 이해가 가지 않았다. 한사코 괜찮다며 손사래를 치는 은우를 끌고 그녀는 굳이 제집으로 들어왔다.

"전기장판 틀어 놨어요. 이쪽으로 와 앉으세요."

밖과 다르게 훈훈한 공기가 가득한 원룸. 다행히도 주말에 대청소를 해 놔서 나름 깨끗했다.

은우는 현관문 앞에서 한참을 쭈뼛거리다 따뜻함에 못 이겨, 결국 '잠시만 실례하겠습니다'라고 작은 목소리로 읊으며 안으로 들어갔다.

방금 틀은 전기장판에서 따뜻한 기운이 올라왔다. 그제야 그의 표정이 한결 편안해졌다.

"보쌈 데워 올게요."

해연은 후다닥 싱크대 쪽으로 달려가 전자레인지에 보쌈을 데우기 시작했다.

김이 모락모락 나게 데워 온 보쌈을 거실 한가운데 있던 테이블에 내려놓고, 함께 딸려 온 밑반찬들도 꺼내 열었다. 맛있는 냄새가 집 안에 진동했다. 해연도 은우도 저녁을 먹지 않은 상태였기에 두 사람 목구멍으로 침이 꼴깍 넘어갔다.

"먹을까요?"

"……그럴까요?"

두 사람은 서로를 쳐다보다가 젓가락을 들어 고기를 한 점

씩 들었다.

해연이 먼저 입에 고기를 넣고 우물거리자 은우도 따라서 입에 넣었다. 입안에서 고기가 사르르 녹아 해연은 입가에 미소가 지어졌다.

"맛있다."

"맛있죠?"

"어디서 사신 거예요?"

"동네 단골집이요. 이 집 진짜 맛있거든요."

은우는 장난스럽게 말하며 고기 한 점을 더 집어 먹었다. 두 사람은 대화도 하지 않고 먹는 데만 집중했다. 완전히 음식을 다 비운 후에야 기분 좋은 포만감에 고개를 들고 서로를 바라보았다.

동시에 웃음이 터졌다. 먹느라 서로에게 신경도 못 쓰고 미친 듯이 먹어 댄 자신들이 너무 웃겨서. 왠지 오늘 있었던 일들이 모두 지워진 느낌이었다.

"잘 먹었어요."

"작가님께서 사 오셨잖아요. 저야말로 정말 잘 먹었습니다."

꾸벅, 배꼽 인사를 하자 은우는 뒷목을 긁적이며 멋쩍은 미소를 지었다.

"해연 씨."

"네?"

"음, 그…… 호칭 말이에요."

"네? 무슨……."

"아깐 은우 씨라고 부르더니 또 작가님이라고 부르시네요."

"제가 그랬어요? 죄송……."

"아니, 그런 뜻이 아니고. 전 그냥 이름 불러 주는 게 더 좋은 거 같은데."

은우의 말에 해연은 당황한 표정을 지었다.

"앞으로 그냥 이름 불러 줄래요?"

그의 부드러운 목소리에 해연은 자신도 모르게 얼굴을 붉혔다. 차마 대답하지 못하고 고개를 세차게 끄덕이자 은우는 만족스런 미소를 지으며 자리에서 일어섰다.

"그럼 이만 가 볼게요."

"네!"

해연은 자리에서 벌떡 일어나 총총걸음으로 은우의 뒤를 따랐다.

현관문 앞에 쭈뼛거리며 서서 '안녕히 가세요'라고 또 배꼽 인사하자 그런 그녀가 귀여운지 작게 웃음을 터트렸다.

"네, 그럼 안녕히 가 보겠습니다."

은우는 해연을 따라 하듯 배꼽 위에 손을 올리고 얌전히 인사를 건넸다.

해연은 그 모습에 당황한 기색을 보였지만 그는 태연하게 현관문을 나서며 모습을 감추었다.

그가 나가고 나서도 해연은 현관문 앞을 한참을 떠나지 못했다.

좋았다. 자신이 존경하는 작가와 한결 가까워진 기분에 자꾸만 입가에 웃음꽃이 피었다.

❀   ❀   ❀

거실 소파에 앉아 있던 재영은 TV 채널을 마구잡이로 돌리고 있었다. 딱히 보고 싶은 것은 없었다. 그저 손을 가만두면 안 될 것 같아 무의식적으로 하는 행동이었다.

그때였다. 갑자기 현관문 비밀번호가 눌리는 소리가 들렸다.

경쾌한 소리와 함께 철컹 현관문이 열렸고 은우가 모습을 드러냈다.

"나 왔어."

재영은 대꾸도 하지 않은 채 여전히 TV를 응시하며 채널만 돌렸다.

멈출 줄 모르던 그의 손이 거실로 들어서는 은우의 미약한 웃음소리에 정지 버튼을 누른 듯 멈췄다. TV에 향했던 그의 시선이 은우에게 옮겨 갔다.

"진짜 재밌어."

속삭이듯 작게 중얼거리는 은우의 목소리에 재영은 자리에서 일어나 다짜고짜 그의 멱살을 쥐었다. 갑작스런 행동에 놀라 은우가 헛기침을 내뱉으며 뒷걸음질 쳤다.

"뭐야, 갑자기 왜 그래?"

"장난칠 생각하지 마."

"뭐?"

"해연이한테 장난칠 생각하지 말라고."

"내가 무슨 장난을 쳤다고 그래?"

"내가 널 몰라?"

재영은 멱살을 쥔 손에 힘을 더 주었다.

어렸을 때부터 그랬다. 학교에서 유명하다는 여자들은 다 한 번씩 은우를 거쳐 갔다는 소문이 끊이질 않았다.

한 번은 남자 친구가 있는 여자애까지 건드렸다는 말이 돌았고, 결국 학교에서 크게 싸움이 난 적도 있었다. 물론 그 끝은 그의 어머니가 와서 은우에게 유리하게 흘러갔지만 말이다.

"진짜 뭐 때문에 이러는 건데. 이유나 좀 알자고."

재영은 더는 말을 잇지 않았다.

조여 오는 힘에 은우가 헛기침을 계속 내뱉어도 그의 손에 힘은 풀어지지 않았다. 대체 갑자기 왜 이러는 거지. 은우는 의뭉스런 시선으로 바라보다 문득 오늘 일이 떠올랐다.

"혹시 오늘 회사에서 있었던 일 들은 거야?"

"일이라니. 그게 무슨 소리야?"

"그럼 대체 뭔데. 나 진짜 아무 짓도 안 했…….."

"오늘 무슨 일이 있었는데. 당장 말해."

재영은 힘을 더 주어 은우의 목을 압박했다. 벌게진 얼굴로 재영의 손을 툭툭 치며 '이걸 놔야 말을 하지!' 하고 간신히 소리쳤다.

그제야 풀린 손에 은우는 거친 숨을 몰아쉬며 붉어진 제 목을 매만졌다.

"힘 더럽게 세네."

"무슨 일이 있었는데. 잘 마친 거 아니었어?"

은우는 제 머리를 쓸어 넘기며 난감한 표정을 짓다 이내 입을 열었다.

오늘 있었던 일들을 들은 재영의 얼굴은 딱딱하게 굳어져 갔다.

해연에게 잘 마쳤다고 들은 지 얼마 되지 않았었다. 그녀가 거짓말로 둘러댄 것을 보면 자존심이 매우 상한 것이 분명했다.

"너는 그걸 보고만 있었어?"

"바로 미팅 중단시켰지. 어떻게 그걸 보고만 있어."

"몇 시에 끝났어?"

"시작한 지 얼마 되지 않아서였으니까, 한 5시쯤?"

10시 반쯤 마지막 손님이 나가고 나서부터 조용해진 틈을 타 잠이 든 재영이었다. 그러니 해연이 카페에 온 건 10시 반 이후였다는 것이다. 이 추운 날 오랜 시간 동안 어디서 뭘 했던 것일까.

재영은 무거운 한숨을 내쉬며 머리를 쓸어 넘겼다. 화가 났다. 해연의 속마음을 알아채지 못한 자기 자신에게.

"그래서 어떻게 할 건데."

"응?"

"해연이 어떻게 할 거야. 단편집에서 뺄 거야?"

"아니, 설득할 거야."

"설득할 수는 있고?"

재영의 물음에 은우는 입술을 꾹 깨물며 미간을 좁혔다. 설득하겠다고 큰소리쳤지만 작가들이면 몰라도 자신의 어머니까지는 장담할 수 없었다.

살면서 어머니의 요구는 모두 들어주며 살았다. 꼭두각시처럼 말이다. 그랬던 그가 이번 사건으로 큰 반항을 시작한 거다.

"할 거야."

더는 휘둘리지 않고 내 소신대로, 내가 옳다고 믿는 대로.

"할 수 있어."

눈 하나 피하지 않고 단호히 말하는 은우의 태도에 재영은 더는 다그치지 않았다. 그대로 말없이 뒤돌아 제 방으로 들어가 버렸다.

"근데 왜 갑자기 멱살을 잡은 거야?"

아직도 통증이 가시지 않는 제 목을 만지작거리며 혼잣말처럼 중얼거렸다.

생각해 보니 열 받네? 은우는 그의 방문 앞에 다가가 문고리를 돌렸지만 이미 굳게 잠긴 문을 철컥거리는 소리만 들릴 뿐이었다.

"진짜 왜 그랬냐고!"

은우의 소리침에도 묵묵부답. 그는 낮게 욕설을 내뱉으며 애꿎은 방문만 한참 동안 노려보고 있었다.

그때였다. 조용했던 은우의 휴대폰이 울리기 시작했다. 액정 화면을 보아하니 아까 미팅했던 작가들 중 최고 고령자인 남자 작가였다.

은우는 얼른 전화를 받았다.

"네, 선생님. 미팅은 곧 다시 잡을 생각이에요. 어머니랑 담당 편집자 빼고 저희끼리만요. 네, 알겠습니다."

✿   ✿   ✿

여느 때와 같이 점심시간에는 사람들이 몰려 정신없이 바빴다.

그런데 딱 하나, 이상한 점이 있었다. 오늘따라 재영이 영 정신을 못 차린다는 것이었다.

"사장님!"

"어, 어?"

"뜨거운 아메리카노 말고 아이스요. 차가운 거."

김이 모락모락 나는 아메리카노를 내밀다 해연의 말에 다시 한번 주문서를 바라보았다. 아이스 아메리카노라고 또박또박 적혀 있었다. 오늘만 벌써 세 번째 실수였다.

"미안, 다시 만들게."

재영은 다시 커피머신기 앞으로 다가가 에스프레소를 뽑기 시작했다. 해연은 아니꼬운 시선으로 그를 가만히 올려다보았다.

"무슨 일 있어요?"

무슨 일은 너한테 있지. 재영은 속으로 말을 삼키며 고개를 좌우로 흔들었다.

"분명 무슨 일이 있는데."

해연은 제 팔을 꼬아 팔짱을 끼었다. 그런 그녀의 눈치를 보며 샷을 뽑다가 자신도 모르게 또 유리잔이 아닌 머그잔을 손에 들고야 말았다.

"사장님, 아이스라고요."

해연이 버럭 소리를 지르자 재영은 짧은 탄성을 내지르며 얼른 유리잔을 손에 들었다.

"요즘 독감이 유행이라던데, 감기예요?"

"아니야."

"아닌 게 아닌 것 같은데. 사장님, 이리와 봐요."

혹시 열이 있나 싶어서 해연이 한 발짝 다가서며 오른손을 올렸다. 갑작스럽게 다가오는 그녀의 행동에 놀란 그가 뒷걸음질 치며 말했다.

"진짜 아니라니까."

"그럼 대체 왜 그래요, 오늘."

볼멘소리를 내며 손을 내린 해연이 묻자 재영은 고개를 돌려 그녀를 빤히 바라보았다.

잠시 동안 정적이 이어졌다. 이 침묵이 무엇을 뜻하는지 모르는 해연이 고개를 살짝 갸웃거렸다.

"너는."

"네?"

"너는 괜찮아?"

"전 뭐…… 항상 멀쩡한데."

어깨를 으쓱이며 왜 갑자기 그런 걸 묻느냐는 시선을 던졌지만 재영은 고개를 자잘하게 흔들었다. 어제 상황을 말하지 않은 해연에게 알은체하는 것보다는 그냥 넘어가는 게 낫다고 판단했다.

"오늘 진짜 이상해, 사장님."

심드렁한 목소리로 말했지만 재영은 그 말을 무시한 채 다 만들어진 아이스 아메리카노를 들고 손님에게로 다가갔다. 그는 입가에 희미한 미소를 지으며 테이블 위에 음료를 내려놓았다.

"손님 앞에서는 또 엄청 멀쩡하셔."

아까 재영이 잘못 만든 아메리카노를 그녀가 핏 웃으며 한 모금 마시려던 찰나였다. 앞치마 주머니에 넣어 두었던 휴대폰이 울렸다. 도은우였다.

해연은 슬쩍 재영의 눈치를 보다가 휴대폰을 들고 화장실로 자리를 옮겼다.

"네."

─지금 통화 괜찮아요?

"네, 잠깐은 괜찮아요."

―미팅 날짜가 다시 잡혀서 연락했어요.

"아……."

―걱정 마요. 절대로 저번 같은 일 안 만들게요. 약속해요. 이번에는 출판사 밖에서 만나고, 편집자랑 엄마 모르게 진행할 거니까.

해연은 대답 없이 입술을 달싹였다. 약속. 그 단어가 마음에 탁 막혀 오는 듯했다.

"……네, 감사합니다."

억지로 닫힌 마음을 뚫어 내며 간신히 대답했다. 툭툭, 해연은 제 가슴을 주먹으로 내리쳤다. 먹먹한 가슴을 진정시킨 그녀는 애써 심호흡을 길게 내뱉으며 얼른 화장실 밖으로 나섰다.

❖　　　❖　　　❖

"걱정 마, 해연아. 오빠가 항상 옆에 있을게. 약속해."

"절대 널 두고 어디 가는 일 없을 거야. 해연아, 오빠 믿어."

믿음과 약속.

인간관계에서 어디서나 존재하는 그 단어들이 해연에게는 아픔이고 트라우마였다. 믿었던 사람에게 돌연히 당한 배신은 아직까지도 선명하게 상처로 남아 있었다. 벌써 10년이나 지났는데도 또렷하게 기억나는 수현의 말들. 그리고 미소, 온기

모두가 생생했다.

가족이었다. 하나밖에 없는 가족.

보육원에서 의지할 데라곤 하나뿐인 핏줄 경수현밖에 없었고, 그가 스무 살이 되자마자 두 사람은 보육원을 나왔다. 세상 무서울 것이 없었다. 수현만 있다면, 오빠만 있다면 모두다 있는 엄마, 아빠도 부럽지 않았다.

믿는다는 건 그렇게 무서운 거다. 그 사람이 사라졌을 때 어떠한 대처도, 방법도 생각나지 않는다는 거니까.

그는 떠나며 해연에게 좋은 깨달음도 주었다. 누군가를 믿을 땐 깨지는 순간도 미리 인지해야 한다는 것. 그래야 자신이 덜 상처를 받을 수 있다는 것.

잠을 어떻게 잤는지는 모르겠다. 선잠을 잔 듯 몸이 찌뿌둥한 것이 미팅에 대한 부담감이 엄청난 듯싶었다.

쫄면 안 돼. 지면 안 돼. 자신감을 가져.

그 어떠한 말들도 어쩐지 힘이 되지 않았다.

"가고 싶지 않다."

그냥 단편집 하지 말까, 하는 생각이 머릿속을 헤집었다. 분명 좋은 기회이고, 다시는 오지 않을 일이었다.

하지만 아직은 그만큼 성장하지 않은 건지도 모른다는 생각이 자꾸만 들었다.

발걸음이 떨어지지 않았지만 가지 않을 수는 없는 노릇이다. 억지로 발을 이끌고 버스 정류장으로 왔는데 손에 든 휴대폰으로 짧은 진동이 느껴졌다.

〈오늘 장소 바뀌었어요. 저번에 출판사 건물 옆 카페로 와 줘요.〉

은우의 문자였다. 해연은 '네' 하고 짧은 문자를 보냈다.

곧 버스 두 대가 멈췄다. 원래 타려던 버스와 얼마 전 첫 미팅 때 타고 갔던 버스가 연달아 온 것이었다.

해연은 두 번째로 온 버스에 올라탔다. 몇 정거장을 가고 나니, 얼마 전 왔던 출판사 건물이 보이기 시작했다.

내림 버튼을 누르고 버스에서 내린 해연은 출판사 건물 쪽으로 걸어가다 바로 옆 카페로 향했다. 앤티크한 느낌이 강한 재영의 카페와는 사뭇 다른 블랙 포인트 모노톤으로 꾸며진 심플한 카페였다.

해연은 문을 열고 들어섰다. 그러자 카운터에 있던 여자가 씩 웃으며 인사를 건넸다.

"어서 오세요."

되게 예쁜 여자라는 생각이 순간적으로 들었다. 인형같이 생긴 외모에 입꼬리가 예쁘게 말려 올라가는 것이 누가 봐도 호감 상인 얼굴.

해연은 고개를 숙여 꾸벅 인사를 하며 카운터로 가까이 다가섰다.

"주문하시겠어요?"

"오늘 여기서 미팅을 하기로 했는데요."

"예약하셨어요?"

"네."

"성함이?"

"도은우 이름으로 예약했을 거예요."

"아……."

도은우라는 이름에 웃음이 만개한 여자의 얼굴이 오묘하게 바뀌었다.

"경해연…… 맞지?"

그리고 친숙하게 제 이름을 부르는 여자.

"저를 아세요?"

"당연하지. 은우가 요즘 매일같이 달고 사는 이름인데."

그녀는 거만히 팔짱을 끼며 아래위로 해연을 훑어보았다.

뭐지, 이 위화감은. 아까 들어왔을 때랑은 태도가 달라도 너무나 달랐다.

"아줌마 말이 맞네."

"네?"

"난 솔직히 은우가 데려왔다기에 조금은 특별한 사람인 줄 알았는데."

해연은 미간을 좁히며 아니꼽게 여자를 바라보았다. 그 시선에 여자는 오히려 재밌다는 듯 피식 웃었다.

"따라와."

그녀는 카운터 옆 복도로 걸어갔다.

해연은 곧장 그녀를 따라 들어가 좁은 복도 끝에 있는 룸 앞에 섰다. 여자는 들어가라는 듯 턱짓을 했고, 해연은 곧 그녀를 지나 방 안으로 들어섰다.

안에는 아무도 없었다. 약속 시간보다 20분이나 일찍 왔으니 그럴 만도 하지 싶어 제일 구석에 자리를 잡고 앉았다.

"따뜻한 아메리카노면 될까?"

"네."

"알겠어. 조금만 기다려. 손님 올 테니까."

"저기요."

"응?"

"왜 초면에 반말이에요?"

날이 선 말투로 해연이 말하자 여자는 풉, 하고 웃음을 크게 터트렸다.

뭐야, 뭐가 웃긴 건데. 해연의 얼굴에 당혹감이 스쳤다.

"제 말이 우스워요?"

"아니. 그게 아니라 되게 순둥인 줄 알았는데 생각보다 성깔 있는 게 신기해서. 첫 미팅 때는 한마디도 못 하고 앉아 있었다며."

"대체 누구세요?"

"나요? 은우의 친구이자, 약혼자 혹은 정혼자인 사람. 이 정도면 설명이 되려나?"

"그래도 초면에 반말은 실례 아닌가요?"

"반말은 내가 그쪽 나이를 알고 있고, 내가 그쪽보다 나이

가 많아서고. 또 워낙에 양쪽 사람한테 자주 들었던 인물이라, 나 혼자 친숙해서 그런 거니까 너무 대놓고 거부감 보이지는 말고."

오히려 내가 누군지 알고 거부감을 보인 건 그쪽인 거 같은데.

"커피 가져다줄게."

여자는 손을 살랑살랑 흔들며 룸을 나섰다.

기분이 언짢았다. 초면에 만나 반말에, 아래위로 훑어보는 행동과 사람을 깔보는 듯한 말투까지. 예쁜 얼굴 때문에 좋았던 첫인상 말고는 뭐 하나 마음에 드는 구석이라곤 없었다.

"뭐야, 사람 짜증 나게."

혼잣말을 중얼거리며 해연이 작게 입술을 삐죽이던 찰나였다. 누군가가 룸 안으로 들어섰다.

은우인가 싶어서 고개를 들었을 때 그와 묘하게 닮은 그의 어머니가 서 있었다.

분명 오늘 모임은 작가들끼리만 할 거라고 들었는데. 조금 당황스런 얼굴로 눈만 굴렸다. 그러자 언짢은 표정으로 해연을 내려다보며 그녀가 입을 뗐다.

"넌 어른이 왔는데 인사도 안 하니?"

그제야 작게 탄성을 내지으며 벌떡 일어난 해연은 꾸벅 인사를 건넸다.

어떻게 된 거지? 해연은 고개를 살짝 갸웃거리며 손목시계를 바라보았다. 약속 시간은 벌써 5분이나 지나가고 있었다.

지금까지 아무도 오지 않았다는 건 뭔가 잘못되었음이 분명했다.

해연은 고개를 들어 은우의 어머니를 바라보았다. 비릿한 미소를 지으며 반대편에 앉은 그녀의 표정에서 확실하게 상황이 꼬였다는 것을 느꼈다.

"어떻게 된 거예요?"

그녀는 대답 대신 들고 있던 작은 핸드백에서 휴대폰을 꺼내 들었다. 은우의 것이었다.

그제야 버스 정류장에서 받았던 문자가 그가 보낸 것이 아니라는 것을 직감했다.

"대체 왜 그러시는 거예요, 저한테?"

화가 났다. 작가들에게 잘 보여도 이 단편집에 참여할까 말까인 햇병아리 신인 작가에게 왜 이렇게까지 하는 건지. 얼굴 본 것도 이번까지 합해서 고작 두 번이었다. 서로가 어떤 사람인지도 파악하기도 전에 이미 해연은 그녀에게 미움을 사고 있었다.

"왜 이러냐고? 내 아들 옆에서 웬 풋내기가 알짱거리는데 엄마로서 이 정도는 당연한 거 아니겠니?"

도은우의 어머니는 코웃음 쳤다. 왜 그걸 모르냐는 식으로.

"저 도은우 작가님과 그런 사이 아니에요."

"알아. 너 같은 애가 어떻게 은우랑 그런 사이라고 의심하겠니. 하지만 싹은 빨리 잘라 내는 게 낫지. 우리 은우가 쓸데 없이 착해서 너 같은 애들 딱 잘라 내는 성격이 못되고, 또 네

시커면 속을 알아차릴 놈은 더더욱 못되거든."

혹시나 두 사람의 사이를 의심하는 건가 싶어 던진 말에도 무차별적인 언행은 계속됐다. 그녀는 핸드백에서 흰 봉투 하나를 꺼내 들었다. 그리고 아무것도 오르지 않은 테이블 위에 성의 없이 툭 내던졌다.

"우리 애한테 업혀서 성공을 바란다면 꿈 깨고, 돈이 필요해서 그런 거라면 이거 받고 깨끗이 사라져."

부아가 치밀었다. 입술을 꾹 깨물며 주먹을 꽉 쥐어 봐도 마음이 가라앉지 않았다.

누군가에게 이렇게 무시를 받아 본 적은 처음이었다. 아니, 이런 사람의 부류를 만난 것이 인생에서 처음인지라 어떻게 대처해야 할지 갈피를 잡지 못했다.

"너 도재영이랑 아는 사이라며? 그 자식한테도 전해라. 우리 은우랑 더 얽히면 너도 좋은 꼴 못 볼 거라고."

"……."

"주제를 알아야지. 어디 같잖은 것들이."

드라마나 영화에서만 보던 돈다발. 그리고 해연을 무시하는 폭언들.

솔직히 이런 일이 자신에게 일어날 것이라 생각하지 못했다. 드라마 속 여주인공의 답답한 모습을 보면서 나라면 돈다발을 던지며 화를 낼 거라고 생각했는데 막상 상황이 닥치고 나니 입이 떨어지지 않았다.

그때 해연의 휴대폰이 울리기 시작했다. 그녀는 주머니에 있는 휴대폰을 꺼내 들었다. 모르는 번호였지만 이 상황에서 조금이라도 벗어나게 해 줄지도 모른다는 생각에 전화를 받아 들었다.

"네, 여보세요."

—해연 씨, 무슨 일 있어요? 왜 안 와요?

도은우였다. 그일 것이라고 생각하지 못했기 때문일까. 순간 울컥한 마음이 올라와 자신도 모르게 주먹을 꽉 쥐었다.

"죄송합니다. 금방 가겠습니다."

해연은 목에 힘주어 말하곤 얼른 전화를 끊고 자리에서 일어섰다. 더 있다가는 꼴사나운 모습을 보일지도 모른다는 생각이 들었다.

그녀가 작게 고개를 숙여 인사하곤 룸을 나가려던 찰나였다. 잠시 나갔던 여자가 커피를 들고 룸을 들어오고 있었다.

"어머, 벌써 가려고요?"

아까까지만 해도 반말을 내뱉던 여자는 언제 그랬냐는 듯 상냥한 목소리로 말했다. 아무래도 은우의 어머니를 의식하는 듯했다.

해연이 그녀의 말에 대꾸하지 않고 옆을 지나치려 할 때였다.

"해연 씨."

여자의 부름에 나가려던 발걸음이 우뚝 멈춰 섰다. 차마 뒤돌지 못하고 서 있는 해연에게 몸을 돌린 그녀는 작게 웃음을 내뱉으며 말을 이었다.

"다음에 또 봐요."

'다음에 또 봐요'라는 그 말이 또 한 번 만나면 잘근잘근 밟아 주겠다는 뜻으로 느껴진 건 해연의 착각일까.

해연은 얼른 걸음을 옮겨 부리나케 카페를 빠져나왔다. 뒤한 번 돌아보지 않고 나온 그녀는 바로 앞에 서 있던 택시에 올라탔다.

"삼성동으로 가 주세요."

잔뜩 짓눌린 목소리로 간신히 내뱉은 말과 함께 눈물이 터져 나왔다.

뺨을 타고 흐르는 눈물을 손등으로 훔쳐 내었다. 택시가 달리는 내내 눈물이 멈추지 않았다. 도착했다는 기사의 말에 그제야 입술을 꾹 깨물며 마음을 다잡았다.

벌써 약속 시간이 한 시간이 넘게 흘러가고 있었다. 근처 건물 화장실에 먼저 들린 해연은 세수를 연거푸 했다.

눈이 벌게진 것은 어쩔 수 없었다. 그냥 대충 둘러대자 생각하며 그녀는 약속 장소로 달려갔다. 카페에 도착하자마자 은우의 이름을 대고 안내하는 룸 안으로 헐레벌떡 뛰어 들어갔다.

"늦어서 죄송합니다!"

크게 소리치며 앞도 제대로 쳐다보지 못하고 고개를 숙였다.

하지만 들려오는 말은 없었다. 입술을 꾹 앞니로 짓뭉개며 슬며시 고개를 들었을 때, 룸 안은 텅 비어 있었다. 순간 허망한 기분이 머리를 아찔하게 만들 때였다.

띠링, 휴대폰이 울렸다. 그녀가 휴대폰을 들자 아까 전화가 왔던 번호로 문자 하나가 도착했다.

〈해연 씨, 저 도은우예요. 송 작가님 따님이 갑작스레 교통사고가 나서 지금 모두 같이 병원으로 가는 길이라 오늘 미팅은 못할 것 같아요. 제가 조금 이따가 상황 보고 다시 연락드릴게요.〉

문자를 읽자마자 해연은 온몸에 힘이 쭉 빠져나가는 것만 같았다.

길게 숨을 내쉬던 그녀는 문 앞에 주저앉았다. 벌써 두 번째 미팅까지 자신 때문에 무산되었다는 생각에 무거운 한숨만입 밖으로 터져 나왔다.

"미치겠다, 정말……."

왜 이렇게 되는 일이 없을까.

해연은 벽에 콩, 하고 제 머리를 박았다. 아릿한 아픔과 함께 눈앞이 캄캄해졌다. 마치 다 식어 맛이 버려진 쓰디쓴 커피를 한 사발 들이켠 기분이었다.

✿   ✿   ✿

조용한 하루였다. 해연이 가게에 없는 것을 손님들도 아는 건지 매일 오던 단골들도 오늘따라 보이지 않았다. 하지만 싫지는 않았다. 오히려 가게가 조용했기에 오늘 내내 그녀의 새 책에 완벽히 집중할 수 있었다.

마지막 문장까지 읽은 그는 책을 반듯하게 덮으며 숨을 길게 내쉬었다.

좋다, 역시. 재영의 입가에 만족스러운 미소가 피어올랐다. 저번보다 감정 표현이 세밀해진 건 기분 탓인가. 그녀가 성장하는 과정을 함께하는 것 같아 너무나도 기분이 좋았다.

"맞다. 마감."

고개를 들었을 때 어두컴컴해진 밖을 보고 나서야 가게 마감을 아직 하지 않았다는 것이 생각났다. 시간은 벌써 10시가 훌쩍 넘어가고 있었다. 또 마감 안 하고 책 읽고 있었냐는 해연의 목소리가 어디선가 들리는 듯했다.

그러고 보니 오늘은 미팅 잘 했으려나. 또 기죽어 있으면 어쩌지 싶었다. 다른 부분에서는 딱히 소심한 구석이 없는 해연이었지만 자신의 글에는 늘 자신이 없었다.

"자신감 가져도 충분한 글인데."

재영은 손에 들린 그녀의 책을 토닥이며 혼잣말을 낮게 읊조렸다. 그러다 창문 너머 캄캄한 골목을 바라보았다.

해연이 집으로 가려면 가게 앞을 무조건 지나가야 했다. 집에 들어왔다면 가게에 들르지 않을 리가 없었다. 아직도 그 사람들과 함께 있든지, 오늘도 무슨 문제가 생겨 아직까지 밖에 있든지. 둘 중 하나일 것이라 짐작했다.

전자이길 바랐지만 무겁게 어깨를 짓누르는 불안감이 후자

일 것이라 말해 주는 것 같았다.

재영은 휴대폰을 들어 그녀에게 문자를 보냈다. '어디야?'라는 짧막한 문자를 보내자 곧이어 전화가 울렸다. 해연이었다. 그는 망설임 없이 전화를 받았다

—사장니임.

잔뜩 혀가 꼬인 것을 보아하니 술에 취한 것이 분명했다.

"너 술 마셨어?"

—넵, 한잔했습니다.

"작가분들이랑 마신 거야?"

—참 그랬으면 좋겠는데, 안타깝게도 저 혼자네요.

"……어디야?"

—우리 만날 가는…….

"기다려. 금방 갈게."

재영은 바로 전화를 끊고 가게 문을 잠근 뒤 해연이 있다는 곳으로 망설임 없이 달려갔다. 함께한 7년이란 세월 동안 카페만큼 자주 드나들던 곳. 근처 고깃집이었다.

재영이 부랴부랴 뛰어 가게 앞에 멈춰 섰다. 작은 소주잔을 들어 입안으로 털어 내고 있는 해연이 유리창 너머로 보였다.

목구멍을 타고 넘어가는 진한 알코올 향에 그녀는 잠시 인상을 찌푸리다가 곧 소주병을 들어 다시금 잔을 채웠다. 테이블 위엔 빈 소주병이 세 병이나 있었다.

재영은 가픈 숨을 몰아쉬며 고깃집 안으로 들어섰다. 들어서자마자 익숙한 사장님의 인사 소리가 들려왔다. 진한 고기

기름 냄새가 가게 안에 맴돌았고, 재영의 몸에 밴 커피 향을 금세 잡아먹어 버렸다.

"어? 사장님이다."

해연은 소주를 연거푸 마시다가 재영을 발견하고는 바람 빠진 소리를 내며 들고 있던 소주를 입에 털어 내었다. 그리곤 곧바로 검지를 하늘로 번쩍 올리며 소주 한 병을 또 주문했다.

막 냉장고에서 꺼낸 시원한 소주가 테이블에 놓이자 해연은 바로 소주병을 따기 시작했다.

"사장님, 앞치마도 안 벗고 뭐 해요?"

"······."

"또 마감 안 하고 있었구나?"

해연인 뭐가 그리 웃긴지 까르르 웃으며 또다시 제 잔을 채워 나갔다. 여기 온 지 3분도 안 되는 시간 동안 그녀는 벌써 세 번째 잔을 채우고 있었다.

"해연아."

재영은 그녀의 이름을 부르며 소주병을 빼앗아 들었다. 멀어지는 소주병을 보며 해연은 살짝 입을 삐죽였다.

"뭐야. 주세요, 그거."

"너 벌써 세 병이나 마셨어."

"에이, 이 정도야 나한테 기본인 거 알면서."

"너 지금 눈도 풀리고, 말도 엄청 어눌하거든?"

"아닌데, 나 완전히 멀쩡한데."

"가자. 데려다줄게."

"싫어. 안 가요."

"······그럼 말해 줄래? 지금 네가 이러는 이유."

재영의 말에 해연이 눈썹 사이가 묘하게 좁아졌다. 말하기 싫었다. 자존심 상하는 오늘의 모든 상황들을 입 밖으로 꺼낸다면 또다시 눈물이 날 것만 같았다.

"그럼 가자. 그만 마시고."

그런데 그보다 더 싫은 건 조용한 집 안에 혼자 틀어박혀 우는 것이었다.

"······자존심 상해서."

재영이 자리에서 일어나 그녀의 팔을 잡아끌려고 손을 뻗을 때쯤이었다. 열리지 않을 것 같았던 해연의 입술이 열리며 낮은 목소리가 들려왔다.

"그 잘난 사람들 사이에서 주눅 든 내 모습도 싫고, 무시당하는 것도 싫고, 내가 너무 작아 보이고, 아무것도 아닌 것 같아 보이고, 보잘것없이 느껴져서."

재영은 뻗은 손을 조심스레 내리며 자리에 앉았다. 테이블 아래를 바라보는 해연의 표정에서 오늘 얼마나 그녀가 무너져 내렸는지 알 수 있었다. 곧 눈물방울이 툭툭 떨어졌다.

늘 웃는 해연의 모습이 좋았다. 밝고 맑은 그녀의 모습을 보고 있을 때면 제 마음속 어두움마저 모두 사라지는 기분이었다.

지금까지 해연과 함께한 시간 동안 그녀가 이렇게 무너져 내린 모습을 본 것은 두 번째였다. 옥상에서 처음 만난 이후로 해연은 단 한 번도 자신의 앞에서 울지 않았었기에.

옥상에서 만난 게 사실이 아닌 꿈처럼 느껴질 정도로 늘 밝은 모습을 하고 있던 그녀였는데, 이렇게 또다시 해연을 무너트린 모든 것이 재영은 너무나도 싫었다.

"울지 마."

해 줄 수 있는 말이 왜 이것뿐일까. 내가 너에게 해 줄 수 있는 것이 더 없을까.

재영은 차마 손을 뻗어 그녀의 눈물을 닦아 주지 못하고 겨우 짧은 말 몇 마디로 해연을 위로했다. 하지만 그 말은 곧 허공에서 흩어졌다.

해연은 눈물을 손등으로 빠르게 훔쳐 내며 재영과 시선을 마주했다. 붉게 충혈된 눈이 그의 가슴을 아프게 만들었다.

"그런데 더 화가 나는 건요. 사장님, 저는 도은우 씨 좋아하면 안 되는 거예요?"

붉게 물든 해연의 시선은 흔들리지 않았다. 또박또박한 목소리는 머릿속에 콱 막혀 숨을 제대로 쉬지 못하게 만들었다.

"전 아무것도 시작한 적 없는데, 등신같이 그 사람 앞에서 아무 말도 못 해서 더 억울하고 화가 나요. 차라리 진짜 좋아하기라도 했으면 덜 억울했을 텐데, 시작하기도 전에 넌 그 사람이랑은 안 돼, 하고 선고받은 느낌이었어요."

"……."

"내가 그렇게 아니에요? 난 그 사람 좋아하면 안 돼요?"

지난 7년간 재영은 해연에 대한 마음을 가슴 깊숙한 구석에 넣어 두었다. 감춰 뒀던 마음은 한 번도 꺼내 보이지 않았다.

두려웠다. 이성으로 자신을 보지 않는 해연이 제 마음을 알았을 때, 지금의 관계가 완전히 틀어지거나 그녀가 자신을 멀리할 것만 같았기에.

그만큼 해연에게는 늘 조심스러웠다. 커지는 마음을 억누르며 지금의 관계에 만족했다. 자신 말고 그 누구도 가까이하지 않았으니까. 항상 네 옆에는 내가 있었으니까. 굳이 관계 변화라는 위험을 감수하지 않아도 언제나 내 옆에 있을 것 같았다.

그런데 곪지도 않고, 구석에 차분하게 있던 그 마음이 '도은우'라는 불청객으로 인해 부글부글 끓어올랐다. 그 마음은 너무나 적나라했고, 너무도 커서 재영의 이성이 감당하기에는 어려웠다.

해연이 다른 사람을 좋아한다. 해연이 다른 사람 옆에서 웃는다. 해연이 내가 아닌 다른 사람과 행복해진다. 그것은 상상만 해도 끔찍하고 세상이 무너지는 기분이었다.

"안 돼."

재영이 무의식적으로 내뱉은 그 말에 해연의 이마에 작은 주름을 만들었다. 단호한 그의 대답에 상처를 받은 듯 보였다.

"……왜요?"

자신의 말이라면 뭐든 동의했던 재영은 지금 이 자리에 없었다. 서글픈 마음에 해연의 입술이 꾹 힘이 들어가기 시작한다.

"내가 널 좋아하니까."

오랫동안 감춰 온 그의 짝사랑이 무거운 입술 사이로 드러
났다.

"그러니까 안 돼."

그의 숨겨 온 진실이 해연을 무겁게 누르더라도, 그녀가 제
옆에서 멀어지지 않기를 간절히 바라며.

"좋아하지 마, 도은우."

5화
나는, 너를, 너를

해연은 재영과 둘이 있는 시간이 어색하다는 생각을 해 본
적이 없었다. 딱히 말이 많지 않았던 재영 때문에 침묵은 늘
두 사람 사이에 친구 같은 존재였다.

하지만 오늘따라 유난히 힘들게 느껴졌다. 무슨 말이라도
해야 할 것 같은데, 딱히 할 말이 생각나지 않았다. 그동안 어
떻게 이 침묵을 견뎠는지 신기할 정도로.

해연은 애써 태연한 표정을 짓고 있었지만 어제 그가 했던
말이 자꾸만 떠올라 일에 집중할 수가 없었다.

"내가 널 좋아하니까."

진심을 꾹꾹 눌러 담았다는 것이 듣는 해연에게까지 느껴졌

다. 장난으로 치부해 버릴 수 없었던 그 말이 자꾸만 어디선가 들리는 듯했다.

"해연아."

"네, 네?"

화들짝 해연이 놀라며 재영을 바라보았다. 그는 어제 고백을 했다는 게 꿈처럼 느껴질 정도로 덤덤한 표정으로 자신을 내려다보고 있었다. 그의 시선이 부담스럽게 느껴져 해연은 버럭 더 크게 소리쳤다.

"부, 불렀으면 말을 해요!"

"네 앞에 손님……."

손님이라는 말에 해연이 고개를 돌려 앞을 바라보았다. 당황한 표정을 한 커플 손님이 그녀를 보며 두 눈을 깜박이고 있었다. 해연은 그제야 아차 싶은 마음에 어색하게 웃으며 물었다.

"주문…… 도와 드릴까요?"

계산과 손님 음료 서빙을 끝낸 해연은 카운터로 돌아오며 한숨을 푹 쉬었다. 아무래도 태연한 척하는 건 실패한 듯싶었다.

사장과 아르바이트생 사이로 지낸 지 어언 7년이었다. 어떠한 농담에도 자신을 여자로 보지 않는다며 단정 짓던 그가 자신을 좋아한다니. 그것도 자신이 도은우에 대한 속마음을 이야기한 직후에 말이다.

"해연아."

해연은 재영의 목소리에 고개를 들었다. 그가 걱정스런 시선으로 그녀를 바라보고 있었다.

"얘기 좀 할까?"

그래, 얘기 안 하고 넘어가기엔 힘들겠지.

해연은 고개를 끄덕였고, 곧 두 사람은 카운터 앞 작은 테이블에 마주 보고 앉았다.

숨이 막혔다. 이렇게 진지한 분위기에서 서로를 마주한 적이 없었던 것 같다. 늘 장난 반이 섞인 대화만 나누던 두 사람이었는데. 진지함 앞에 선 해연은 차마 그의 눈을 바라보기가 힘들었다.

"어제 한 말 있잖아."

재영이 먼저 무거운 침묵을 깨고 말을 이었다. 차라리 '잊어, 장난이야'라고 말해 줬으면 하는 바람이 있었다.

두 사람은 갑을 관계였지만 그 어떤 사람보다 관계가 돈독했다. 가족이 없는 해연에겐 가족 같았던 사람이었다. 이런 말도 안 되는 감정으로 사이가 어그러지는 것이 싫었다.

그러니까 장난이라고 해. 싫어하는 이복동생과 네가 있는 게 싫어서 장난을 쳤다고 해 줘.

"진심이야, 나는."

간절한 기도에도 재영의 입에선 그녀가 바라는 말은 나오지 않았다. 오히려 더 무거운 진담으로 그녀의 어깨를 짓눌렀다. 싫다.

정말 싫었다. 이 분위기와 자신을 보는 재영의 진심 어린 눈빛이.

그녀의 입 모양은 느슨히 풀어져 금방 울상이 되어 버렸다.

"진짜…… 왜 그래요."

그리고 목소리도 금세 축 가라앉아 버렸다.

"오래됐어. 이 마음."

재영의 마음을 이기지 못하고 고개를 푹 숙여 버린 해연은 마른세수를 하며 제 손에 얼굴을 묻었다.

"저는 한 번도 생각해 본 적 없어요."

"괜찮아."

"저한테 사장님은 그냥 사장님이라고요."

"그것도 괜찮아."

"대체 뭐가 괜찮다는 건지……."

"그냥 내 옆에만 있어. 예전처럼 그대로."

"……."

"그거 하나면 돼."

예전처럼. 그게 될까? 이미 재영의 마음을 알아 버린 해연이 어떻게 그를 예전처럼 바라볼 수 있을까.

아니, 지금까지 한 번도 내비치지 않다가 이제 와서 이러는 이유는 뭘까. 차라리 내비치지나 말지. 아무것도 바라는 게 없다면 계속 숨기고나 있지.

해연이 차마 속에 있는 말을 꺼내지 못하고 한숨만 푹 내쉬던 찰나였다. 앞치마에 넣어 두었던 휴대폰이 요란하게 울렸다.

전화를 꺼내 보니 은우에게서 걸려 온 전화였다. 흘끗, 해연은 자신도 모르게 재영의 눈치를 보다 천천히 휴대폰을 들었다.

"네, 은우 씨."

—지금 통화 가능해요?

"괜찮아요."

—어젠 진짜 미안해요. 갑자기 작가님 따님이 사고가 나서 어쩔 수가 없었어요. 정말 미안해요.

"아니에요. 괜찮아요."

—지금 괜찮으면 병원으로 올래요? 작가님들이 해연 씨랑 이야기하고 싶다고 하셔서. 아, 지금 아르바이트 중이죠? 그럼 저녁쯤…….

"아뇨, 지금 갈게요."

—괜찮아요?

"괜찮아요. 피크 타임은 지났으니까요."

해연은 단호히 말하며 재영으로 시선을 옮겼다. 그의 표정에는 여전히 변화가 없었다. 늘 그랬던 것처럼 담담한 눈빛이었다.

"갈게요."

한 번 더 단호하게 말을 한 해연은 은우에게 병원 위치를 들은 뒤에야 전화를 끊었다.

"가도 되죠?"

주어는 없었지만 굳이 말하지 않아도 누구를 만나러 가는지 재영은 알고 있었다.

동의를 구하는 것처럼 보이는 해연이었지만 이건 분명한 통보였다. 예전처럼만 옆에 있어 달라는 그의 말에 그럴 수 없다는 통보.

"그래."

재영의 말이 떨어지기가 무섭게 해연은 자리에서 일어나 짐을 챙기고 가게를 나섰다. 뒤돌아 인사도 없었다.

멀어지는 해연을 끝까지 응시하다 완전히 사라진 후에야 그의 입에선 무거운 한숨이 쏟아졌다.

대체 무슨 짓을 한 걸까. 눈앞이 까마득했다. 처음으로 내뱉은 감정, 그리고 그 감정을 들은 해연의 난감한 표정.

재영은 지금 이 상황들이 너무도 어색하고 힘들었지만 차마 장난이라며 주워 담을 수 없었다. 이대로 장난이라 치부해 버린다면 해연이 그대로 뒤도 돌아보지 않고 은우에게로 가 버릴 것 같았다.

그건 싫었다. 무겁고 힘들더라도, 그녀를 제 옆에 두고 싶었다. 설령 완전히 예전으로 돌아가지 못한다 해도 말이다.

재영은 테이블에 제 이마를 쿵 박았다. 오른손을 제 가슴 위에 조심스레 얹었다. 시원했다. 무거운 해연의 모습에 어쩔 줄 몰랐지만 처음으로 내뱉은 온전한 제 감정에 대한 행동은 너무도 시원했다.

하지만 무섭다. 정말 네가 이대로 나를 떠나 버릴까 봐.

"그래도……."

좋다. 경해연 네가.

복잡한 감정이 재영의 가슴 속을 일렁였다. 한참을 그대로 일어나지 못한 채 요동치는 마음만 매만지던 그는 손님이 자리를 뜨는 소리에 겨우 정신을 차릴 수 있었다.

급하게 가게를 빠져나오느라 해연은 겉옷도 입지 않은 채 손에 들고 있었다. 쌀쌀한 기운에 잠시 멈추어 부르르 떨다 고개를 돌려 멀어진 가게를 바라보았다.

홀로 두고 온 재영이 마음에 걸렸다. 그에게 모진 말이나 행동은 하고 싶지 않았다. 너무나 고마운 사람이라 더더욱 잘해 주고 싶은 마음만 가득했는데.

"그렇다고 사장님 마음을 받아 줄 수도 없잖아."

해연은 혼잣말을 내뱉으며 입술을 짓이겼다. 어제 그딴 말을 내뱉지 말걸. 욱해서 나온 말이 결국 이 사태를 만든 것 같았다.

그녀는 떨어지지 않는 발걸음을 억지로 옮기며 미안한 마음을 뒤로 한 채 가게에서 멀어졌다. 이기적인 행동이어도 자신의 마음이 가는 대로 하는 게 답이라 생각했다.

"성심병원이요."

골목을 빠져나와 도로 앞에 서 있던 택시에 올라탄 해연은 10분도 되지 않아 은우가 말한 병원에 도착했다.

택시에서 내리자마자 병원 정문 앞에 서 있는 그를 발견할 수 있었다. 은우는 그녀를 보고 해맑게 웃으며 손을 흔들었다.

그 웃음을 보며 해연도 따라 웃으며 그에게로 다가갔다.

"병실도 알려 주셔 놓고 왜 나와 계세요."

"그냥, 병실에서 작가님들이랑 같이 보는 것보다 나라도 먼저 보는 게 조금이라도 해연 씨 맘 편할 것 같아서요."

"아……."

"걱정 마요. 다 잘될 거니까."

은우는 기분 좋게 웃으면서 말했지만 해연의 표정은 여전히 편안하지 못했다. 처음 만난 자리에서 그다지 좋지 못한 시선으로 해연을 바라보던 작가들이었다. 프로필 사진으로만 보던 작가들의 차가운 시선이 또다시 제 몸에 닿을까 잔뜩 긴장되었다.

해연은 은우를 따라 미로 같은 병원 안으로 들어갔다. 엘리베이터를 타고 긴 복도를 지나 맨 끝에 있는 병실이었다. 투명한 창문 너머로 보이는 작가들. 그리고 작가의 딸처럼 보이는 여자가 침대에 앉아 함께 웃고 있는 것이 보였다.

해연은 긴장감에 발걸음을 우뚝 멈췄지만 은우는 개의치 않고 문을 열고 안으로 들어섰다.

"작가님들, 해연 씨 데리고 왔어요."

은우의 목소리에 하하호호 웃던 그들의 웃음소리가 뚝 끊겼다. 모든 시선이 문 앞에 서 있는 해연에게로 향하자 그녀는 꾸벅 90도로 인사를 건네었다.

"어젠 늦어서 정말 죄송했습니다."

"어제 무슨 일 있었어요?"

"그게……."

말해도 되나 싶어 말끝을 흐리며 은우를 바라보았지만 어제 일에 대해선 딱히 듣지 못했는지 그는 두 눈만 끔뻑거릴 뿐이었다.

"개인적인 사정이 있었습니다. 죄송합니다."

"그래도 미리 말해 주지. 그럼 느긋하게 기다렸을 텐데."

"죄송합니다……."

해연은 고개를 푹 숙이며 두 눈을 질끈 감을 때였다. 어린 목소리가 두 사람에 오가는 대화에 불쑥 끼어들었다.

"엄마도 잘하신 거 하나 없어요. 약속 내팽개치고 갑자기 사람들 끌고 병원으로 달려왔잖아요."

"애는. 네가 응급실에 있다는데 엄마가 미팅을 어떻게 하니?"

"프로답지 못하네, 우리 송지영 여사님. 그리고 다른 작가님들도 그래요. 무턱대고 따라 오면 어떡해요. 엄마는 그렇다 쳐도 나머지 분들은 미팅을 했어야죠."

똑 부러지는 말투에 해연은 질끈 감을 눈을 천천히 뜨며 앞을 바라보았다. 허리에 손을 얹고 입을 삐죽거리는 송 작가의 딸이었다. 해연이 그녀를 바라보자 그녀도 시선을 옮기며 배시시 웃었다.

"반가워요. 안 그래도 만나 보고 싶었는데."

그녀가 번쩍 손을 내밀며 악수를 청했다. 해연은 어색하게 다가가 손을 맞잡았다. 유난히 작고 흰 손. 그리고 그 위에 아슬아슬하게 꽂힌 링거 바늘에 해연은 꽉 잡지 못하고 엉성하게 맞잡았다.

"이번 신간 정말 잘 읽었어요."

"제 책을 읽으셨어요?"

"네. 은우 오빠가 이번 단편집에 해연 씨 넣는다고 하기 전부터 되게 좋아했거든요. 여기 있는 작가분들도 해연 씨 글 되게 좋아해요. 특히, 우리 엄마는 해연 씨가 당선되었던 그해 신춘문예 심사 위원이었어요."

"네?"

놀란 해연이 송 작가에게 시선을 던지자 괜스레 헛기침을 내뱉었다.

"얘는 그런 말을 왜 해?"

"어차피 알 게 될 거잖아요."

"너만 입 다물면 몰라."

"하여튼 그때 괜찮은 글 하나 나왔다고 얼마나 칭찬하던지."

"기본기 안 되어 있다고도 말했었거든?"

"그래서 딸내미 글은 첫 줄 읽자마자 탈락시키셨어요?"

"네 글은 재미가 너무 없어, 재미가."

송 작가는 생각만 해도 싫다는 듯 몸서리를 쳤다. 그런 그녀를 보며 송 작가의 딸은 헛웃음을 내뱉었다.

뭘까, 이 생각지 못한 분위기는. 해연은 어떤 반응을 보여야 할지 몰라 눈동자만 이리저리 굴리고 있었다.

"얘가 그렇게 맥아리가 없어. 그러니까 자기 글에 자신감도 없지!"

송 작가는 해연을 바라보며 버럭 소리 질렀다. 그 뒤로 경쾌하게 울리는 짝 소리와 함께 등으로 찌르르한 아픔이 전해져 왔다. 송 작가가 해연의 등짝을 손으로 친 것이었다.

해연이 인상을 찌푸리자 지켜보던 송 작가의 딸도 함께 표정이 일그러졌다.

"우리 엄마 손 진짜 매운데……."

혼잣말처럼 내뱉은 한마디가 해연에게 어찌나 공감이 되는지 온몸에 저릿함이 퍼져 외마디 비명도 지를 수 없을 정도였다.

하지만 덕분에 정신도 번쩍 드는 기분이었다. 긴장으로 인해 보이지 않았던 작가들의 표정이 하나하나 보이기 시작했다. 송 작가의 표정도 처음 만났던 그날처럼 차갑고 냉정한 표정이 아니라는 것을 느낄 수 있었다.

"환영해요. 사실 처음부터 말해 주고 싶었는데, 이사님 잘못 건드렸다가 피 본 사람이 여럿이라."

40대 정도 되어 보이는 남자 작가가 조곤조곤한 목소리로 말했다. 그제야 다른 나이 지긋이 드신 작가들도 함께 고개를 끄덕였다.

"죄송합니다. 저희 어머니 때문에 다들……."

"도 작가한테 그런 말 듣고 싶어서 꺼낸 얘기 아니야. 따지고 보면 힘에 굴복해서 경 작가한테 제대로 말 못 꺼낸 우리 잘못이 크지."

"경…… 작가요?"

"왜, 해연 씨라고 계속 불러 줄까? 그게 좋으면 그렇게 불러 주고."

"아니에요! 경 작가가 더 좋아요! 엄청 좋아요!"

우렁찬 해연의 목소리가 병실을 크게 울렸다. 그 바람에 진지한 분위기였던 병실 안에 크나큰 웃음들이 여기저기서 들려오기 시작했다. 민망함에 해연의 귀가 새빨갛게 익어 갔지만 왠지 모르게 웃음이 입술 사이로 사르르 번져 갔다.

✿　　✿　　✿

"거짓말……."

해연은 퍼석하게 갈라진 목소리로 말을 내뱉었다. 목이 찢어질 듯 아프다. 이마에는 식은땀이 송골송골 맺혀 있었고, 몸에 힘이 들어가지 않았다.

어제 작가들과 오해 아닌 오해를 풀고 병원 근처 고깃집에서 함께 술잔을 기울였다. 한고비를 넘겼다는 생각에 술이 절로 넘어갔다.

흥에 겨워 평소보다 더 많이 마신 것은 사실이었지만 곱게 집에 들어와 꿀잠을 잤다. 그런데 일어나 보니 움직일 수도 없을 정도로 몸이 무거웠다.

해연은 무거운 몸을 일으키며 머리맡에 두었던 휴대폰을 집어 들었다. 시계를 확인해 보니 얼른 씻고 준비해야 지각을 면할 수 있는 시간이었다.

그녀는 애써 이불을 걷어 내고 침대에서 몸을 완전히 일으켰다. 땅이 지진이라도 난 것처럼 꿀렁거리는 느낌 때문에 몇 발자국 못 떼고 풀썩 바닥에 주저앉아 버렸다.

"진짜…… 안 되는데."

해연은 이마에 맺힌 식은땀을 닦아 내고 벽을 짚고 일어서려 했지만 팔에도 힘이 들어가질 않아 손이 벽을 타고 주르륵 미끄러졌다.

"정말 안 되는데…… 오늘은."

끙끙거리던 그녀는 결국 방을 나가길 포기하고 벽에 기대어 앉았다. 하필 어제 재영과 좋지 않게 헤어지고 나서 결근이라니.

그녀는 침대 이불 위에 오도카니 있는 휴대폰을 바라보며 한숨을 푹 내쉬었다.

"일부러 결근한 것처럼 보이잖아. 이러면……."

뜨거운 숨이 입술 사이로 흩어졌다. 다시 한번 몸에 힘을 주어 일어서려 했지만 결국 풀썩 제자리에 주저앉아 버리고 말았다.

날이 좋았다. 손님 한 명 없는 카페에는 고요했다. 평소 같았다면 기분 좋게 오픈 준비를 하고 있을 테지만 재영은 일에 집중하지 못하고 있었다. 음료 베이스를 만들다 말고 창가를

194

바라보고, 원두를 채우다 또 한 번 바라보고, 과일을 깎다가 또 한 번 창가 너머를 바라보았다.

하지만 해연은 나타나지 않았다. 늦잠을 자도 늘 정각이 되면 젖은 머리를 휘날리며 달려오던 그녀였다. 그런데 오늘은 이상하리만큼 늦었다. 어쩌면 단순히 늦는 것이 아니라 영영 오지 않을지도 모른다는 불안감까지 생겨났다.

재영은 들고 있던 과일칼을 내려놓고 시계를 바라보았다. 벌써 출근 시간이 10분이나 지났다. 정말 오지 않을 생각인가. 이젠 예전처럼 대해 줄 수 없는 건가.

점점 불안한 마음이 커져 머리를 잠식시키려던 찰나였다. 앞치마 주머니에 있던 휴대폰에서 진동이 울렸다. 그는 그제야 정신을 차리고 휴대폰을 꺼내 들었다.

해연이었다. 그는 다급한 시선으로 메시지를 읽어 내려갔다.

〈죄송해요. 감기 몸살이 너무 심해서 오늘 출근 못 할 것 같아요.〉

심장이 덜컹거렸다. '죄송해요'라는 말이 이렇게도 무서운 단어였나 싶었다. 하지만 뒷 문장을 읽은 재영의 입에서는 작은 안도의 한숨이 흘러나왔다.

"……다행이다."

영영 너를 보지 못하는 게 아니라서.

잠시 안도감이 들었지만 고개를 들어 문자를 다시 확인한 그의 얼굴에는 걱정이 앞섰다. 감기 몸살이라니.

해연은 잔병이 거의 없는 편이었다. 하지만 아프기 시작하면 정말 심하게 앓곤 했었다. 한 번은 감기가 제대로 걸려 결근 전화 한 통을 끝으로 3일 내내 연락이 되지 않은 적도 있었다.

걱정되어 무작정 찾아갔을 땐 집에 쓰러진 해연을 발견했다. 혼자 끙끙 앓고만 있다가 밥은커녕 죽도 먹지 못한 상태로 실신해 버린 것이었다. 그때만 생각하면 재영은 지금도 머리가 핑 도는 느낌이었다.

정말 그때처럼 또 쓰러지면 안 되는데 싶어 걱정스런 문자를 쓰다가 문득 손이 멈췄다.

"진짜…… 왜 그래요."
"저는 한 번도 생각해 본 적 없어요."
"저한테 사장님은 그냥 사장님이라고요."

걱정하는 티를 내면 불편해하려나.

재영은 낮은 한숨을 내쉬다 적었던 문장을 지우고 짤막한 문장으로 말을 간추렸다.

〈알았어. 푹 쉬어.〉

하고 싶은 말을 가슴속에 꾹 눌러 담으며 짧게 보낸 문자는 순식간에 사라졌고, 돌아오는 답장은 없었다.

두어 시간이 지난 가게는 갑자기 바빠지기 시작했다. 평소보다 이른 시간에 많은 사람들이 몰려왔고, 대기 시간을 10분 넘게 잡기 일쑤였다. 만석이 된 테이블을 보며 음료를 테이크 아웃만 해 가는 몇몇 단골도 더러 있었다.

다른 생각을 못 할 정도로 바쁜 시간을 보내고 나니 5시가 훌쩍 넘어갔다. 이제야 숨 좀 돌리나 싶어 의자에 엉덩이를 붙이던 때였다.

"형!"

갑작스레 들리는 목소리에 고개를 돌리자 창밖에 해맑게 웃으며 서 있는 은우가 보였다.

어제 새벽에는 들어오지도 않더니, 왜 또 나타난 건지. 이제 안 오는 건가 싶다가도 뜬금없이 불쑥 나타나는 은우였다.

재영이 아무런 반응 없이 가만히 보고만 있자 그는 아예 문을 열고 카페 안으로 들어섰다.

"너 내가 오지 말라고 했을 텐데."

"형 만나러 온 거 아니거든. 해연 씨 어디 있어? 전화했는데 안 받더라고."

은우는 주변을 두리번거리며 그녀의 모습을 찾았다. 하지만 보이지 않는 모습에 고개를 갸웃거리며 재영에게 물었다.

"화장실 갔어?"

"안 나왔어. 오늘 아파서."

"진짜? 어제 좀 많이 마시던데, 술병 났나."

"술 마셨어?"

"응. 작가님들이랑 같이. 새벽 2시쯤에 헤어졌지, 아마? 근처 작가님 집에서 같이 자고 가자니까 곧 죽어도 집에 가야 된다고 해서 해연 씨는 택시 태워 보냈지. 잘 도착했다고 문자까지 받았는데, 오늘 아침부턴 연락이 안 되더라고."

진짜 술병 난 건가 싶어 재영은 고개를 갸웃거렸지만 해연 성격상 술병이 났으면 났다고 얘기할 사람이었지 굳이 감기 몸살이라고 거짓말할 사람은 아니었다. 술병이면 차라리 나을 텐데, 그거야 하루 푹 쉬면 괜찮아지는 거니.

"뭐, 할 수 없지. 조금 있다가 다시 전화해 봐야겠다."

은우가 혼잣말처럼 말하며 저벅저벅 카페를 나서려 할 때였다.

"야."

재영이 은우를 무미건조하게 불렀고, 은우는 뒤돌아 그를 말없이 바라보았다.

"급한 거야?"

"응?"

"해연이한테 연락하는 용건이 급한 거냐고."

"아니. 그런 건 아닌데……."

"그럼 되도록 오늘은 전화하지 마. 간만에 쉬는 애 괜히 괴롭히지 말고."

재영은 자신의 할 말이 끝나기가 무섭게 싱크대에 물을 틀었다. 쏴아아, 떨어지는 물줄기 소리가 들리고 달그락 그릇들이 부딪치는 소리가 났다.

은우는 멍하니 재영의 뒤를 바라보다가 얼떨결에 고개를 끄덕이며 밖으로 향했다.

끼이익, 문이 닫히는 소리와 은우의 인기척이 등 뒤에서 사라졌다.

재영은 분주하게 설거지하던 것을 멈추었다. 흘러내리는 물줄기만 손등으로 맞으며 서 있던 그가 어깨를 축 늘어트리며 낮은 한숨과 함께 혼잣말을 내뱉었다.

"도재영, 미친……."

너 지금 뭐 하는 거니. 유치하게.

재영은 싱크대 물을 잠그고 옆에 있던 간이 의자에 풀썩 주저앉았다. 젖은 손으로 이마를 매만지다 이내 머리를 헝클어트렸다.

여러 감정이 섞여 화가 치밀어 올랐다. 이렇게 유치한 말로 감정을 드러내는 자신에게도 화가 났고, 자꾸만 해연과 가까워지는 은우에게 화가 났다.

어떻게 해야 이 솟구치는 감정을 억누를 수 있을까. 불안하고 벅찬 마음을 스스로도 전혀 제어할 수가 없었다.

❀   ❀   ❀

무슨 정신으로 카페 일을 끝냈는지 모르겠다. 카페 마감을 하려고 한 건 아니었는데 생각 없이 움직이다 보니 9시도 넘지 않은 시각에 카페 정리를 끝내고 말았다. 낮에는 그렇게 사람이 많더니만, 저녁에는 손님이라곤 하나도 보이지 않았다.

"그냥 일찍 문이나 닫을까."

긴 한숨을 내쉬며 캄캄한 하늘을 바라보던 재영은 10여 분 정도 지난 뒤에 카페 불을 끄고 문을 닫았다. 더는 뒤숭숭한 마음으로 카페에 앉아 있고 싶지 않았다.

아, 보고 싶다.

또다시 바람과 함께 불쑥 찾아오는 마음에 재영은 입술에 힘을 주었다. 그러다 해연의 집 방향 골목을 한 번 쳐다보다가 머리를 살짝 흔들고는 제집 방향으로 몸을 틀어 걷기 시작했다. 한 걸음, 두 걸음 집으로 가는 걸음이 오늘따라 왜 이렇게 무거운지 모르겠다.

"하아."

결국 재영의 입에서 깊은 한숨이 새어 나왔다. 발걸음을 우뚝 멈춘 그는 뒤돌아 어디론가 뛰어가기 시작했다. 주택가 골목을 부리나케 빠져나온 재영은 거친 숨을 내쉬며 근처 죽집을 바라보았다. 하지만 늘 켜져 있던 죽집의 간판은 이미 꺼져 있다.

"아……."

원래 이렇게 이른 시간에 닫았었나. 재영은 머리를 긁적이다가, 반대편을 바라보곤 고민 없이 마트로 들어갔다.

"어, 형 일찍 왔네?"

문을 열고 들어가자 TV를 보고 있던 은우가 반가운 기색을 보이며 말했다. 하지만 재영은 그에게 눈길조차 주지 않은 채 바로 부엌으로 들어갔다.

재영이 뭐 하나 싶어 고개를 빼고 바라보던 은우는 궁금함을 못 참고 소파에서 몸을 일으켰다.

"뭐야, 뭔데. 오늘 뭐 해 줄 거야, 나?"

"네 거 아냐."

"그럼 뭐야, 이건?"

은우의 집요한 물음에 재영이 미간을 찌푸리며 아니꼽게 그를 바라보았다. 한 번 더 물었다간 '당장 나가!'라고 외칠 기세였다. 그것을 캐치한 은우는 조용히 입을 다물고 뒷걸음질 쳤다.

재영은 은우가 조금 시야에서 사라지자 다시 분주하게 움직였다.

일찍 가게 문을 닫고 뭘 급하게 만드는 걸까. 은우는 자꾸만 힐끗힐끗 바라보다가 그가 만드는 메뉴가 죽이라는 것을 알아챘다.

죽이 필요한 이라면 딱 한 사람밖에 없었다. 아니, 평소에 감정을 잘 드러내지 않던 재영에게 저런 감정을 드러내게 할 사람은 그 사람밖에 없었다.

"해연 씨 갖다 주려고 하는 거구만."

작은 목소리로 중얼거리며 은우는 피식 웃음을 터트렸다.

아까는 쉬는 사람 방해하지 말라더니, 지는 찾아가겠다는 거네.

은우는 재영을 흘끗거리다가 거의 다 완성이 됐는지 담을 그릇을 꺼내는 그의 모습에 소파로 후다닥 달려가 앉았다. 처음부터 TV를 보고 있던 사람처럼 리모컨을 잡고 있자 재영은 뒤도 돌아보지 않고 집을 나섰다.

쾅 닫히는 소리와 함께 재영의 인기척이 사라졌다.

"부럽네."

은우는 또다시 혼잣말을 중얼거렸다. 그리곤 슬쩍 자리에서 일어나 부엌으로 발걸음을 옮겼다. 죽 냄새가 은은하게 배어 있는 냄비는 텅 비어 있었다.

"치사 빤스."

조금만 남겨 주고 가지. 그걸 다 가져가냐, 진짜.

빈 냄비를 들었다 놨다 하던 은우는 입맛만 쩝쩝 다시다가 다시 소파에 돌아와 풀썩 주저앉았다. 리모컨을 들고 정처 없이 채널을 돌리던 그의 얼굴엔 왠지 모를 씁쓸한 미소가 지어졌다.

✿   ✿   ✿

아플 때면 꼭 생각나는 사람이 있었다. 어렸을 때부터 잘 아프지 않았던 해연이었지만 1년에 한 번 정도는 꼭 감기를 심하게 앓았다.

그때마다 해연의 옆에서 간호를 해 준 사람은 수현이었다. 물수건을 이마에 올려 주면 그게 여간 시원한 것이 아니었다.

"아직도 아파?"

걱정스런 목소리가 들리자 해연은 힘겹게 고개를 끄덕였다. 미지근해진 물수건을 들고 화장실로 후다닥 달려가는 어린 수현의 발소리가 들린다. 그 뒤로 이어지는 물소리, 물에 적힌 수건을 짜는 소리, 그리고 또다시 달려오는 수현의 발소리가 이어졌다.

"……아파."

퍼석하게 갈라진 해연의 목소리가 방 안을 울렸다. 찬 물수건이 이마에 닿아야 하는데, 그리고 네가 물어야 하는데. 왜 아무런 말이 없을까. 경수현은.

아플 때면 사람의 마음은 약해진다. 너무 많이 약해져서 평소에 하지 않는 앓이를 하곤 한다. 예를 들면 해연에게는 약점과도 다름없는 경수현의 꿈을 꾸거나, 그리워한다. 자신을 버린 사람이 뭐가 예쁘다고 자꾸만 떠오르는 건지 이해할 수가 없었다.

"많이 아파?"

해연이 달아오른 숨을 내쉬며 두 눈을 다시 감으려던 때였다. 남자의 목소리가 들렸다. 익숙하면서도, 아주 다정한.

감으려던 두 눈을 뜨자 눈앞에 흐릿하게 사람의 모습이 보

였다. 그리고 뜨거운 이마 위로 차디찬 무언가가 오른다. 물수
건은 아니었다. 찬데, 인위적인 찬 느낌은 아니었다. 따뜻하면
서도 찬 느낌이라면 미친 소리라고 하려나.

"비밀번호 바꾸라고 했잖아. 위험하다고."

"귀찮아서……."

"그 말 들은 지 벌써 3년째다."

이마를 차게 만들던 감촉이 멀어졌다. 슬금슬금 이마의 뜨
거움이 또 잠식하려 하자 해연이 이맛살을 찌푸렸다.

그때 이마 위로 다시 차가운 무언가가 닿았다. 물수건이었
다. 그 느낌 때문일까. 흐릿했던 시야가 조금씩 또렷해지더니
수현이 아닌 재영이 보였다.

왜 그의 얼굴을 보자마자 안도감이 드는 걸까. 해연의 입술
사이로 작은 숨이 내쉬어졌다. 이내 피식 작게 웃으며 퍼석한
목소리로 말을 이어 갔다.

"사장님도 안 바꾸시잖아요."

"나야 집에 있는 게 없으니까."

"우리 집에도 훔쳐 갈 만한 거 없는데."

"너 있잖아, 너."

'그걸 농담이라고' 하며 말하려 했지만 마주친 재영의 시선
에 걱정이 한가득 담겨 있어 차마 입 밖으로 꺼낼 수가 없었
다. 그 걱정이 한낱 지인의 걱정 정도가 아니라는 걸 잘 알고
있었기에 더더욱 그랬다.

"죽 가져왔어. 일어나서 이거 먹고, 약 먹자."

달그락거리는 소리에 고개를 돌리자 사기그릇에 담긴 죽이 보였다.

정말이지, 미워하래야 미워할 수가 없는 사람. 지금까지 받은 것도 충분한데, 심지어 어제 그 모진 소리를 한 자신한테 이렇게까지 신경 써 주다니.

해연이 물끄러미 재영을 바라보자 그는 말없이 이마 위에 오른 물수건을 걷어 내며 어깨를 잡아 일으켜 주었다. 작은 머리 울림에 그녀가 미간을 찌푸리자 작게 '괜찮아?' 하고 묻는다.

"괜찮……아요."

해연은 자신의 어깨에 오른 재영의 손을 밀어내며 말했다. 그 바람에 멀어진 재영의 손은 허공에 잠시 머물렀지만, 아무렇지 않은 척 죽이 담긴 사기그릇 쪽으로 손을 옮겼다.

그녀는 입술을 꾹 깨물었다. 서로의 눈치를 보고, 어색해지는 이 순간에 예전처럼 지내 달라는 재영의 말이 떠올랐다. 이봐, 예전처럼 안 되잖아. 결국 이렇게 어색해지는걸.

해연은 애써 그 말을 입안으로 삼켜 냈다. 그는 말없이 떠온 미지근한 물을 그녀의 입술 가까이 가져다 댔다.

"제가 먹을게요."

해연이 물컵으로 손을 뻗었지만 재영이 반대편 손으로 저지했다.

"그냥 마셔."

"제가 먹을 수 있어요."

단호하게 말하자 재영은 잠시 입술을 꾹 다물고 있다가 물컵을 제자리에 가져갔다. 그리곤 숟가락 하나를 들어 그녀에게 말했다.

"손 줘 봐."

"네?"

"손 줘 보라고."

갑작스런 말에 해연이 조용히 손을 내밀었다. 재영이 그 위에 숟가락을 조심스레 얹자 그녀의 손은 힘없이 아래로 떨어지고 말았다.

"숟가락도 못 드는데 물컵을 어떻게 들을래?"

"……."

"불편해도 오늘은 가만히 있어. 다 나으면 그때 밀어내."

재영은 다시 물컵을 그녀의 입술 가까이 가져갔다. 해연은 한숨과 함께 어깨를 축 늘어트렸다.

정말 민폐 덩어리 드라마 여주 같네.

그녀는 결국 컵에 입술을 가져다 대었다. 재영이 살짝 컵을 기울이자 아기 새처럼 잘도 받아먹는다.

그의 입가에 작은 미소가 피어오를 찰나, 문득 그녀와 시선이 마주쳤다. 해연이 큰 눈을 끔뻑거리며 쳐다보자 그는 언제 웃었냐는 듯 입술을 곧 꾹 다물며 시선을 허공으로 돌렸다.

크흠, 해연은 기침 소리를 내며 컵에서 입을 떼었다. 민망함 때문일까. 아니면 감기 기운 때문일까. 괜스레 얼굴에 열이 오르는 기분이 들었다.

"죽…… 먹을래?"

조심스레 재영이 묻자 해연은 마지못해 고개를 끄덕였다.

그는 물을 내려놓고 침대에 걸터앉은 제 무릎에 죽 그릇을 담은 쟁반을 올려놓았다. 재영은 숟가락으로 죽을 떠서 후후 불어 김을 식혔다. 그리고 해연에게 숟가락을 내밀었다.

"자, 먹어 봐."

해연은 입술을 이로 짓누르며 숟가락을 바라보았다.

예전에도 아팠을 때 재영이 오늘처럼 챙겨 준 적이 있었다. 2년 전이었나. 아파서 거의 죽어 갈 때쯤이었고, 그때는 무척이나 더운 여름날이었던 것 같다. 그때는 참 덥석덥석 잘 받아먹었던 것 같았는데,

"그냥 제가 먹으면 안 돼요?"

안 되는 것을 알고 있었다. 자신에게 숟가락을 들 기력이 없다는 걸 뻔히 알고 있었지만 그래도 한 번쯤은 반항해 봐야 할 것 같았다.

2년 전엔 그저 친한 사장님, 친한 지인으로 내민 손이었다면 지금은 애정이 가득 담긴, 여자로 보는 남자의 행동이었으니까. 물론 그때도 재영은 같은 마음으로 손을 내밀었을 테지만, 당사자가 모르고 알고의 차이는 너무나도 컸다.

재영은 대답 없이 해연을 가만히 바라보기만 했다. 어차피 대답은 뻔했고, 행동은 정해져 있었다. 그녀는 한숨을 푹 내쉬곤 죽을 받아먹었다.

"아."

소리를 내어 이름을 불리면 재영은 또 죽을 떠서 그녀의 입에 넣어 주었다. 오물거리는 해연을 보며 그는 조심스럽게 물었다.

"맛있어?"

"몰라요. 미각을 잃었어요, 지금."

"그렇다고 하기엔 너무 잘 먹는데."

억지로 먹는 거예요. 빨리 안 먹으면 이 어색함을 계속 유지하고 있어야 하니까.

해연은 그 말을 입에 가득 담긴 죽과 같이 삼켜 냈다. 그렇게 말하면 상처받을 거야. 아닌 척할 테지만 나는 또 마음이 불편해지겠지.

머리가 울리는 것도 감당하기 어려운데 이런저런 생각들 때문에 머리가 더 아파 오는 것 같았다.

그렇게 10분간 재영이 내민 죽을 받아먹다 보니 어느새 한 그릇을 뚝딱 비워 냈다.

재영이 내민 약까지 받아먹고 다시 침대에 누운 해연은 한결 나아진 얼굴이었다. 그는 빈 그릇을 들고 걸터앉아 있던 몸을 일으켰다.

"그럼 가 볼게. 내일까지는 푹 쉬어. 가게는 걱정하지 말고."

재영이 방문을 나서려는데 해연이 무언가 할 말이 있는 듯 입술을 달싹였다. 하지만 그것을 못 본 재영은 방문 밖으로 걸음을 옮겼다.

그가 시야에서 사라질 때쯤에야 해연은 그를 불러 세웠다.

"사, 사장님!"

해연의 부름에 재영이 슬쩍 고개를 빼고 동그랗게 뜬 눈으로 바라보자 민망함과 쑥스러움이 가득한 얼굴로 그녀가 말을 이었다.

"고맙습니다."

기어들어 가는 목소리로 말하곤 이불에 반쯤 얼굴을 파묻는 그녀였다. 재영의 입꼬리가 미세하게 하늘을 가리켰다.

"죽 한 그릇 냉장고에 넣어 놨어. 먹고 빨리 나아."

짤막한 말을 남기고 재영은 모습을 감추었다. 곧 현관문이 열렸다 닫히는 소리가 이어 들렸다.

더는 인기척이 느껴지지 않았다. 순간 집이 적적해진다. 집 안이 잠시 다녀간 그로 인해 이 느낌이 낯설어졌다. 누군가 제 구역에 비집고 들어오다 금방 사라져 버린 뒤에 오는 허망함이 싫다.

"잠이나 자자."

그 느낌을 떨쳐 내기 위해 해연은 두 눈을 감고 잠을 청했다. 따뜻했던 재영의 손길과 눈길이 자꾸만 떠올라 몇 분을 뒤척였다. 하지만 곧 약 기운이 퍼졌는지 고른 숨을 내뱉으며 잠에 들기 시작했다.

✿   ✿   ✿

꿈 하나 꾸지 않은 채 잠을 잤다. 무거웠던 몸은 가벼워졌고, 일어났을 때 창문 사이로 들어오는 햇볕이 한낮이라는 것을 알려 주었다. 휴대폰을 들어 시간을 확인해 보니 정오가 거의 다 된 시각이었다.

"대체 얼마나 잔 거야."

시간을 체크해 보니 열두 시간 넘게 잠만 잤다. 그러니 몸이 가벼울 수밖에.

해연은 침대에서 몸을 일으켜 제일 먼저 샤워를 했다. 가벼워진 몸에 청결까지 더해지니 이보다 기분이 좋을 수도 없었다. 날도 좋고, 기분도 좋고. 어제와는 정반대였다.

"이제 뭐 좀 먹어 볼까."

맞다. 죽.

그녀는 재영이 한 말이 생각나 바로 냉장고 문을 열어 그릇에 담긴 죽을 꺼내 들었다. 불을 켜 죽을 데운 다음 집에 있던 김치를 꺼내 늦은 아침을 시작했다.

"맛있다."

감기 기운이 가라앉으면서 미각이 돌아왔나 보다. 어제는 아무 맛도 안 났는데.

"이거 우리 동네 죽집 맛이 아닌데."

뒤적뒤적, 숟가락으로 죽을 저어 야채 알갱이들을 잘 보아도 프랜차이즈 죽집에서 만든 것처럼 보이지 않았다. 딱 봐도 집에서 만들어 온 사이즈인데 말이야. 해연은 손으로 턱을 매만지며 고개를 갸웃거렸다.

"설마 손수 만들어 왔겠어?"

죽이 얼마나 손이 많이 가는데. 쌀 불려야 하지, 야채 자잘하게 썰어야 하지, 눌어붙지 않게 계속 저어 줘야지. 웬만한 정성으로는 만들기 힘들 텐데 싶다가도, 어제 재영이 자신에게 보여 준 시선과 행동으로는 충분히 그러고도 남을지도 모른다는 생각이 들었다.

해연은 긴 한숨을 내쉬었다. 고마운 마음이 자꾸 들어서, 미안한 마음에 마주하는 것조차 힘이 든다.

왜 나를 좋아할까? 내가 뭐가 대단하다고.

실수투성이에, 덤벙거리고, 그에게 딱히 해 준 것도 없이 무수히 많은 도움을 받아왔다. 그런데 재영과 연애? 사랑? 남자? 단 한 번도 생각해 본 적이 없었다.

사랑, 연애 같은 살가운 존재를 생각할 겨를 없이 쫓기듯 살아왔다. 언제부터였을까, 그런 삶을 살아온 게.

떠오르는 수현의 얼굴에 고개를 내저으며 다시 숟가락을 들고 먹는 데 집중했다. 그러다 문득 식탁 위에 있는 달력 속의 빨간 동그라미 속의 표시가 된 날짜가 눈에 들어왔다.

"벌써 그날이네."

경수현 기일.

해연은 무표정한 얼굴로 달력을 들여다보다가 또다시 우울해지는 느낌에 고개를 내저었다.

허겁지겁 죽을 다 비워 낸 그녀는 설거지를 끝내고 빈 그릇을 쇼핑백에 담아 나갈 준비를 서둘렀다. 벌써 1시 반이 다 되어 가고 있었다.

"바쁠 시간인데."

혼자서 잘하고 있으려나 모르겠네. 해연은 걱정스러운 마음에 부랴부랴 현관문을 나섰다.

몸은 가벼웠지만 아직 목의 통증은 남아 있었다. 얕게 잔기침을 내뱉으며 밖을 나오니 날이 매우 좋았다. 집에 있을 땐 몰랐는데 날씨가 꽤 풀린 듯했다. 이런 날씨에 동네 아주머니들이 단체로 카페에 들리곤 하던데.

해연은 조금 빠른 걸음으로 카페로 향했다. 역시나 카페 앞에 섰을 때, 테이블을 꽉 매운 손님들과 바삐 움직이는 재영을 볼 수 있었다.

"내가 이럴 줄 알았어. 큰소리 뻥뻥 치더니만."

해연은 혀를 끌끌 차며 카페 안으로 들어섰다.

들어서는 사람이 해연인지도 확인할 겨를도 없이 '어서 오세요' 라는 인사를 반사적으로 내뱉으며 고개를 들었을 때, 재영은 카운터 앞에 선 그녀와 마주했다. 놀란 그가 샷을 뽑던 행동을 멈추고 그녀에게 한 발 다가섰다.

"이제 괜찮아? 이렇게 막 돌아다녀도 돼?"

"내 걱정할 때예요? 지금 사장님이 더 안 괜찮아 보이거든요?"

해연은 손님이 가득 찬 카페를 쭉 훑어보곤 고개를 내저으며 바 안으로 들어섰다. 들고 왔던 쇼핑백은 바 구석에 내려놓고, 흐르는 물에 손을 빠르게 씻어 냈다. 그녀는 밀린 주문서

들을 쭉 보곤 머신기에 달려 있던 포터 필터 하나를 손에 쥐었다.

"어휴, 많이도 밀렸네."

"진짜 괜찮은 거야?"

"전 괜찮아요. 지금 급한 건 이거 같은데요."

"안 괜찮으면 가서 쉬어도 돼. 일은 내가……."

재영은 해연을 말리려 했지만 그녀는 그의 손을 밀어내며 잔소리하듯 말했다.

"뭐 해요. 음료 안 나갈 거예요?"

"……."

"손님들 기다리시다가 목 빠지겠어요. 사장님은 얼른 케이크나 준비 좀 해 주시죠? 커피는 제가 만들 테니까요."

해연은 능숙하게 샷을 뽑기 시작했다. 빠르게 움직이는 손놀림에도 재영이 걱정스러운 시선을 치우지 못하자 그녀는 인상을 찌푸렸다.

그는 마지못해 서 있던 걸음을 조금씩 움직였다. 흘끗거리며 해연을 지켜봤지만 평소와 다름없는 모습으로 일을 하고 있었다.

그는 자신도 모르게 입가에 작은 미소가 지어졌다. 예전으로 돌아간 느낌이다. 자신의 마음을 고백하기 전 해연과 자신의 관계로.

꼬박 세 시간 동안 자리에 앉지 못하고 일만 했다. 손님이 끊기는가 싶으면 또다시 들어오고, 자리가 다 차서 못 들어오는가 싶으면 단체 손님이 나가고, 또 다른 손님이 그 자리를 채웠다.

공휴일만큼 바빴던 시간이었다. 해연은 테이블에 늘어지듯 자리에 앉으며 콜록 기침을 내뱉었다. 세 시간 내내 러쉬 타임을 보내니 기력이 쇠약해지는 듯했다.

"이거 마셔."

재영의 목소리와 함께 제 눈앞에 김이 모락모락 나는 레몬차가 놓였다.

"목 편해질 거야."

해연은 레몬차를 들어 한 모금 머금었다. 달달하면서도 새콤한 맛이 쓰린 목구멍을 지나치자 절로 인상이 찡그려졌다.

"으……."

"열은 어때?"

"안 재 봤지만 괜찮은 거 같아요."

재영은 그녀의 이마에 손을 올려 보며 열을 체크했다. 갑작스런 스킨십에 해연이 놀란 시선으로 그를 응시하자, 재영이 낮은 탄성을 내뱉으며 얼른 손을 내렸다.

"미안."

마음의 무게라는 것이 참으로 무겁다. 모든 걸 알게 된 해연은 재영의 행동 하나하나에 미세하게 반응했다. 예전 같았으면 그냥 지나칠 모든 것들이 달라 보이고, 조심스러워지는 것이 가슴을 찌르르하게 만들었다.

"이제 가서 좀 더 자."

"괜찮아요. 어차피 이 뒤에는 바쁘지도 않을 거 같고, 그래도 과일이나 베이스 더 만들어야 할 것 같더라고요. 저녁 장사하려면 마트 얼른 다녀오세요. 제가 가게 지킬 테니까."

재영은 여전히 탐탁지 않은 표정으로 그녀를 바라보았다. 함께 있는 건 좋았지만 아까부터 잔기침을 계속하는 게 마음에 걸렸다. 어제 그렇게 앓았는데 하루 만에 깨끗이 나았을 리가 없었다.

그는 가만히 해연을 바라보고만 있었다. 그만 고집 피우고 얼른 들어가 쉬라는 뜻이었다.

해연은 입술을 달싹이다 레몬차를 한 모금 마시고는 퉁명스럽게 말을 내뱉었다.

"알겠어요. 가요, 가. 저녁 장사는 사장님 혼자 하세요. 사장님 마트 다녀오면 그때 조용히 집에 가서 잘게요. 됐죠?"

"하여튼 너는 진짜 고집불통이다."

"그건 제가 사장님한테 하고 싶은 소리거든요?"

언성이 높아지며 몇몇 남아 있던 손님들이 두 사람을 흘끗거렸다. 그 시선을 느낀 재영이 입술을 꾹 깨물며 자리에서 일어섰다.

"금방 다녀올게. 그때는 군말 없이 집에 가는 거다?"

"어휴, 진짜 날 집에 못 보내서 안달 난 사람도 아니고."

"다 널 위해서 그러는 거잖아. 말 좀 들어라."

재영은 입고 있던 앞치마를 벗어 두고 지갑과 외투만 손에 든 채 카페를 나섰다. 나가기 전에도 '딴말하기 없기. 너 나오면 바로 가는 거야, 알았어?' 라고 한마디를 덧붙이는 그였다.

해연은 창밖으로 멀어지는 재영을 흘끗거리다가 완전히 사라진 것을 보고는 혼잣말을 중얼거렸다.

"진짜 내 걱정만 해."

예전엔 그냥 성격이겠거니 하며 넘어갔던 재영의 살가움이었다. 하지만 이제는 애정에서 나오는 행동임을 알고 있다. 그냥 배려가 아닌 진심 어린 걱정의 말들이 그녀를 무겁게 짓눌렀다.

과연 우리가 예전처럼 돌아갈 수 있을까. 마음을 알면서도 모르는 척 지내는 건 몹쓸 짓을 하는 거나 다름없는데.

하지만 재영은 그러길 원한다.

정말 이게 최선인 걸까. 해연은 한숨을 푹 내쉬며 앞에 놓인 레몬차를 한 모금 마셨다.

"어? 해연 씨!"

그때 문이 열리며 반가운 목소리가 들려왔다. 은우였다. 해연은 갑작스러운 그의 등장에 놀란 눈으로 그를 바라보았다.

"작가님?"

"또 작가님이란다. 우리 분명 서로 이름 불러 주기로 했던 거 같은데?"

"아직 뭔가 적응이……. 그런데 여긴 무슨 일이에요?"

"그냥저냥. 커피도 마시고 싶고, 형이랑 할 얘기도 있어서 왔는데. 형은요?"

"잠깐 마트요."

"아하, 해연 씨 괜찮아요? 아팠다면서요."

"맞다. 연락 못 해서 죄송해요."

"아녜요. 아픈 게 죈가. 괜히 나랑 작가님들 때문에 마음고생 해서 아픈 건가 싶어서 미안했어요."

"아녜요. 그런 거!"

해연은 손사래를 쳤지만 은우는 '거짓말' 하고 농담처럼 말을 던지며 맞은편 자리에 앉았다.

"정말 괜찮은 거예요?"

"네, 괜찮아요. 하루 푹 잤더니 거뜬해요."

"목소리 조금 간 거 같은데."

은우는 해연의 얼굴을 샅샅이 훑어보기 시작했다. 그의 시선이 너무 집요해 민망한 듯 뺨을 긁적였다. 그가 손을 내밀어 해연의 뺨에 손을 가져가려 하자 반사적으로 그녀는 은우의 손을 내치고 말았다. 꽤나 큰 마찰음과 함께 두 사람 사이에 어색한 정적이 흘렀다.

"아…… 그 뭐, 뭐라도 드릴까요?"

해연이 어색하게 웃으며 자리에서 벌떡 일어섰다. 바 안으로 들어가 '커피 드릴까요? 아니면 더치?' 하면서 횡설수설 거리는 그녀였다.

아니, 왜 그 손을 그렇게 내쳤지?

해연이 속으로 제 행동을 원망하고 있는데 은우의 바지 주머니에 있던 휴대폰이 울려왔다. 은우는 그녀에게 무언가를 말하다 멈추고 휴대폰을 손에 들었다.

미나였다. 그는 잠시 고민하다가 이내 해연에게 '잠시만요' 라고 말하며 전화를 받아 들었다.

"왜?"

—나 지금 재영 오빠 동네에 있는 근처 카페야.

"뭐?"

은우는 살짝 미간을 찌푸리며 창밖을 바라보았다. 혹시 이 근처까지 왔을까 봐 두리번거렸지만 미나의 모습은 보이지 않았다.

—나와. 안 그럼 나 집으로 쳐들어갈 거야.

"야."

—거짓말 아냐. 나 아줌마한테 주소도 받아 왔어. 얼른 와.

막무가내로 대화를 이끌어 가는 미나의 말투에 은우는 '알았어'라고 대답하며 전화를 끊었다.

갑자기 왜 여기까지 찾아온 거지? 은우는 머리를 긁적이며 난감한 표정을 지었다.

"해연 씨, 어떡하죠? 저 지금 가 봐야 할 것 같은데."

"지금요? 커피 한잔 들고 가세요."

"아뇨. 친구가 바로 근처에 있다고 해서요. 다음에 와서 마실게요. 형은 내가 오면 싫어하겠지만……. 나중에 전화할게요!"

은우는 부랴부랴 카페를 빠져나갔다. 성격 급한 미나가 진짜 재영의 집에라도 쳐들어간다면 무슨 일이 벌어질지 몰랐다.

그는 얼른 뛰어 그녀가 있다던 카페에 도착했고, 창가 자리에 앉아 커피를 마시고 있는 미나를 발견했다. 흰색 원피스를 입은 그녀는 다른 사람들 사이에서도 확연히 눈에 띄었다. 은우는 그저 한숨만 푹 쉬었다.

"이미나."

은우는 한숨 뒤에 그녀의 이름을 불렀다. 미나는 벌떡 일어나 웃으며 그에게 다가갔다. 그리고는 다짜고짜 그에게 입을 맞추었고, 놀란 은우가 억지로 그녀의 어깨를 밀어냈다.

"얌마, 여기 공공장소야!"

"뭐 어때? 내 거에 내가 뽀뽀하겠다는데."

"참 나, 누가 네 거야."

"너요. 도은우 작가요."

미나는 다시 한번 은우의 입술에 입을 맞추었다. 주변 사람들이 인상을 찌푸리며 바라보았지만 그녀는 전혀 의식하지 않았다.

은우는 억지로 미나를 떼어 내곤 그녀가 앉아 있었던 자리에 끌고 가 억지로 앉혔다.

"여기 왜 온 거야?"

"왜 오긴. 너 설득하러 왔지."

"엄마가 보냈어?"

"응. 너 여기서 살 바엔 우리 집에 눌러 앉히라고 하시더라.

그게 더 마음 편하다고. 내 오피스텔로 가자. 너 우리 집에서 딱 한 번 자고 그 뒤로 안 오더라? 서운하게."

"네가 엄마 끄나풀인 거 뻔히 아는데 내가 거길 왜 가?"

"너 다 알면서도 20년째 나랑 이러고 있잖아. 새삼스레 뭘. 그리고 그만 아줌마랑 화해해. 아무리 발버둥 쳐도 넌 아줌마 손바닥 안이야."

미나의 말에 은우는 맞은편 자리에 털썩 주저앉았다. 그리곤 자연스레 미나가 먹던 커피를 한 모금 마셨다. 미나는 피식 웃으며 은우의 뺨을 살짝 꼬집었다.

"아이고, 귀엽다. 도은우."

"그만해."

귀찮다는 듯 그녀의 손을 떼어 내도 미나는 전혀 신경 쓰지 않은 듯 은우의 손에서 커피를 빼앗아 들어 자신도 한 모금 마셨다.

"그런데 경해연? 걔는 너한테 아무 말 없어?"

미나는 대수롭지 않게 말을 이었다. 그녀의 입에서 나온 해연이란 이름에 은우의 미간이 미세하게 좁아졌다.

"네가 해연 씨를 어떻게 알아?"

"모르는구나? 걔 은근히 입 무겁네."

"뭐야. 너 무슨 짓 했어?"

은우의 물음에 미나는 말해 줄 생각이 없는 듯 어깨만 으쓱일 뿐이었다.

"말해, 이미나."

"오늘 우리 집에 같이 가면 말해 줄게."

그녀가 활짝 웃으며 손을 내밀었지만 은우의 표정은 여전히 굳어 있었다. 그러다 문득 얼마 전 미나가 제 휴대폰을 들고 출판사로 찾아온 것이 떠올랐다.

"쏘리. 어제 잠깐 회의실에 들릴 때 내 건 줄 알고 가져갔나 봐."

똑같은 기종이라 그럴 수 있다 생각하고 넘겼던 일이었다. 하지만 생각해 보면 이상했다.

출판사에 들리면 자신의 얼굴은 꼭 보고 가던 그녀였는데 휴대폰을 가져간 그날은 들르지 않고 그냥 가 버렸다고 했었다. 그리고 그다음 날 태연히 휴대폰을 들고 왔던 미나였다. 그날 무슨 일이 있었지?

희미했던 기억을 떠올리던 은우는 회의 날 해연이 갑작스레 늦은 기억이 떠올랐다.

"설마 너, 내 휴대폰으로 해연 씨 불러냈어?"

"도은우, 역시 머리 좋네."

"너 진짜……."

"부른 건 아줌마고 나는 들러리. 그런데 되게 귀엽더라, 아줌마한테 안 지려고 하던데. 걔 재영 오빠랑도 연관이 있다면서?"

"만나서 무슨 말 했어."

"아줌마가 그 애를 만나서 할 말이 하나밖에 더 있어? 나 말고는 누구도 네 옆에 안 두려고 하시잖아."

"미치겠다, 진짜."

"아마 오늘 담판 지으실 것 같은 기세던데."

"……뭐?"

"너 여기 있으면 다른 사람들만 피해 봐. 지금 나랑 조용히 가는 게 경해연한테도, 재영 오빠한테도 좋은 일일걸? 아, 오빠 얘기하니까 오랜만에 보고 싶다. 우리 구경이나 갈래?"

천덕스러운 미나의 말에 은우는 화가 잔뜩 난 표정으로 자리에서 벌떡 일어섰다.

"가끔 너 이러는 모습 보면 우리 엄마 같아."

"그래서, 내가 싫어?"

"응, 싫어."

"거짓말. 어차피 또 상처받으면 내 품으로 기어들어 올 거면서."

"……."

"넌 늘 그랬잖아. 도은우."

미나는 입가에 새침한 미소를 지었다. 은우는 그런 그녀를 묵묵히 바라보다가 주먹을 꾹 쥐었다. 반박의 말이 나오지 않았다. 그녀의 말은 모두 사실이었고, 어쩌면 또 그럴지도 모르는 일이니까.

은우는 인사도 없이 뒤돌아 카페 밖으로 나가 버렸다. 미나는 싱긋 웃음을 지으며 조금 남은 커피를 쭉 들이켰다.

✿　　　✿　　　✿

"어서 오세요."

평범한 인사를 할 때까지도 해연은 자신의 앞에 그녀가 나타날 것이라고는 상상조차 못 했다. 다른 손님의 음료를 서빙하고 걸어오면서 고개를 들었을 때 해연의 얼굴은 딱딱하게 굳어져 버렸다.

"에휴, 카페가 참……."

잔뜩 인상을 쓰고 카페 내부를 훑어보던 그녀는 고개를 좌우로 흔들었다. 또각또각 하이힐 소리를 내며 포스 앞에 서서 삐딱하게 해연을 바라보았다.

"도재영은?"

"사장님은 무슨 일로 찾으시는데요?"

"어디 갔냐고, 도재영."

명령조로 말하는 어투에 해연은 무시당하는 기분이 들었다. 더는 말꼬리를 잡고 늘어져 봤자 얻는 게 없다고 생각해 해연은 그녀가 원하는 답을 해 주었다.

"잠깐 마트에 갔어요."

"그래? 그럼 곧 오겠네. 커피는…… 안 내오니?"

뻔뻔해. 갑자기 쳐들어와선 커피라니. 해연은 헛웃음이 나오는 걸 꾹 참으며 그녀의 앞으로 성큼성큼 걸어갔다.

"사모님 이런 행동, 아들 얼굴에 먹칠하고 있단 건 알고 계세요?"

"뭐?"

"정말 도은우 작가님이 불쌍……."

말이 끝나기도 전에 그녀의 손이 해연의 뺨을 내리쳤다. 아릿한 아픔에 정신이 아득해져 잠시 눈앞이 핑그르르 돌았다.

"이게 어디서 뚫린 입이라고."

잔뜩 날이 선 그녀의 목소리에 해연은 입술에 꾹 힘을 주며 다시 시선을 마주했다.

"그만 가세요. 경찰 부르기 전에."

"네가 뭔데 가라, 마라야? 너 우리 애랑 도재영 사이에서 설마 양다리니?"

해연은 어이없는 물음에 기가 차 헛웃음을 내뱉었다.

"저기요, 저 도은우 작가님이랑 그런 사이 아니라고 저번에도 말씀드렸는데요."

"그럼 왜 우리 애 옆에 붙어 있는 건데?"

"전 붙어 있었던 적 없어요. 도은우 작가님이 저한테 단편집 제안을 했고, 전 승낙한 것뿐입니다."

"말대답을 참 예쁘게 하네?"

"다 사모님 덕이죠. 원래 저는 오는 말이 고운 사람한테만 말을 곱게 하는 편이거든요."

해연의 말에 그녀의 얼굴이 점점 더 사나워졌다. 또다시 손이 날아오겠거니 싶어 저도 모르게 두 눈을 질끈 감아 버릴 때였다.

"지금 뭐 하시는 겁니까."

잔뜩 화가 담긴 목소리가 귓가에 울렸다. 해연이 두 눈을 뜨자 재영이 굳은 얼굴로 그녀의 오른손을 우악스럽게 잡고 있는 것이 보였다.

"뭐 하는 거지, 지금?"

갑작스런 그의 등장에 은우의 어머니도 꽤나 놀란 듯 보였다. 그녀는 애써 태연한 표정으로 말을 이었다.

"이거 안 놓니?"

그녀의 앙칼진 목소리에 재영은 절대 놓지 않을 것 같았던 손을 천천히 내려놓았다.

풀어진 그녀의 손이 말릴 새도 없이 재영의 뺨으로 향해 버렸다. 매서운 소리와 함께 그의 한쪽 뺨이 붉게 달아올랐다.

"감히 내 손목을 잡아? 이젠 막 나가겠다는 거지?"

"손대지 마요. 해연이한테는."

첫 반항. 처음 만난 10대 때는 어려서 그녀의 폭력에 반항하지 못했고, 커 가면서는 제가 반항할 때마다 그 화살이 아버지에게 갈까 싶어 모든 고통을 삼켰다. 아버지가 돌아가시고 그 집을 나와 살면서 그녀와 부딪치지 않았기에 조용히 10년이 흘러갔다. 그러니 이런 재영의 모습을 처음 보는 그녀는 당황할 수밖에 없었다.

"도은우만 데리고 조용히 가세요. 그쪽 모자(母子) 싸움에 낄 생각 없으니까."

이제 때리면 맞고, 조용히 지내라면 죽은 듯이 지내던 어린 재영이 아니었다.

그는 붉게 부어오른 해연의 뺨을 보곤 미간을 찌푸렸다. 더는 새어머니의 폭력을 삼킬 이유가 없다. 오히려 그에 맞서야 할 이유가 생겨 버렸다.

"주제도 모르는 새끼가 감히……."

화가 머리끝까지 난 그녀는 테이블을 손으로 밀어냈다. 시끄러운 굉음과 함께 방금 나간 손님들이 두고 간 접시들이 바닥을 나뒹굴었다.

놀란 해연이 그녀를 말리려 하자 우악스럽게 해연을 밀쳤다. 그 바람에 깨진 그릇 조각들 사이로 해연이 넘어지고 말았다.

손바닥을 뚫고 쓰라린 아픔이 느껴졌다. 해연이 인상을 찌푸리며 제 손바닥을 확인하자 날카로운 유리 조각들 사이로 붉은 피가 흘러내렸다.

"엄마!"

놀란 재영이 해연에게 다가서려 할 때였다. 카페 문이 열리며 은우가 카페 안으로 다급히 들어섰다. 넘어져 있는 해연, 그리고 재영의 화가 난 얼굴, 그들 사이에 있는 자신의 어머니까지. 은우는 머릿속이 아찔해졌다.

"나와요, 당장."

"이 새끼가 감히 나한테……."

"나오시라고요!"

은우는 우악스럽게 어머니의 팔을 끌어당기며 카페 밖으로 나갔다. 몸부림치는 그녀의 행동에도 그는 물러날 생각이 없어 보였다.

소리를 치는 그녀의 목소리가 점점 멀어지고, 폭풍우가 지나간 것처럼 엉망이 된 카페 안엔 조용한 침묵이 생겼다.

해연은 따가운 제 손을 바라보았다. 손이 덜덜 떨리고 있었다. 갑작스럽게 일어난 모든 일이 너무나 당황스러워 눈물이 핑 돌 것 같아 입술에 꾹 힘을 주던 찰나였다. 재영이 해연의 앞에 몸을 숙여 앉았다. 그녀는 그렁그렁한 시선으로 재영을 바라보았다.

"미안."

"뭐가요."

"다치게 해서."

"사장님 때문이 아니잖아요."

해연이 약간 울먹이는 목소리로 대답하자 재영은 떨고 있는 그녀의 손을 조심스럽게 매만졌다. 깊게 베인 상처를 보자 재영의 입에서 깊은 한숨이 새어 나왔다.

해연의 가슴 한편이 저릿했다. 시야에 가득한 눈물은 눈앞을 흐리게 만들었다.

"그래도 미안해. 다 미안해. 그러니까."

"……."

"울지 마."

재영의 한마디로 가득 차 있던 눈물이 툭 떨어진다. 뺨을 타고 내려오는 그 눈물에 그는 조심스럽게 손을 올려 닦아 주었다. 뺨에 닿은 손길이 너무 다정해서 눈물이 더욱더 쉴 새

227

없이 흘러내렸다.

"울지 마, 해연아."

그리고 마음이, 가슴이 자꾸만 움직였다.

6화
마음이 가는 길

"도은우! 이거 안 놔?"

앙칼진 어머니의 목소리가 좁은 동네 골목을 울렸다. 하지만 은우는 들은 척하지 않고 재영의 가게에서 멀어졌다.

그는 아까 본 광경을 잊을 수가 없었다. 엉망이 된 재영의 카페 안, 넘어져 있는 해연과 손에서 흐르는 피까지. 어머니의 등장으로 인해 평온했던 그곳이 완전히 깨져 버린 것 같았다.

"도은우!"

그녀가 다시 한번 은우의 이름을 크게 불렀다. 그는 우뚝 자리에 멈춰 서서 주먹을 꽉 쥐었다. 뒤돌아 그녀와 시선을 마주하곤 소리치듯 말을 이었다.

"대체 왜 그러는 건데! 언제까지 내 주변을 망가트려야 엄마 속이 시원해지는 건데!"

처음이었다. 어머니에게 소리친 것은. 장난스럽게 반항한 적이 있어도, 조금 낮은 어조로 화가 난 모습을 보여 준 적은 있었어도, 이렇게 진심으로 소리친 적은 없었다. 그녀는 조금 놀란 표정으로 은우를 바라보았다.

"그 사람들이 무슨 잘못이 있는데…… 엄마가 자꾸 이러면 이럴수록."

나는 더 망가지는 거 같아.

그녀의 팔을 잡은 손을 꽈악 움켜쥐었다. 하나뿐인 부모였다. 그래서 미워하기 싫었다. 삐뚤어진 애정일지언정 자신을 위한 것임을 알기에 몇 번이고 이해하려 했지만 더는 그럴 수가 없었다.

은우는 고개를 들어 그녀를 바라보았다. 금방이라도 쏟아내릴 것 같은 울음을 삼키며 그가 단호하게 말을 이었다.

"더는 싫어. 엄마 손에 꼭두각시처럼 휘둘리는 것도 싫고, 내 주변에서 이런 짓 하는 것도 싫어. 나는 엄마 소유물이 아냐. 내 주변에 있는 사람들은 들러리가 아니라고."

"은우, 너……."

"그럴수록 나는 점점 고립되고 목말라 가는 거, 진짜 몰라서 이러는 거야?"

은우는 참았던 눈물을 흘렸다. 형을 가지고 싶었지만 어머니가 원하지 않았고, 친구를 가지고 싶었지만 그 모든 것도 그녀가 원하지 않았다. 어머니가 자신에게 원하는 것은 성공이었고, 명예였고, 천재적인 두뇌뿐. 그 외의 감정은 묵살 당했고, 늘 꺼낼 수 없는 감정이었다.

"이제 다시는 엄마 안 볼 거야. 이런 짓 아무리 해도 소용없어. 그동안 엄마가 저지른 일들의 결과라고 생각해."

은우는 꽉 잡고 있던 손을 놓아주었지만 벙찐 그녀는 아무런 말을 잇지 못했다. 처음 보는 제 아들의 반항은 무서웠고, 두려웠다.

"은우야."

그녀가 한 발짝 다가서며 떨리는 목소리로 은우를 불렀다. 하지만 그는 뒤도 돌아보지 않은 채 점점 멀어졌고, 코너를 돌아 모습을 감추었다.

"은우야! 도은우!"

목 놓아 부르는 다급한 목소리가 들려온다. 그는 그 소리에 도망치듯 멀어졌다.

20여 년 동안 자신의 발목을 잡은 것은 어머니라는 족쇄였다. 그녀는 항상 은우에게 불쌍한 존재였다. 부를 위해 부잣집 사람과 결혼을 하고, 사랑하지는 않았지만 믿고 의지했던 아버지에게 배신을 당했다. 그녀의 마음대로 할 수 있는 건 은우밖에 없었다.

천재적인 머리를 가진 아들은 자기보다 더 유명세를 떨칠 수 있다고 생각했던 것 같다. 배우로서 완벽한 명예를 채우지 못한 욕망을 은우가 대신해 줄 수 있을 거라고 믿고 있었던 것이다. 그러면 그럴수록 집착, 소유에 대한 마음은 커져만 갔고, 은우는 그녀에 품에서 점점 지쳐 갈 수밖에 없었다.

은우가 도망쳐 달려온 곳은 재영의 카페 앞이었다. 간신히 도착했지만 그는 재영과 해연의 모습에 발걸음을 우뚝 멈추었다.

"얼른 타. 병원 가자."

피가 멈추지 않는지 상처를 페이퍼타올로 감싸고 있었다. 재영은 다급하게 제 차에 해연을 태웠고, 곧 은우의 옆을 쌩하니 지나갔다.

은우는 멀어지는 차를 바라보다가 고개를 돌려 재영의 카페를 바라보았다. 정신이 없었는지 문조차 잠그지 않은 채 두 사람은 가 버렸다.

그는 문을 열고 들어와 엉망이 된 안을 바라보았다. 깨진 그릇들과 넘어진 테이블. 은우는 주저앉아 그것들을 하나하나 치우기 시작했다.

여기저기 깨지고 쓰러진 것들이 마치 제 마음 같았다. 은우는 깨진 유리 조각들을 모두 치우고 무거운 한숨을 내쉬었다. 어느 정도 정리는 됐지만 원래 모습으로 되돌리기엔 역부족이었다.

은우는 한쪽에 쓰레기들을 모아 두고 카페 문을 잠근 뒤 밖을 나섰다. 터덜터덜 골목을 걷는 그의 발걸음은 너무나도 무거웠다.

어디로 가야 할까. 근처 병원에 들러 해연과 재영에게 가 봐야 하는 걸까. 아니, 싫어할 거야. 날 보는 걸 역겨워할지도 몰라.

232

그는 가던 길을 멈추고 우뚝 멈춰 섰다. 갈 데가 없다. 어머니에게도, 재영과 해연에게도 갈 수가 없다. 막막했다. 지금 상황들이 제 숨통을 조여 오는 것 같았다.

그때였다. 그의 앞에 빨간색 승용차 한 대가 멈춰 섰다. 고개를 들자 운전석에 앉아 은우를 보고 웃고 있는 미나가 보였다.

"타."

조수석 창문을 열고 미나가 태연하게 말했다. 은우는 아무런 표정 없이 창문 너머 그녀를 바라보다가 조용히 조수석에 올라탔다.

익숙한 향수 냄새가 차 안을 진하게 덮고 있었다. 역겨울 만도 한 향수 냄새인데, 왜 가슴이 진정되는 건지 모르겠다.

"재영 오빠랑 경해연은 어떻게 됐어? 어머니는 가신 거야?"

신이 난 듯 물어보는 미나였지만 은우는 아무런 대답이 없었다. 그저 그녀에게 다가가 진득하게 입을 맞추었다.

갑작스런 입맞춤이었지만 미나는 당황해하지 않았다. 은우는 빈번하게 자신을 갈망하고 탐했기 때문에. 외롭거나, 슬프거나, 힘이 들 때면 늘 찾는 휴식처는 자신이었기에.

그녀는 입가에 작은 미소를 띠었고, 이내 은우의 목을 끌어안으며 그를 온전히 받아들였다.

❖　　　❖　　　❖

해연은 응급실 침대에 걸터앉아 치료가 끝난 제 손을 바라보고 있었다. 나름 깊게 박힌 유리 때문에 난생처음으로 살을 꿰매는 시술을 받았다. 서너 바늘 꿰매는 것이 어찌나 무섭던지 온몸에 힘을 주고 있었더니 기운이 잔뜩 빠진 듯했다.

"덧날 수 있으니 당분간 손으로 일하는 건 금지, 물 닿는 것도 당연히 금지예요. 처방전 드릴 테니 식후에 꼭 드시길 바랍니다. 3일 뒤에 오셔서 드레싱 꼭 받으시고요."

고작 유리 조각이 손바닥에 박힌 것뿐인데 뭐가 이렇게 안되는 것, 귀찮은 것투성이인지 모르겠다. 해연은 한숨을 푹 쉬며 어깨를 축 늘어트렸다.

"왜 이렇게 처져 있어?"

어느새 약을 받고 돌아온 재영이 해연의 앞에 놓인 간이 의자에 털썩 주저앉으며 물었다.

"이 손으로 할 수 있는 게 없어서요. 알바도 못 하지, 글도 못 쓰지."

"좋게 생각하자. 당분간 휴가 받았다고 생각하면 되지."

"내가 진짜, 그 아줌마 다시 나타나면 그냥……."

해연은 저도 모르게 주먹을 꽉 쥐다가 손으로 전해져 오는 아릿한 아픔에 놀라 비명을 질렀다. 재영도 놀라 자리에서 벌떡 일어나 안절부절못하며 그녀의 손을 유심히 바라보았다.

"힘을 그렇게 주면 어떡해."

"깜박했어요……."

"미치겠다, 정말. 손 줘 봐. 상처 터졌으면 어떡하지."

다행히 새어 나오는 핏자국이 없는 거 보니 꿰맨 자리가 터진 건 아닌 것 같았다.

"조심하자, 응?"

"네……."

"괜찮은 거지? 의사 부를까?"

"아뇨. 그 정도는 아니에요."

다치지 않은 손을 열심히 흔들며 말했지만 재영은 굳이 지나가는 의사를 불러 다시 한번 해연의 손을 살펴봐 달라고 했다.

정말 괜찮은데.

기어들어 가는 목소리로 말했지만 재영은 듣는 척도 하지 않아 결국 붕대를 풀어 상처를 다시 확인했다.

두 사람이 응급실을 나왔을 때는 이미 날이 어두컴컴해져 있었다.

오늘 하루가 어떻게 지났는지 모르겠다. 일어나자마자 가게가 바빠 시간이 훌쩍 지나가 버리고, 은우의 어머니가 가게로 찾아와 난장판으로 만들고, 그러다 응급실까지 오게 되어 버렸다. 휘몰아치던 하루가 끝났다는 걸 증명해 주는 이 어둠이 어쩐지 고요하게 느껴졌다.

"가자, 집에."

낮은 목소리로 재영이 말했고, 그녀는 조용히 차에 올라탔다.

집으로 돌아가는 차 안에서 두 사람은 대화가 없었다. 오늘 하루에 일어난 일이 현실이 아닌 것 같아서, 아까와 다른 고요함이 지금까지 있었던 일을 더욱더 비현실적이게 만드는 것 같았다.

얼마 안 가 해연의 집 앞에 차가 멈춰 섰다. 안전벨트를 풀고 차에서 내린 그녀는 재영에게 고개를 숙이며 말했다.

"데려다주셔서 감사합니다."

"일찍 자. 손 조심하고."

"네."

형식적인 인사를 나누고 해연은 뒤돌아 빌라 안으로 들어섰다. 계단을 총총 올라가던 걸음을 우뚝 멈추고 복도에 있는 빌라 창문으로 아래를 내려다보았다.

아직 가지 않은 재영의 차가 보였다. 해연은 힐끗 보다가 다시 걸음을 옮겨 현관문을 열고 안으로 들어섰다.

달칵, 닫히는 현관문을 등져 기대자 고요한 침묵 속에 차 소리가 점점 멀어졌다.

해연은 그 소리가 완전히 사라졌을 때쯤 집 안으로 들어가 빌라 앞이 보이는 안방 창문을 조심스레 열었다. 문 앞에 있던 재영의 차는 보이지 않았다. 아까 멀어진 소리와 함께 사라졌나 보다.

그녀는 힘이 빠진 듯 침대에 털썩 주저앉았다. 그리고 붕대가 칭칭 감긴 제 손을 바라보았다. 다친 손을 매만지던 재영의 손길이 자꾸만 생생하게 느껴진다. 다정한 그의 손길이 왜 자꾸 생각나는 건지 모르겠다.

❀   ❀   ❀

1년에 딱 한 번, 달력에 빨간 동그라미가 쳐져 있는 날이 있다. 1월 12일, 경수현의 기일이었다.

해연은 늘 그랬듯 이른 아침에 일어나 나갈 준비를 서둘렀다. 근처 분식집에서 산 김밥으로 도시락을 준비하고, 창고에 있던 돗자리를 챙겼다.

소풍이라도 가듯 바리바리 준비하고 집을 나선 그녀는 집에서 제일 가까운 버스 정류장에서 파란색 버스에 올라탔다. 그리고 30분을 쭉 달리자 기억하고 싶지 않은 익숙한 병원의 모습이 드리워졌다.

빨간색 정차 버튼을 누르자 이내 삐 소리와 함께 버스가 멈춰 섰다. 함께 내린 사람들은 곧장 병원 안으로 들어갔지만 해연은 홀로 옆 건물 빌라 옥상으로 향했다.

7층 높이의 작은 빌라에는 엘리베이터가 없었다. 하나하나, 계단을 한 걸음씩 올라가다 보니 턱 끝까지 숨이 차올랐다.

"하필 날도 제일 추울 때야."

원망의 혼잣말을 중얼거리며 올라가다 보니 회색 옥상 문을 간신히 마주했다.

해연은 시린 손으로 옥상 문을 열었다. 날이 우중충한 거 보니 눈이라도 쏟아질 것 같았다.

작년에도 춥긴 했지만 해가 쨍쨍해서 버틸 만했었는데.

해연은 인상을 찌푸리다 옥상 한가운데 돗자리를 폈다. 끙끙, 한 손으로 하려니 여간 힘에 부치는 게 아니었다.

"진짜 불편해 죽겠다."

발까지 사용에 대충 돗자리를 펴고 그 위에 도시락과 함께 풀썩 주저앉았다.

"추워……."

내년엔 제발 날씨가 좋았으면 좋겠네. 해연은 기지개를 켜며 하늘을 바라보았다.

하늘이 꼭 제 기분이랑 닮았다. 그늘지고, 우중충하고, 금방이라도 무언가 쏟아질 것 같은 느낌이다.

그녀는 한참 동안 하늘을 바라보다가 도시락을 앞에 내려다 놓고는 혼잣말을 중얼거렸다.

"오늘은 김밥 직접 못 쌌어. 손 보여? 나 태어나서 처음으로 살 꿰매 봤잖아."

다친 손을 번쩍 하늘 위로 들어보며 말했다. 해연은 제 손을 바라보다가 문득, 다친 손을 조심스레 어루만지던 재영의 손길이 떠올랐다.

왜였을까, 그때.

"왜…… 이상하게 안심이 됐지?"

미안하다고 속삭이던 재영의 말에 참았던 눈물도 왈칵 터지

238

고 무섭게 느껴졌던 모든 일들이 낮게 가라앉았다. 그러면서 참고 있던 눈물이 왈칵 쏟아져 버렸다.

눈물을 보이는 걸 죽도록 싫어하는 해연이었다. 고아로 자랐기에 자신이 울면 동정 어린 시선으로 바라보는 이가 많았고, 수현이 죽고 나서는 더더욱 그랬다. 그런데 벌써 두 번이나 재영의 앞에서 눈물을 보이고 말았다.

"너 이후로는 처음인 것 같아."

그만큼 가까워지고 특별해진 걸까. 나름 선을 지킨다고 생각했는데 사실은 그게 아니었던 것일까.

어쩌면 그럴지도 모른다는 생각이 든다. 재영을 만난 이후로 자신의 삶엔 늘 그가 있었고, 늘 외로움과 싸워야 했던 시간들이 저도 모르는 사이에 확연히 줄어들었다는 것을 이제야 느끼는 것을 보면.

"나도 사장님을 좋아하는 걸까."

해연은 한숨을 푹 내쉬었다.

모르겠다. 지금 내가 느끼는 감정이 재영과 같은 것인지는. 좋아한다는 건 벅차오르는 감정이 아닌가. 은우를 볼 때는 그랬는데, 오히려 재영은 안심이 되고 기대고 싶어진다.

끄응. 해연은 앓는 소리를 내었다.

어렵다. 머릿속이 펑 터져 버릴 것만 같았다. 제 감정 하나 알지 못하는데 그동안 어떻게 글을 써 온 건지 의문까지 들었다.

해연은 머리를 좌우로 흔들었다. 그리곤 자리에서 벌떡 일어나 짐들을 정리하기 시작했다.

"미안한데, 오늘은 내가 오래 못 있을 거 같다."

너랑 있으면 생각이 많아져서, 그 생각의 시작과 끝이 다 도재영이라서. 이러다간 완전히 미쳐 버릴 것만 같아서 안 될 것 같다, 오늘은.

"다시 올게. 그때 오늘 못 한 얘기 다 해 줄게."

허공에 대고 말하는 그녀의 입가엔 씁쓸한 미소가 지어졌다. 이렇게 흩어진 말들이 정말 너에게 닿긴 하는 것일지. 만약 닿았다면 지금 내 머릿속을 어지럽히는 모든 것들을 정리할 수 있는 도움을 주었으면 하는 바람이었다.

해연은 한 손으로 힘겹게 짐을 정리를 하고 옥상을 내려왔다. 무거운 짐을 들고 버스 정류장 앞에 도착해 잠시 벤치에 앉아 있던 찰나였다.

"어?"

바지 주머니에 넣어 둔 지갑이 보이지 않았다. 옥상에 두고 온 건가. 해연은 미간을 찌푸리며 반대편 빌딩 옥상을 바라보았다.

"또 저기까지 언제 올라가."

이게 다 경수현 때문이라며 궁싯거리곤 벤치에서 일어섰다. 안 그래도 짐도 많고, 손은 불편하고, 날은 미친 듯이 춥다. 거기다 머릿속은 엉망진창이니 '차라리 지갑을 잃어버린 셈 치자'라는 생각이 들 정도였다.

해연은 애써 마음을 가다듬으며 다시 빌딩 옥상으로 올라가기 시작했다.

수많은 계단을 올라 다시 회색 옥상 문을 열자 끼이익— 기분 나쁜 소리와 함께 바람이 성 불었다.

"하아."

턱까지 찬 숨을 고르자 희뿌연 입김이 시야로 흩어졌다. 옥상 문 너머로 불어오는 바람을 맞으며 고개를 들자, 해연의 눈앞에 사람의 뒷모습이 보였다. 이곳에 올 때마다 사람을 본 적이 없었기에 그녀는 조금 당황스러운 표정을 지었다.

"……사장님?"

눈앞에 사람의 얼굴을 확인한 그녀의 얼굴에 놀라움이 드러났다.

재영이었다. 그의 손에는 해연이 두고 갔던 지갑이 들려 있었다.

시선을 마주한 두 사람의 동공이 미세하게 흔들리고 있었다.

❀   ❀   ❀

1년에 한 번, 재영이 늘 찾아가는 곳이 있었다. 그에겐 생을 마감하려 했지만 오히려 생을 다시 시작하게 해 준 곳이었고, 또 누군가에게는 정말 생의 마지막이 되었던 곳이었다.

오늘도 어김없이 꽃을 들고 그곳을 찾은 재영이었다. 항상 가게를 끝마치고 늦은 밤에 이곳을 찾았지만 오늘은 엉망이 된 가게 때문에 임시 휴업하게 돼서 처음으로 이른 시간에 찾아왔다.

재영은 난간 위에 가져온 꽃을 조심스럽게 두었다. 풍경이 밤에 보던 것과 많이 달랐다. 밤에는 적적함이 드러나 이 난간에 섰었던 날이 생생하게 떠오르곤 했는데 지금은 다른 곳에 와 있는 기분이었다.

그는 난간에 손을 얹으며 밑을 내려다보았다. 어쩐지 더 아찔한 높이처럼 느껴진다. 순간 머리가 핑그르르 돌아 뒷걸음질 치며 난간에서 멀어지는데 발에 무언가가 툭 걸리는 느낌이 들었다.

지갑이었다. 어디서 많이 봤던 지갑인데.

재영이 몸을 구부려 지갑을 확인하려던 찰나였다. 지갑 안에 해연의 신분증 사진이 드러났을 때, 옥상 문이 열리는 소리가 들렸다.

"……사장님?"

그리고 들리는 그녀의 목소리에 몸이 딱딱하게 굳어졌다. 고개를 돌려 목소리가 들리는 곳을 바라보았다.

해연이었다. 정말로, 경해연이었다.

재영의 머릿속에 10년 전 그녀의 모습이 겹쳐 보였다. 검은색 상복 치마를 입은 네가 달려들었던 그때의 그 모습으로.

"어떻게 된 거예요?"

근처 작은 카페로 들어선 두 사람이었다. 따뜻한 아메리카노 두 잔을 들고 자리에 오자마자 의심의 눈초리로 재영을 뚫어져라 노려보던 그녀가 입을 열었다.

재영은 헛기침을 살짝 내뱉으며 해연의 앞에 커피를 놓아주었다.

"마셔."

"말 돌리지 말고요. 설마 나 미행했어요? 아니면, 우리 오빠랑 아는 사이였어요? 아니, 그건 아닌데. 내가 경수현 주변 사람을 모를 리가 없는데."

해연의 집요한 물음에 재영은 자리에 앉으며 그녀와 시선을 마주했다.

이 많은 이야기를 어디서부터 설명해야 할까. 10년 전 만났던 일을 너는 기억하지 못하는데, 나만 기억하는 그때의 일을 네가 믿어 줄까.

아니, 혹시 그날의 기억이 혹여 너에게 상처가 되진 않을까?

"나한테 여긴 되게 중요한 곳이에요. 사장님이 절 좋아한다고 해서 막 침범해선 안 되는 곳이라고요."

지금까지 매년 이곳에 들러 자신이 했던 혼잣말들을 다 들었으면 어쩌지.

해연은 자신의 치부를 들킨 것 같아 기분이 좋지 않았다. 경수현에 대한 이야기는 그 누구에게도 털어놓지 않았다. 늘 가슴속에 가둬야만 했던 이야기였다. 하나밖에 없는 가족이 자기를 버리고 자살을 선택한 건 버림받았다는 증거나 다름없으니까.

"너에게만 중요한 곳이 아니야. 나한테도 중요한 곳이기도
해."

재영은 그날, 정말이지 딱 죽고 싶은 날이었다. 겨우 스무
살밖에 되지 않았던 과거의 그는 잡고 있던 작은 동아줄마저
완전히 잃어버렸으니까.

"내가 여기서 살아났거든."

네가 아니었다면, 나는 지금 이곳에 있지도 않았겠지. 이렇
게 너와 마주할 수 없었겠지. 그리고 너라는 행복을 볼 수 없
었겠지.

"네가 날……."

구해 주지 않았더라면.

해연은 그의 말을 듣고 아무런 대답을 하지 못했다. 재영에
게도 중요한 곳. 그리고 여기에서 살아났다는 말과 끝맺지 못
한 문장으로는 도저히 이 상황을 가늠할 수가 없었다.

그러다 문득, 해연의 머릿속을 스치는 기억이 있었다. 장례
식이 있던 그날, 수현을 따라 죽으려 옥상에서 있었던 꿈같은
기억들이.

"살렸거든."

그래. 그때 죽으러 올라갔던 옥상에서 경수현을 살렸었다.
정신을 차렸을 때 눈앞엔 아무도 없었기에 그저 꿈이라고만
생각했었다.

"10년 전……이죠?"

"그래."

경수현이 아니었다. 꿈도 아니었다.

"……거짓말."

"거짓말 아니야. 내가 지금 여기 살아 있으니까."

믿을 수가 없다는 듯 해연은 고개를 내저었다.

재영은 그녀의 반응을 예상했다는 듯이 슬쩍 미소를 지으며 말을 이었다.

"그날은 내가 너무 당황해서 도망치기 급급했어. 그런데 그 뒤로 계속 네가 생각이 나더라. 점점 궁금해졌어. 대체 어떤 일이 있었기에 그곳에 올라와 나를 잡았는지. 그러던 찰나에 네가 다시 내 눈앞에 나타났어."

"안녕하세요. 저 아르바이트 모집 공고 보고 왔는데요."

해연은 재영을 처음 봤던 그날을 떠올렸다.

수현을 잃고, 보육원에 다시 들어간 그녀는 스무 살이 된 해 독립하기 위해 집을 나섰다. 그리고 찾은 첫 아르바이트. 집에서 5분도 안 걸리는, 생긴 지 얼마 안 된 작은 카페.

"너는 기억 못 하는 것 같았지만 난 한눈에 널 알아봤어."

무작정 돈을 벌기 위해 들어간 그곳에 재영이 있었다.

"난 네 얼굴을 잊어 본 적이 없거든. 매일 그날을 되새김질하고, 생각했으니까."

"아니요, 아직 안 구했어요. 몇 살이에요?"

부드러운 목소리로 질문하던 재영은 그 자리에서 해연을 고용했다. 그렇게 이어진 인연은 7년이 지난 지금도 이어 가고 있었고.

"언젠가 네가 그날 일을 기억하거나 나를 알아본다면, 이 말을 꼭 해 주고 싶었어."

특별한 것 없는 아르바이트생과 사장 사이. 해연은 간단하게 생각했던 우리 사이에 커다란 무언가가 있다는 것이 믿기지 않았다.

해연은 두 눈을 깜빡이며 재영을 바라보기만 했다. 의심의 눈초리는 거둬진 지 오래였고, 이제는 궁금함만이 가득했다. 재영은 그녀를 보며 작게 미소를 지었다.

"나를 잡아 줘서 고마워."

언제나 들었던 부드럽고 다정한 목소리인데.

"살게 해 줘서 고마워."

오늘따라 왜 더 다정한지.

"내 눈앞에 나타나 줘서 정말 고맙다. 해연아."

해연은 재영의 따뜻한 목소리에 가슴이 또다시 뭉클해졌다.

❖   ❖   ❖

세상엔 과학적으로 설명되지 않는 일들이 있다고 생각했다.

그날의 기억은 해연에게 그러한 일이었다.

경수현의 장례식 날, 죽으러 올라간 그곳에서 경수현을 만났다. 또 죽으려는 그를 붙잡으며 못다 한 말을 쏟아 냈던 날. 이미 죽은 그가 왜 그 자리에 있을 거라고 생각했는지 아직도 자신을 이해할 수가 없었다.

정신을 차렸을 때 눈앞엔 아무도 없었고, 죽으려고 했던 생각은 머릿속에서 사라졌다. 하늘에서 경수현이 자신의 죽음을 막아 준 것이라고밖에 생각할 수 없었다. 그렇게 생각하지 않으면 설명이 되지 않는 일이었으니까. 꼴에 오빠라고 동생 죽는 꼴은 보고 싶지 않았던 거구나. 그렇게 생각하며 지금까지 버텨 온 삶이었다.

그날의 일은 해연에게도 많은 변화를 가져왔다. 혼자가 된 그녀에게 삶의 원동력이었다. 하나뿐인 가족에게 버림받았지만 완전히 버림받지는 않았다고 생각할 수 있었고, 매년 그곳을 찾아도 경수현을 원망하지 않아도 될 핑계를 만들어 줬으니까.

그런데 그 모든 게 꿈도, 환상도, 과학적 증명이 안 되는 일도 모두 아니었다는 건 해연에게 크나큰 충격으로 다가왔다.

똑똑.

멍하니 작업실에 앉아 노트북 모니터만 바라보고 있을 때였다. 갑작스런 노크 소리에 고개를 돌리자 문을 조심스레 열고 은우가 모습을 드러냈다.

"원고 진행은 좀 됐어요?"

은우가 말하며 다가왔고, 해연은 슬쩍 모니터에 뜬 빈 문서 창이 민망해 얼른 노트북을 닫았다.

"아뇨. 진도가 좀 더디네요."

"아직 마감까지는 시간 있으니까 서두르지 말고 천천히 해요."

그의 말에 해연은 고개를 끄덕였다.

"그리고……."

은우는 제 주머니에서 흰 봉투를 두 개를 꺼내 들어 해연에게 내밀었다. 그녀는 이게 뭔지 궁금하다는 시선으로 그를 바라보았다.

"해연 씨 치료비랑 형 가게 수리비예요."

"아……."

"정말 죄송했습니다. 더 일찍 사과드려야 했는데 많이 늦었어요. 미안해요."

그러고 보니 그 일이 일어난 지 벌써 2주나 지나 버렸다. 가게는 어느 정도 원상 복귀가 되어서 다시 오픈을 했다. 해연은 어느 정도 손을 움직일 수 있게 된 후로 출판사 작업실에 틀어박혀 단편집 작업에 몰두하고 있었다.

"가게 수리비는 사장님한테 직접 전해 드리는 게……."

"아뇨. 이제 형한테 민폐 안 끼치려고요. 저 보는 거 안 좋아하니까 해연 씨가 전해 주세요."

'저도 사장님 안 본 지 오래됐어요'라는 말이 입술에 걸렸지만 은우가 무슨 일 있냐며 물을까 봐 애써 목구멍 아래로 삼켜 냈다.

해연은 잠시 머뭇거리다가 마지못해 그가 내민 흰 봉투를
조심히 받아들었다.

"그리고 저 이번 단편집에서 빠지기로 했어요."

"네?"

해연은 은우의 말에 놀란 기색을 드러냈다.

"저 아니어도 좋은 작가님들 많이 계시니까 프로젝트는 잘
될 거예요."

"혹시…… 저 때문인가요?"

"아니요! 절대 그런 거 아니에요."

해연이 조심스레 묻자 은우는 정색을 하며 말했다. 그 행동
이 더 마음에 걸려 그녀가 미안한 기색을 비치자 그가 제 사정
을 덧붙여 설명하기 시작했다.

"정말 아니에요. 순전히 제 문제예요. 요즘 글 쓰는 데 회의
감도 들고, 원래 유학을 가려던 예정이었거든요."

"그래도 단편집은 참여하고 가시는 게 낫지 않을까요? 다른
작가님들도 서운해하실 것 같은데."

"……아."

'저도 좀 서운하고'라는 말이 목울대까지 차올랐지만 해연
은 차마 입을 떼지 못했다.

잔뜩 침울해진 해연의 표정에 은우는 난감한 표정을 지었
다. 사실 그녀 때문이 아니라는 말은 진심이 아니었다. 더는
피해를 주고 싶지 않아 도망치는 이유도 있었다.

"해연 씨."

은우가 다정하게 그녀의 이름을 불렀다. 그러자 해연은 아래로 향했던 시선을 들고 그를 바라보았다.

"다음에, 나 유학 갔다가 돌아오면 우리 둘이서만 프로젝트 소설을 써 봐요."

"……네?"

"그때는 해연 씨가 너무 대단한 작가가 되어 있어서 나 같은 건 거들떠보지 않을지도 모르지만."

"아뇨! 절대 그런 일 없을 거예요!"

해연은 격하게 손사래를 치며 대답했고, 곧 그녀의 입가에 미소가 피어올랐다.

둘만의 프로젝트라. 생각만 해도 기분이 좋아 웃음이 절로 터져 나왔다.

"정말 저랑 프로젝트 소설 써 주시는 거죠? 괜히 해 보는 소리 아니죠?"

"네, 약속해요."

들뜬 목소리로 묻는 해연을 보며 은우는 새끼손가락을 내밀었다. 해연은 그의 손을 보고 조금 당황해하더니 곧 새끼손가락을 걸었다.

수줍게 웃는 그녀의 모습을 보니 어쩐지 은우의 마음이 말랑말랑해지는 것 같았다.

"이럼 안 되는데……."

"네?"

"아, 아니에요."

은우는 제 머리를 긁적이더니 화장실 좀 다녀오겠다며 얼른 자리에서 일어나 그녀의 작업실을 나가 버렸다.

"뭐지?"

내가 뭘 잘못했나?

해연은 고개를 갸웃거리다가 닫았던 노트북을 열었다.

"지금 한 자도 못 썼는데, 다음 프로젝트는 무슨……."

해연은 머리를 헝클어트리며 한숨을 푹 내쉬었다. 한 글자도 써지질 않았다. 같이 참여하는 작가들이 부담 갖지 말라며 격려의 말을 해 줘도 쓸 수가 없었다.

부담이 안 될 수가 없었다. 한국에서 유명하다는 작가들과 함께하는 단편집에 엉망인 원고를 낼 수는 없는 노릇이지 않은가. 무슨 이야기를 써야 할지, 어떤 걸 써야 할지부터 막막했다.

"미치겠다."

부담감도 컸지만 재영 때문에 머릿속이 복잡한 것도 한몫했다. 글에 집중이 되질 않고, 자꾸만 10년 전의 일과 그와의 첫 만남, 그 후 함께했던 시간들이 떠올라 머릿속을 복잡하게 만들었다.

사실 얼마 전, 재영에게서 연락이 왔었다. 하지만 해연은 바쁘다는 핑계로 단답형의 문자만 남겼다.

아직은 모르겠다. 마음이, 머릿속이 하나도 정리가 되지 않았다. 그를 만나도 어떤 말도 못 할 것 같았다.

"만나긴 만나야 하는데."

작업실에 있는 시간이 많아지는 바람에 출근을 못 하게 되면서 재영 혼자 카페를 보고 있었다. 해연에게는 그를 피할 수 있는 좋은 핑계가 되긴 했지만 가게를 생각하면 자꾸만 걱정이 앞섰다.

"역시 그만둔다고 말해야겠지."

아무래도 그래야겠지. 이대로라면 재영이 너무 힘들 테니.

앞으로 두 달간은 작업실에 틀어박혀 살 텐데, 거기다가 지금처럼 글이 써지지 않는다면 그 기간은 더 길어질지도 모르는 일이었다.

해연이 노트북 위로 제 머리를 쿵 내리박았던 찰나였다.

"도은우 어딨어요?"

귀에 익은 여자의 목소리가 들렸다. 놀란 해연이 고개를 번쩍 들자 주변을 두리번거리며 제 작업실에 들어오는 미나가 보였다.

"분명 잠깐 얘기하고 온다 했는데 영 돌아오질 않아서."

미나는 예쁘게 웃으며 해연의 옆자리에 불쑥 앉았다. 뭐야, 이 사람은.

"화장실 간다고 나가셨는데요."

"그래요?"

해연의 말에도 미나는 자리를 뜨지 않았다. 빤히 바라보며 웃고만 있는 미나의 행동에 그녀는 미간을 찌푸리며 퉁명스럽게 말을 이었다.

"할 말 있어요?"

"뭐, 조금."

"할 말 있으면 빨리하고 나가요."

"왜요? 내가 싫어요?"

"좋은 사이는 아니지 않나요?"

"나는 우리 은우만 안 건들면 딱히 해연 씨 싫지 않은데."

해연은 헛웃음을 내뱉으며 아니꼽게 미나를 쳐다보았다. 하지만 전혀 개의치 않은 듯 웃으며 말을 잇는 그녀였다.

"그래서 말인데, 재영 오빠랑은 무슨 사이예요? 해연 씨가 재영 오빠랑도 관련 있는 거 알곤 너무 궁금해서 잠이 안 오더라고."

"우리 사장님도…… 알아요?"

"사장님? 아, 카페 같이한다고는 들었는데 그냥 카페 사장과 직원 사이가 끝?"

미나가 호기심에 가득 찬 눈초리로 물었지만 모든 걸 대답해 주고 싶지는 않았다. 딱히 좋지 않았던 첫 만남에다가 말 사이사이에 무시하는 어투가 은근히 배어 있어서 더더욱 그랬다.

"왜 남 사이를 궁금해하시는데요?"

톡 쏘듯 해연이 되묻자 미나는 조금 놀란 듯한 표정을 짓더니 말을 이었다.

"남이라니. 듣기 거북하네."

조금 쎄한 눈초리로 해연을 바라보던 미나였지만 곧 눈웃음

치며 다시 웃었다.

"내가 도은우, 도재영 형제 사이에서만 19년째예요. 두 사람 관계에 대해 아는 건 내가 해연 씨보다 더 많을걸? 왜 재영 오빠가 도은우를 그렇게 싫어하는지, 도은우는 왜 재영 오빠에게 쩔쩔매는지, 그리고 재영 오빠가 스무 살이 되자마자 도망치듯 본가를 나와야 했던 이유까지도 모두 다."

"……."

"나는 알고 있는데, 궁금하죠?"

미나가 해연에게 슬쩍 다가오며 속삭였다. 해연이 흔들리는 눈동자로 미나를 응시하자 그녀가 피식 작게 웃음을 짓는다.

"알려 줄까요, 말까요?"

또다시 들려오는 속삭임에 해연은 자신도 모르게 목울대를 크게 움직여 침을 꿀꺽 삼켰다. 마치 마녀에게 홀리는 기분이었다. 마주한 다갈색 눈동자에 해연이 눈을 떼지 못하고 있을 때 문득 그녀의 뒤로 목소리 하나가 들려왔다.

"이미나."

그 목소리에 해연의 시선이 미나에게서 떨어졌다. 미나도 곧 시선을 돌려 뒤를 바라보았다.

그곳에는 재영이 서 있었다. 생각지도 못한 그의 등장에 해연은 어리둥절한 표정을 지었다. 미나는 자리에서 벌떡 일어서서 그의 이름을 크게 불렀다.

"재영 오빠!"

미나는 그에게 달려가 친근하게 팔짱을 끼었다. 해연은 그 모습을 보고 자신도 모르게 살짝 미간을 찌푸렸다.

"우리 10년 만이지? 와, 오빠는 진짜 하나도 안 변했다."

"너도 그대로네. 제멋대로인 거."

"그게 내 매력인 거 잘 알면서. 새삼스레 얘기하긴."

"헛소리하지 말고, 얼른 도은우한테나 가 봐. 1층 로비에 있더라."

"정말? 뭐야, 언제 내려갔데."

미나는 툴툴거리며 제 휴대폰을 들고 은우에게 전화를 걸었다. 하지만 전화를 받지 않는지 잔뜩 인상을 구기며 휴대폰을 내리는 그녀였다.

"또 안 받아. 오빠, 그럼 난 가 볼게. 나중에 또 봐!"

미나는 급하게 작업실을 나가려다가 다시 되돌아왔다. 재영과 해연이 돌아오는 그녀를 보며 고개를 갸웃거리던 찰나 미나가 갑작스레 재영의 뺨에 쪽 소리 나게 입을 맞추었다. 그 모습에 놀란 해연은 눈이 휘둥그레졌고, 당한 재영도 적지 않게 놀란 듯 그녀를 바라보았다.

"이건 오랜만에 봤으니, 선물!"

미나는 경쾌하게 손을 흔들며 작업실을 나섰다.

탕, 문이 닫히는 소리가 들리고 작업실 안에는 고요한 적막이 흘렀다. 휘둥그레진 두 눈동자는 작업실에 남은 서로에게 향했다. 돌발 행동을 한 건 미나인데 어쩐지 민망함의 몫은 두 사람의 것이 된 듯했다.

"저기 이건, 쟤가 미국에서 살다 와서 스킨십에 좀 관대하거든. 그래서…… 좀."

재영은 당황해 뺨을 긁적이며 횡설수설 말했다. 저렇게 당황해하는 모습은 7년 동안 알고 지내면서 처음 보는 것 같았다.

"많이 친한가 봐요?"

"아냐. 친하진 않아. 쟤가 좀 제멋대로라 어렸을 때부터 통제가 안 되는……."

"어렸을 때부터 친했구나?"

비아냥거리는 해연의 말에 재영은 더욱더 어쩔 줄 몰라 하며 손을 내저었다. 그 모습이 되게 신기하면서도, 한편으로는 웬만한 일에 당황한 모습을 보이지 않는 재영을 이렇게까지 만든 미나가 대단해 보이기도 했다.

"그런데 여긴 어떻게 온 거예요? 지금 한창 바쁠 시간인데?"

벽에 걸린 시계를 보니 오후 2시가 다 되어 가는 시간이었다.

해연이 고개를 갸웃거리며 바라보자 재영은 헛기침을 내뱉으며 작게 말을 이어 갔다.

"아니, 요즘 네가 통 연락도 잘 안 되고 바쁜 것 같아서. 해 줄 말도 있고."

또 네가 너무 보고 싶어서.

재영은 머릿속에 떠오른 말을 차마 내뱉지 못하고 애꿎은 입술만 잘끈 씹었다.

2주 내내 해연에게서 온 답장은 죄송하다는 말과 바쁘다는 말뿐이었다. 10년 전 그 일을 모두 알게 된 직후로 도통 보지 못하니 어쩐지 저를 피하는 느낌이 들어 가만히 앉아 있을 수 없었다.

"사실 저도 사장님한테 할 말이 있어요."

해연은 손끝을 만지작거리며 말을 이었다. 괜히 바닥으로 내려가는 그녀의 시선을 보아하니 딱히 좋은 말일 것 같지 않은 예감이 든 재영이었다.

"할 말 있다며. 먼저 말해 봐."

작업실을 나와 출판사 근처 카페로 향했다. 재영이 바로 옆 미나의 카페로 가려 했지만, 그곳은 안 된다고 간신히 막아 조금 떨어진 작은 카페로 오게 되었다.

그곳에 앉아 커피 한 잔씩 앞에 두고 이어진 정적이 10분. 해연은 말문이 열리지 않아 커피를 벌써 반이나 마셔 버린 상태였다.

"내가 먼저 말할까?"

"아뇨. 제가 먼저 말할게요!"

해연은 다급히 대답하며 심호흡을 크게 내뱉었다.

그래, 어차피 말해야 한다. 7년간 함께 일했던지라 그만둔다고 말하기 어려워도 지금 상황해서 재영을 생각한다면 그만두는 게 맞았다.

해연은 물방울이 송골송골 맺힌 유리잔을 매만지며 천천히 말을 이었다.

"저 아르바이트 계속하는 거 무리일 것 같아요. 단편집도 신경 써야 되고, 두 달 동안 저 없이 일하는 거 사장님도 힘드시잖아요. 그냥 제가 그만두고, 다른 아르바이트생을 구하시는 게 낫지 않을까 싶어요."

계속 커피 잔만 응시하던 그녀는 흘끗 시선을 올려 재영의 반응을 살폈다. 그는 덤덤한 표정으로 해연을 바라보고 있었다. 그녀가 이런 얘기를 할 것이라는 것을 이미 알고 있었다는 듯이.

"내가 너한테 하려던 말이랑 주제가 같네. 난 그만두지 말라고 말하려고 했거든."

"……"

"네가 글에 전념해야 하는 거 알아. 그냥 일주일에 한두 번, 아니 네가 글 쓰는 두 달 동안 일은 신경 쓰지 않아도 되니까 계속 카페에 남아 주면 안 될까?"

재영의 말에 해연은 난감한 표정만 지을 뿐 어떠한 대답도 하지 못했다.

"내가 불편해서 그래?"

"아뇨. 그런 게 아니라……."

"그런 거 아니라면 네가 계속 있어 줬으면 좋겠어."

재영의 말에 간절함이 묻어났다. 그걸 알기에 해연은 더 그의 시선을 마주하기가 어려웠다. 남은 커피를 깨끗하게 비워 낸 해연의 입술 사이에서 한숨이 푹 터져 나왔다.

"사실, 사장님이랑 그렇게 엮인 사이라는 걸 알고 나니까 얼굴 보기가 힘들긴 해요."

해연은 두 눈을 질끈 감으며 말했다. 그의 마음에 비수를 꽂는 일인 걸 잘 알았다. 하지만 이렇게라도 하지 않으면 재영은 계속 옆에 있어 달라고 할 것 같았다.

"내가 마음을 접을게. 그럼 이대로 있어 줄 수 있어?"

"죄송해요, 사장님."

해연은 고개를 푹 숙이고 다시 한번 말했다. 그의 얼굴을 볼 수가 없었다. 너무 미안해서, 그리고 누군가에게 그때의 일을 들킨 게 처음이라서.

그 일을 아는 재영이 불편하게 느껴진다. 어떻게 대해야 할지 모르겠고, 이렇게 앞에서 웃는 게 맞는 건지 싶고, 어떤 표정을 지어야 하는지도 감이 잡히지 않았다.

해연에겐 마음을 정리할 시간이 필요했다. 복잡한 이 감정이 뭘 의미하는지, 그리고 이 감정이 어떤 결과를 낳을지도.

"……그래. 알겠어."

한참 동안 침묵이 흐르다 재영이 입을 열었다. 해연의 난감해하는 얼굴을 보니 더는 붙잡을 수가 없었다.

자신이 이기적인 거 안다. 제 마음 때문에 해연이 불편해하는 것도 알았지만 옆에 두고 싶었다. 그녀가 없는 가게는 상상도 되지 않고, 버틸 자신도 없었다.

카페를 오픈한 지 얼마 안 돼 그녀를 만났다. 자신의 카페는 해연과의 추억이 깃든 장소였다. 처음 가게를 열 때만 해도 그리 오래 할 생각이 없었다. 무언가 일이 필요했고, 쉼터가 필요했기에 만든 가게였다. 하지만 해연이 있었기에 오랫동안 유지할 수 있었다.

그녀가 없으면 안 된다. 가게가, 제 삶이, 모두 무너질 것만 같았다.

"글 열심히 쓰고. 너무 무리하지는 말고."

하지만 재영은 그녀를 놓아줄 수밖에 없었다. 제 눈도 마주치지 못할 정도로 미안해하면서 힘들어하는 그녀를 어떻게 잡아 둘 수 있을까.

재영은 또 보자는 말을 끝내 삼키고 자리에서 일어섰다. 해연이 조심스레 고개를 들었다. 그는 옅은 미소를 지으며 괜찮다는 듯이 고개를 끄덕였다.

"가 볼게."

그 세 글자가 왜 그리도 슬프게 들리는 걸까.

해연은 뒤돌아 멀어지는 재영의 뒷모습이 왠지 마지막처럼 느껴졌다. 서걱거리는 마음에 애꿎은 입술을 잘끈 씹어 댔다. 순간 비릿한 맛이 느껴져 손으로 쓱 입술을 문지르자 붉은 피가 묻어났다.

그녀는 혀로 찢어진 상처를 달싹였지만 피는 쉽사리 멈추지 않았다. 해연은 뒤늦게 느껴지는 아릿한 아픔에 인상을 찌푸리며 옆에 있던 휴지로 피를 꾹 짓눌렀다.

✿   ✿   ✿

해연은 글 쓰는 게 좋았다. 글 쓰는 게 어렵다거나, 힘들다고 생각해 본 적이 한 번도 없었다. 글 쓰는 건 그녀에게 유일한 행복이었고 즐거움이었는데, 단편집을 시작한 이후로 전혀 쓰지 못하고 있었다.

"너무 부담 가져서 그런 거 아냐? 글은 원래 마음을 비우고 써야 잘 써지는데."

"경 작가가 부담을 안 가질 수가 없는 상황이지."

"정 안 되면 기한 늘리면 되니까 천천히 해. 천천히."

단 한 자도 써지지 않아 해연은 점점 지쳐 가고 있었다.

오늘은 같이 프로젝트를 하는 작가들이 해연을 응원하기 위해 술자리를 만들었다. 나가고 싶지 않다는 그녀를 억지로 끌고 나온 곳이 하필 출판사 옆 미나의 카페였다. 다행히도 그녀는 가게에 없는지 카운터에 보이지 않았다.

"왜 그래? 누구 찾아?"

나이가 있는 남자 작가가 그녀의 수상쩍은 행동에 고개를 갸웃거리며 물었다. 해연은 아무것도 아니라며 손사래를 쳤다.

네 사람은 안쪽 룸으로 들어가 자리에 앉았다. 그러고 보니 예전에도 온 적이 있었다. 약속 장소가 이곳인 줄 알고 왔었다가 은우의 어머니를 만났었는데. 괜히 그때 일이 떠올라 해연의 입에서 얕은 한숨이 터져 나왔다.

"도 작가는 어떻게 된 거야? 참여 안 한다고 하고서는 통 연락이 없네."

"그러게요. 오늘 술 한잔하자고 연락해 볼까요?"

"아서라. 이사님 아시면 은우 뒤 졸졸 따라와서 술자리 다 망친다."

해연을 뺀 나머지 작가들은 과거의 그녀와 있었던 일이 떠오른 듯 몸을 부르르 떨며 고개를 내저었다.

"작가님들, 안녕하세요."

마침 룸 안으로 남자 카페 직원이 모습을 드러냈다. 자주 보던 사이인 듯 작가들이 웃으며 그를 반겼다.

"응, 그래. 미나 씨는?"

"어디 좀 나가셨어요. 뭐로 드릴까요?"

"우리 술 좀 줘. 매일 먹던 걸로."

알겠다는 말과 함께 룸을 나선 남자 직원의 모습이 보이지 않을 때쯤, 해연이 고개를 돌려 작은 목소리로 그들에게 물었다.

"여기 사장을 아세요?"

"당연하지. 도 작가 친구잖아."

"그냥 친구예요?"

"어렸을 때부터 집안끼리 잘 알아서 학교도 쭉 같이 나왔다고 들었지."

다른 작가들도 그렇게 알고 있다는 듯 고개를 끄덕였다.

뭐야, 약혼녀라고 하더니 순 거짓말이었어. 괜히 속았다는 생각에 분이 치밀어 오를 때, 맥주와 양주들이 룸 안으로 들어오기 시작했다.

워낙에 술을 좋아하는 그녀는 일주일에 한 번씩은 재영과 함께 삼겹살을 안주 삼아 소주 한 잔을 기울였다. 그런데 그와 멀어지면서 자연스레 술과도 멀어져 버렸다.

"자, 경 작가. 한잔해."

"저번에 보니까 술 엄청 잘 마시던데."

"그래. 저번처럼 쭉쭉 마셔. 글 안 써질 때는 마시는 게 최고야."

앞에 놓인 잔에 작가들이 가득 술을 따라 주었다. 해연은 망설임 없이 들이켰고, 작가들은 그녀의 빈 잔에 또다시 술을 채워 주었다.

오랜만에 마신 술은 물처럼 잘 넘어갔지만 그만큼 취기도 금방 돌았다. 넉 잔 정도 마셨을까. 얼굴이 달아오르는 느낌과 함께 알딸딸한 기운이 머리에 감돌았다.

"경 작가는 글이 안 써지는 이유가 뭐라고 생각해?"

"저요? 사실 잘 모르겠어요. 이렇게 안 써진 적이 처음이라서요."

"원래 한 번씩 그런 날이 와. 근데 그게 꼭 글에 대한 부담감 때문이 아닐 수도 있어. 그냥 그 글이 안 맞아서 안 써지는 경우도 있고, 외부적인 요인 때문에 심리적으로 힘들어서 그럴 수도 있지."

"맞아. 나 예전에 임신했을 때 진짜 스트레스 때문에 죽겠더라고."

"그때 선배님이 절필하신다고 얼마나 난리를 치셨는지. 전 요즘도 선배님 전화 오면 가끔 그때 생각나서 무섭더라고요."

작가 셋은 그때 일을 회상하며 낄낄 웃어 댔다.

"작가님들은 알고 지낸 지 얼마나 되셨어요?"

"우리? 15년? 거의 16년 됐나?"

"그럼 서로에 대해서도 잘 아시겠다."

"말도 마. 너무 잘 알아서 탈이다. 아마 이 녀석 부인보다도 내가 더 이놈을 잘 알지도 모르지."

"에이, 선배님 그건 아니죠. 전 그래도 우리 하늘 같은 부인님에게 제 속마음을 많이 털어놓습니다."

"웃기지 마, 이놈아. 그런 놈이 하루 종일 네 부인 욕을 나한테 하냐?"

마른안주를 남자 작가에게 던지며 화를 내었다. 그는 머쓱하게 웃으며 제 다리에 떨어진 그것을 집어 먹었다.

작가님 딸이 사고를 당했다는 말에 모든 작가들이 우르르 병원으로 갔을 때부터 돈독하다고 느끼긴 했었다. 해연은 자신도 이런 사람들 사이에 녹아들 수 있을지 싶어 부러운 듯 그들을 바라보았다.

그 마음을 알아챈 한 작가가 해연을 바라보며 말을 이었다.

"그러고 보니 해연이 얘기를 딱히 들어 본 적이 없네."

"그래. 내가 네 나이 때는 정말 파란만장하게 살았다고. 여기저기 삼다리 네다리 걸치면서."

"선배님, 지금 남편분이 첫사랑인 거 다 아는데 무슨 소리하시는 거예요."

"야, 누가 진짜로 했대? 속으로, 마음속으로 삼다리 네다리 걸치면서 살았다 이거지."

"어휴, 말이나 못 하면."

두 사람이 서로 으르렁거리며 싸우자 한 작가가 툴툴대며 미간을 찌푸렸다.

"그만들 좀 해. 해연이 얘기 좀 듣자."

그의 말에 두 사람은 서로를 아니꼽게 노려보며 코웃음을 쳤다. 곧 시선이 해연에게로 집중되었다. 갑작스런 고백 타임에 그녀는 어색한 미소를 지었고, 이내 앞에 놓인 잔을 비워냈다.

"저는 사느라 바빠서 연애해 본 적이 없어요."

"뭐? 연애를 해 본 적이 없다고?"

"요즘 애들이 말하는 모태 솔로, 뭐 그런 건가?"

"해연이가 뭐 부족한 사람도 아닌데, 왜 연애를 아직 못 해봤을까?"

한 작가가 빈 잔에 술을 따라 주며 말하자 곧 해연이 받아 마시며 마른입을 축였다.

"그냥 너무 바빴어요. 살기도 빠듯해서 연애는 생각해 본 적이 없어요. 학교 다닐 때는 이것저것 아르바이트하면서 살았고, 보육원 나오고 나서는 카페 알바하면서 글만 썼고요. 작가님들이 생각하시는 파릇파릇한 경험은 딱히 없었던 거 같아요."

보육원이라는 말에 세 작가의 시선이 서로를 향했다. 아마도 생각지도 못 한 단어였을 것이다.

하지만 곧 그들은 태연하게 받아들이며 해연의 잔에 또다시 술을 따랐다.

"요즘 마음 가는 사람은 없어?"

"어? 경 작가, 도은우 작가한테 마음 있는 거 아니었어?"

"도 작가가 경 작가한테 마음이 있었던 거 아냐? 그래서 이 사님이 그렇게 난리 친 거였고."

"아니에요. 도은우 작가님은 어렸을 때부터 동경해 왔던 작가님이에요. 글쓰기 시작한 것도 도은우 작가님 책 보고 시작한 거였고요."

사실 오랫동안 동경했던 은우와 가까이 지내면서 잠시 마음이 설레었던 적도 있었다. 하지만 그건 어디까지나 동경에서 시작된 팬의 마음이었다. 그 사람의 글이 너무도 좋았다.

"진짜 없는 거야? 너 좋다는 사람도 없어?"

한 작가가 집요하게 캐묻자 해연은 문득 재영이 떠올라 입술을 꾹 다물며 눈동자만 요리조리 굴렸다.

"있네."

"누가 있구나."

"그러고 보니 나 본 적 있다."

박 작가가 갑작스레 무언가 기억이 났다는 듯 손뼉을 탁 쳤다.

"일주일 전에, 경 작가 작업실에서 나오던 키 크고 훈훈하게 잘생긴 남자."

재영이었다. 해연이 조금 당황한 시선으로 그를 바라보자 자신이 기억한 사람이 맞다는 걸 알아채고 바짝 그녀에게로 다가갔다.

"그 사람이지? 경 작가 좋다는 사람."

"아, 아니 그게……."

"누군데? 어떻게 알게 된 사람인데?"

"그냥 카페 사장님이신데……."

"고백받았네."

"고백받았고만."

"그래서 때려친 거야. 부담스러워서."

"왜, 그냥 받아 주지. 경 작가가 보기엔 별로야? 마음이 안 생겨? 잘생기고 성격 좋아 보이던데."

세 사람의 질문이 한꺼번에 쏟아지자 해연은 어찌할 바를 모르고 눈동자만 이리저리 굴렸다. 그렇지 않아도 취기가 올라서 기분이 업되고 있는데, 이러다간 자신도 모르게 입을 열지도 모른다는 생각이 들었다.

해연이 말하기 싫다는 듯 입술을 꾹 다문 채 고개를 흔들자, 의미심장한 미소를 지으며 박 작가가 빈 잔에 술을 가득 따랐다.

"자, 일단 한잔하시고."

해연은 뻔히 보이는 박 작가의 행동에도 꿀꺽꿀꺽 술을 마셔 댔다. 그녀가 술 조절을 못 하게 됐다는 건 이미 반쯤 취했다는 증거였다. 안 된다는 말을 계속해서 내뱉으면서도 해연이 잘 받아먹자 세 사람의 얼굴에는 미소가 가득했다.

"그 사람 이름이 뭐야?"

"……도재영이요."

"나이는?"

"서른이요."

"세 살 차이네."

"그 정도면 적당하고……."

"사람이 영 별로야?"

"아뇨. 사장님은 진짜 좋은 사람이에요. 맨날 저 배려해 주시고, 도와주시고, 예뻐해 주시고."

"그런데 뭐가 문제야. 좋은 사람이면 잡으면 되지."

"모르겠어요. 그냥 마음이 걸려요. 그 일 때문에 더요."

"그 일?"

해연은 시무룩해진 얼굴로 빈 잔을 박 작가에게 내밀었다. 그는 고개를 갸웃거리면서 그녀가 내민 잔에 술을 가득 따라 주었다.

"작가님들, 사랑이 대체 뭘까요?"

갑작스런 해연의 질문에 세 사람은 서로를 바라보았다. 이런 철학적인 질문이 나올 줄 몰랐다는 듯 당황한 얼굴을 하던 박 작가가 뺨을 긁적이며 대답을 했다.

"글쎄, 거참 어려운 질문이네."

"저는 누구를 좋아할 시간도, 여유도 없이 살았거든요? 그래서인지 사랑을 잘 모르겠어요. 그래도 제가 아는 사랑이란 건 심장이 콩닥거리고, 설레고, 그 사람만 보면 행복해 미칠 것 같고, 가슴이 벅차오르는…… 그런 거라고 생각하거든요. 그런데 달라요. 너무 달라서 제가 그 사람을 어떻게 보고 있는 건지 잘 모르겠어요."

근심이 가득한 얼굴로 술잔을 비우는 해연의 모습에 한 작가가 조심스레 질문을 던졌다.

"그 사람을 볼 때 네 감정이 어떤데?"

다정하게 묻는 말에 해연은 잠시 고민하는 듯싶다가 천천히 입술을 열었다.

"저한텐 한 번도 겪어 보지 못한 부모님 같고요. 또 친구 같으면서도, 오빠 같기도 해요. 그 사람이랑 함께 있는 시간들이 참 편안해요. 별생각 없이 같이 있어도 어색하지 않은데, 그게 진짜 좋아하는 마음인지 오빠 대신인지 모르겠어요. 죽은 오빠 대신에 의지하고 있는 게 아닌가 싶기도 하고……."

말로 설명을 하자니 더 복잡해지는 기분이었다. 자신이 재영을 어떻게 보고 있는 건지 정리가 되질 않았다.

그런데 해연과 반대로 세 사람의 얼굴에는 작게 미소가 피어났고, 곧 그들이 동시에 말문을 열었다.

"사랑이네."

"사랑하네."

"암, 사랑이지."

명쾌하게 답은 일치했다. 해연이 어리둥절한 얼굴로 그들을 바라보자 한 작가가 먼저 대답을 이었다.

"네가 방금 사랑은 행복해 미칠 것 같은 거라고 했잖아. 그런데 지금 네가 나열한 모든 것들 말이야, 같이 있는 시간이 편하고, 어색하지 않고 또 뭔가 해 주고 싶은 그 마음들 끝에 다 행복이 있지 아닐까 싶은데."

"그래. 복잡하게 생각하지 마. 딱 네 마음이 가는 대로 해. 가족처럼 생각하고 있나? 내 사랑이 사랑이 맞나? 이런 고민 다 쓸데없어. 마음이 어떤 모양이든 보고 싶으면 보고 싶은 거고, 같이 있고 싶으면 같이 있고 싶은 게 전부인 거야."

한 작가의 말을 이어서 송 작가가 대답했다. 해연의 복잡한 마음을 정말 단순하게 정리해 주는 두 사람을 보자 제 고민이 한순간 작아진 기분이 들었다.

"그런 걸 왜 고민하니, 어린애처럼. 아니지, 어린애들은 고민도 안 해. 일단 좋으면 앞뒤 안 보고 좋다고 하지. 그냥 어린이 마인드로 해. 원래 사랑하면 유치해지고 단순해진다잖아. 그 유치하고 단순한 마음이 진짜야."

"야, 박 작가. 그 마지막 대사 어디서 많이 들어 본 거 같은데?"

"네. 선배 에세이에서 나온 말이죠."

박 작가가 손으로 브이를 그리며 말하자 송 작가는 그를 아니꼽게 바라보며 술잔을 입술 위로 기울였다.

단순하게라. 해연은 머리를 세게 얻어맞은 기분이었다. 되게 기본적이고 당연한 논리인데도 복잡한 심경에 거기까지 생각을 미처 못 했다.

아니, 정말 그래도 될까? 단순하게 생각해도 아무런 문제가 없는 것일까? 나는 정말 그를 경수현 대신으로 생각하고 있는 게 아닌 걸까? 만약 사귀다가 그 감정이 아니라고 생각되면 우리 사이는 어떻게 되는 걸까.

"저…… 화장실 좀 다녀올게요."

해연이 갑자기 자리에서 벌떡 일어서며 말하자, 세 사람은 적지 않게 놀란 듯 바라보며 고개를 끄덕였다.

살짝 비틀거리며 룸을 나선 해연은 화장실 표시판을 보고 오른쪽 코너로 돌아갔다.

오른쪽이 여자 화장실, 왼쪽이 남자 화장실. 술기운에 그림을 보고 속으로 읊던 때였다. 여자 화장실 옆 비상구처럼 보이는 문틈으로 누군가의 목소리가 들려왔다.

"안 돼. 못 가. 절대 안 돼."

단호한 여자의 목소리에 해연은 인상을 찌푸리며 문 앞으로 다가섰다. 열린 문틈으로 보이는 건 뒤돌아 서 있는 남자와 그를 마주 보고 있는 미나였다.

"난 이미 결정 끝냈어."

"네가 지구 반대편으로 도망간다고 내가 못 찾을 거 같아?"

"못 찾는 데로 갈 거야. 너도 엄마도, 모두 못 찾는 곳으로."

"……이 개자식아."

미나는 큰 눈에 눈물을 그렁그렁 매달고 남자를 노려보고 있었다. 남자는 뒤돌아 있었지만 목소리로 누군지 알 수 있었

다. 은우였다. 목소리가 아니더라도 미나가 저렇게 매달리는
거 보면 그 사람뿐이라고 생각할 수밖에 없었다.

"너 진짜 개자식이야. 알아?"

"알아. 미안해."

"미안해? 미안하다면 내 마음 받아 줬어야지. 이렇게 가지
고 놀다 버리진 말았어야지!"

"……."

"무려 19년이야. 열 살 때 너 만나고 지금까지 너한테서 마
음 떠난 적 없어. 날 쳐다보지도 않는 너 어떻게든 보게 하겠
다고 유치하게 재영 오빠 이용해서 질투심 유발도 했었고, 너
힘들 때만 나 찾는 거 알면서도 자존심 없이 다 받아 줬었어.
그런데 이제 와서 뭐? 네가 나한테 어떻게 이럴 수 있어?"

미나는 은우의 어깨를 잡고 흔들었지만 그는 아무런 대답이
없었다.

더는 들으면 안 되겠다 싶어 해연이 고개를 돌리려던 때였
다. 눈물이 머금은 미나의 시선이 그녀에게로 향했다.

딱 마주친 두 사람의 시선. 놀란 해연이 고개를 돌렸지만
미나는 은우를 밀치고 성큼성큼 다가왔다.

벌컥, 해연을 가리고 있던 문이 완전히 열렸다. 흔들리는 시
선으로 미나를 바라보자 그녀는 별안간 해연의 옷깃을 잡아
앞으로 끌어당겼다.

"애 때문이지? 너 이상하게 변한 거 애가 나타났을 때부터
였어."

"무슨 소리야, 그게."

"내가 널 몰라? 넌 글 말고 여자한텐 단 한 번도 눈길 안 주던 애야."

은우는 굳은 얼굴로 미나와 해연을 번갈아 바라보았다. 이게 무슨 상황인가 싶어 해연이 미나를 올려다볼 때 갑작스레 그녀의 손이 해연의 머리채를 잡아챘다.

"아악!"

해연의 입에서 비명 소리가 흘러나왔지만 미나는 손을 우악스럽게 흔들었다.

은우가 말리려 한 발짝 다가서려 하자, 미나는 반대편 손으로 해연의 뺨을 내리쳤다.

"내가 지금 애 없애 버리면 나한테 올 거야?"

"너 미쳤어?"

"응, 미쳤어. 그러니까 안 가겠다고 말해."

"이상한 소리 하지 말고 그거 놔!"

갑작스런 아픔에 해연은 더는 비명도 나오지 않았다.

이게 무슨 상황일까.

은우의 고함에 또다시 미나의 손이 허공을 올랐다. 놀란 그가 성큼 다가서려 하자 해연은 두 손을 올려 그녀의 머리채를 잡아 버렸다.

"아악!"

미나의 입에서도 비명 소리가 흘러나왔다.

"야, 안 놔? 야!"

"먼저 잡은 게 누군데! 그쪽이 먼저 놔요!"

해연이 힘주어 머리를 당기자 미나는 당황해하면서도 더 세게 그녀의 머리를 잡아당겼다. 두 사람은 몸싸움까지 하며 서로를 쥐어뜯었다.

은우는 잠시 머뭇거리다 정신을 차리고 두 사람 사이에 끼어들었다.

"이미나!"

간신히 미나의 손을 떼어 내고 꼼짝 못 하게 막자 해연만 미나의 머리채를 잡고 있는 상황이 되어 버렸다.

해연은 고개를 올려 미나와 은우를 바라보았다. 이제 놓아도 된다는 듯 그가 고개를 끄덕이자 손에 힘을 풀기 시작했다.

"이거 놔! 나 쟤 가만 안 둘 거야! 이거 놓으라고!"

미나는 발버둥 쳤지만 은우는 그녀를 억지로 데리고 가게 밖으로 모습을 감추었다.

혼자 남은 해연은 망연자실한 얼굴로 한숨을 푹 내쉬었다. 무거운 발걸음을 옮겨 화장실로 들어가 거울을 바라보았다. 산발이 된 머리와 터진 입술이 지금의 어이없는 상황이 현실인 것을 일깨워 주었다. 덜덜 떨리는 손으로 머리를 정리하는데 머리카락이 엉킨 채 빠져나왔다.

"아……."

서러움에 눈물이 핑 돌았다. 해연은 입술을 꾹 짓이기며 참으려 했지만 술기운 때문인지 눈물은 금세 뺨 위로 뚝뚝 떨어졌다.

"이러고 어떻게 가……."

해연은 울먹이는 목소리로 중얼거렸다. 거울에 비친 제 모습을 다시 한번 바라보았다. 도저히 이 꼴로는 갈 수 없었다. 뭐라 설명해야 할지도 모르겠고, 막무가내로 당했다는 거 자체가 너무 창피했다.

그녀는 화장실을 나섰다. 카페 복도를 지나자 작가들의 웃음소리가 들려왔다. 해연은 애써 무시하고 카페에서 나와 앞에 있는 택시에 올라탔다.

눈물이 멈추지 않았다. 손 떨림도 멈추지 않았다. 택시 기사에서 간신히 목적지를 말하고 애써 마음을 진정시키려 해도 영 진정되지 않았다.

이 와중에 떠오르는 사람이 왜 도재영일까.

"술 때문이겠지……."

그래, 술 때문일 거야. 그렇게 마음을 달래도 여전히 눈물이 뚝뚝 떨어졌다. 눈앞에 재영의 웃는 모습이 아른거렸다.

위로받고 싶다. 괜찮다는 말 한마디를 듣고 싶다. 다정한 그 시선도, 손길도 받고 싶었다.

다른 사람이 아닌 재영에게, 오롯이 재영에게만.

"도착했습니다."

택시 기사의 목소리에 창밖을 바라보던 해연이 고개를 돌렸다. 습관적으로 주머니를 뒤졌지만 잡히는 건 휴대폰 하나뿐이었다.

해연은 망연자실한 얼굴로 휴대폰과 택시 기사의 얼굴을 번갈아 보다가 기어들어 가는 목소리로 말했다.

"자, 잠시만요……."

왜 이렇게 되는 일이 없는지 모르겠다. 카페에 그대로 가방을 두고 온 나머지 지갑도 없다는 것을 까맣게 잊고 있었다. 작가님께 전화해서 지갑을 가져와 달라고 부탁할까? 아니, 그럼 여기까지 도망친 보람이 없잖아.

"아가씨, 뭐 해요?"

"기사님, 잠시만요."

그녀는 발만 동동 구르며 휴대폰을 빤히 바라보았다. 지금 머릿속에 떠오르는 사람은 딱 한 사람밖에 없었다. 5분 안에 도착할 수 있는 유일한 사람.

해연은 두 눈을 딱 감고 휴대폰에 등록되어 있는 그의 이름을 꾹 눌렀다.

─여보세요?

누른 지 얼마 안 돼 휴대폰 너머로 재영의 목소리가 들렸다. 갑작스런 전화에 놀랐는지 조금 높아진 그의 목소리에 해연은 또다시 작게 울먹였다.

"사, 사장님……."

그의 목소리를 들으니 서러움이 더 밀려왔다. 사정을 말해야 하는데 목소리는 나오지 않고 눈물만 터져 나온다.

─해연아, 어디야?

"여, 여기 집 앞…… 아니, 동네 골목 들어가는 입구인 거 같은데."

―금방 갈게. 조금만 기다려.

주변을 두리번거리며 말하는데 재영이 짧은 한마디만 남기고 뚝 전화를 끊어 버렸다.

그의 목소리가 들리지 않자 해연의 눈물이 더 거세게 뺨을 타고 내려왔다. 손등으로 아무리 닦아도 눈물은 멈추지 않았다.

시야가 흐릿해져 있을 때, 창문 너머로 제 이름을 애타게 부르는 목소리가 들려왔다.

"해연아!"

흐릿한 시야에 누군가 뛰어오는 모습이 보였다. 확인하지 않아도 그 사람이 재영이라는 것을 알아챈 해연은 택시에서 내려 그에게 달려가 덥석 안겼다.

"해, 해연아."

재영이 당황해하며 그녀의 이름을 부르자 해연은 그의 허리를 세게 끌어안았다. 익숙한 커피 향과 재영의 스킨 냄새가 희미하게 코끝을 스쳤다.

"왜 그래. 대체 무슨 일이야?"

재영이 해연을 제 품에서 떼어 놓고 몸을 숙여 시선을 맞추었다.

간신히 울음을 참고 있는데 그의 얼굴을 보자마자 해연은 결국 어린아이처럼 울음을 터트렸다. 그녀의 울음소리에 당황한 재영은 다시 제 품에 꼭 안아 주며 등을 토닥였다.

"아니, 난 그냥 도착했다고 말만 했을 뿐인데 갑자기 막 울음을 터트리잖아. 누가 보면 내가 무슨 짓이라도 한 줄 알겠어."

해연을 간신히 진정시키고 기다리고 있던 택시 기사에게 돈을 건네던 재영이었다. 기사도 그녀의 태도에 많이 놀랐는지 목소리 높여 해명을 늘어놨다.

"저 아가씨 탔을 때부터 이상하긴 했어. 술 냄새도 많이 나고, 머리는 산발에 입술도 터져 있고. 누구랑 대판 싸우고 온 거 같더라고."

돈을 건네받은 기사는 더 이상 할 말이 없다는 듯 택시를 타고 모습을 감추었다.

재영은 한숨을 푹 늘어트리며 골목 어귀에 쭈그리고 앉아 있는 해연을 바라보았다. 그는 그녀에게로 발걸음을 옮겼다.

"해연아."

재영이 다정하게 이름을 불렀다. 그녀가 바닥을 응시하며 코를 훌쩍이기만 하자 그도 똑같이 쭈그려 앉아 시선을 마주했다.

"경해연."

두 번째 부름에 해연은 조심스레 시선을 올려 재영을 바라보았다.

술이 조금씩 깨고 있는 건지 민망함과 부끄러움이 한꺼번에 밀려왔다. 어린애처럼 목 놓아 울어 버린 것도, 다짜고짜 그를 안아 버린 것도 전부 다. 정말 쥐구멍이라도 있다면 숨고 싶을

정도였는데, 막상 재영과 시선을 마주하니 그런 마음이 한꺼
번에 가라앉는 기분이었다.

"대체 무슨 일인 거야. 응? 머리는 왜 그렇고, 입술은 왜 터
지고."

부드럽고 낮은 그의 목소리에 해연은 가슴 한구석이 찌르르
해졌다.

멍하니 그의 얼굴을 보고 있자니 문득 작가님의 말들이 머
릿속을 스쳐 갔다.

"복잡하게 생각하지 마. 딱 네 마음이 가는 길대로 해. 마음이
어떤 모양이든 보고 싶으면 보고 싶은 거고, 같이 있고 싶으면 같
이 있고 싶은 게 전부인 거야."

해연은 재영이 정말 보고 싶었다. 며칠 안 본 사이에도 그
의 모습이 눈앞에 아른아른했고, 카페에서 보낸 시간들이 자
꾸 생각났다.

그리웠다. 함께 웃고 떠들고, 장난치던 나날들이 계속됐으
면 싶었다.

"사랑이네."

사랑일까? 아니, 사랑이 아니더라도 괜찮을 것 같았다. 해
연은 그저 재영의 옆에 있고 싶었다.

"원래 사랑하면 유치해지고 단순해진다잖아. 그 유치하고 단순한 마음이 진짜야."

유치하고 단순한 마음, 지금 내 마음이 향하는 길.

"사장님."

"······."

"저 사장님 좋아하는 거 같아요."

해연의 말에 재영은 아무런 대답을 하지 않았다. 아니, 못 했다는 말이 맞는 것 같다. 지금 들은 말이 혹여 잘못 들은 건가 싶었다. 그는 가만히 해연을 응시하고 있을 뿐이었다.

해연은 천천히 그의 뺨 위에 손을 올렸다. 부드러운 손길이 재영의 뺨에 닿는 순간 달콤한 그 말이 귓가에 울려 퍼졌다.

"아니, 좋아해요."

그 소리와 함께 재영의 입술 위로 해연의 입술이 살포시 맞닿았다. 아주 짧은 입맞춤과 함께 떨어진 그녀의 입술. 그리고 이어진 눈 맞춤에 재영의 얼굴엔 얼떨떨함이 가득했다. 그의 흔들리는 눈동자가 지금 얼마나 놀랐는지 보여 주고 있는 것 같았다.

"뭐라고 말 좀 해 봐요. 나 진짜 용기 내서 말한 건데."

부끄러운 듯 손을 내리며 해연이 살짝 시선을 내리깔았다.

재영은 계속 아무 말도 하지 못 했다. 심장이 미친 듯이 뛰었다. 너무 아플 만치 뛰어서 감당이 안 될 정도로.

"제 마음을 잘 모르겠어서 고민을 많이 했었는데, 그래도 전 사장님이랑 같이 있고……."

해연은 그 뒤로 말을 잇지 못했다. 재영이 해연 뺨을 쥐고 깊게 입을 맞추었기 때문이었다.

진하게 감겨 오는 입술에 해연은 조금 놀란 듯했지만 점차 눈을 감고 그를 받아들였다.

그동안 참아 왔던 모든 것들이 재영에게서 터져 나오는 듯한 입맞춤이었다. 참고 또 참고, 마음을 보이지 않으려 애를 썼다. 제 마음에 혹시나 겁먹고 도망칠까 봐, 소유하고 싶은 욕망이 너무 커서 그녀를 다치게 할까 봐, 계속 억누르며 지내 왔다.

하지만 그 모든 인내는 해연의 짧은 입맞춤으로 끝나 버렸다. 팽팽하게 이어져 오던 이성의 끈이 완전히 끊어져 버린 것이다.

가지고 싶었다. 하지만 해연이 너무 투명하고 맑아서, 잘못 건드리면 그대로 깨져 버릴 것 같아서, 자신과는 다르게 너무 맑은 사람이라 그 마음을 보일 수 없었다.

사실 겁도 났다. 제 옆에 있던 것들은 다 썩고 문드러지기 일쑤라. 자신의 어머니처럼, 혹은 아버지처럼 사라지지 않을까 하고.

경해연만은, 너만은 그렇게 만들고 싶지 않았다.

해연의 숨이 모자랄 때쯤 재영이 입술을 조심스럽게 떼어 냈다.

그녀는 숨을 거칠게 내몰아 쉬며 두 눈을 떴다. 자신을 바라보고 있는 재영의 시선이 아까와 달라진 듯한 느낌은 착각일까. 쿵쿵, 심장이 주체할 수 없이 뛰어 댔다.

재영은 그녀의 머리를 귀 뒤로 살짝 넘겨 주며 해연을 제품에 안았다.

"고마워."

톡톡, 재영이 해연의 등을 토닥였다. 그 손길이 너무나 다정해서, 그의 심장 소리가 제 소리와 같아서 너무나도 이 순간이 좋았다.

재영을 좋아한다. 분명 아니라고 생각했는데 좋아하고 있었다. 언제부터였는지 몰라도, 그를 볼 때마다 수현이 생각나긴 했어도, 수현과는 다르게 그에게 의지했다.

그 누구에게도 완전히 벽을 허물고 다가가지 못했었는데, 재영에게만은 그게 되지 않았다. 그래서 그와 함께 있었던 시간이 늘 행복했었다.

"저도요."

수현을 잃고 그 어떤 사람에게도 마음을 열지 못했던 자신이었는데, 애써 밝은 척, 아픔 없는 척하느라 지치고 힘들었었는데, 그와 있었던 시간엔 그러지 않아도 늘 웃음이 자연스레 지어졌으니.

해연은 재영의 허리를 감싸 안아 어깨에 얼굴을 파묻었다. 너무나도 따뜻하다. 더 빨리 알았으면 이 온기를 더 일찍 알았을 텐데.

"사랑해, 경해연."

조금 일찍 알았다면 이 달콤한 말을 더 많이 들었을 텐데.

해연은 그 아쉬움을 달래려 그의 따뜻한 품에 더욱더 깊게 파고들었다.

7화

늘 그대가 있었다

해연은 눈부신 아침 햇빛에 몸을 뒤척이며 두 눈을 떴다. 순간 두통이 물밀 듯이 밀려와 그녀는 끄응, 앓는 소리를 내며 몸을 뒤척였다.

"몇 시지……."

중얼거리듯 말하며 휴대폰을 켜 보니 9시가 덜 된 시각이었다. 작업실 출근은 제 맘대로이기 때문에 특별히 일찍 나가지 않아도 됐다.

조금 더 자려고 눈을 감는데 문득 어제 있었던 일들이 주마등처럼 빠르게 머릿속을 지나쳤다. 미나의 가게에서 했던 술자리와 그 뒤에 있었던 갑작스런 싸움, 그리고 재영을 만난 것도.

해연은 두 눈을 번뜩이며 자리에서 몸을 일으켰다.

"실제인가. 꿈인가……."

해연은 혼란스러웠다. 작가들과 술자리를 한 것도, 미나의 머리채를 잡고 싸웠던 것까지도 진짜 같은데 재영을 만난 것은 꿈처럼 두루뭉술했다.

특히 집에 어떻게 들어왔는지 기억이 나질 않았다. 해연은 두 눈을 끔뻑거리다 휴대폰을 들어 발신 기록을 확인했다. 재영에게 전화한 기록이 있었다. 그럼 그를 진짜 만났다는 건가? 그럼 정말 고백도 하고.

"키스도 한 건가……."

해연은 나지막하게 중얼거리며 입술을 조심스레 매만졌다. 촉감이 어렴풋이 기억이 나는데 엄청나게 강렬했던 것 같기도 하고…….

아, 그놈의 술 때문에. 해연은 이마를 긁적거리다 휴대폰을 흘끗 바라보았다.

만약 그 고백과 키스가 진짜라면 지금 재영에게 전화했을 때 평소와 다른 무언가가 있을 것이다. 하지만 평소와 다름없이 전화를 받는다면 그 모든 게 꿈일 가능성이 높았다.

"꿈이라면……."

재영에게 고백하고 싶다. 좋아한다고, 같이 있고 싶다고.

해연은 두 주먹을 불끈 쥐고 그에게 전화를 걸었다.

신호음이 서너 번 정도 갔을 때쯤 재영의 목소리가 들려왔다.

─응, 해연아.

평소와 다름없는 목소리다. 무덤덤하고 아무렇지 않은. 그럼 어제 일은 역시 꿈이었던 것인가.

해연이 마른세수를 하다 말을 이어 가려던 때였다. 굳게 닫혀 있던 방문이 갑자기 벌컥 열렸다.

"왜?"

"깜짝이야……."

해연은 열린 문틈으로 보이는 재영의 모습에 몸을 움찔거렸다.

"무슨 일인데?"

"뭐예요? 사장님 왜 여기 있어요?"

"아침밥 하는 중이야. 왜 전화했어?"

재영은 귀에 가져간 휴대폰을 내리며 다시 한번 물었다. 해연은 얼떨떨한 표정으로 그를 아래위로 훑어보았다.

"설마 이거 꿈은 아니죠?"

"무슨 소리를 하는 거야, 너."

"그럼 뭐지? 왜 사장님이 우리 집에 있어요?"

해연이 도통 영문을 모르겠다는 듯한 표정으로 그를 쳐다보자 재영이 말을 이었다.

"너 정말 기억 안 나? 어제 네가 나 잡고 안 놔줬잖아."

"내가요? 언제요?"

그런 기억은 없는데. 이상하다.

고개를 갸웃거리자 문득 장면 하나가 머릿속을 스쳤다. 해연은 멍하니 허공을 바라보다가 살짝 미간을 찌푸렸다.

"해연아, 집에 가자."

"싫어요."

"나 다리 아픈데. 이거 놓고 집에 가서……."

"싫어요. 안 놓을 거야."

해연은 언뜻 떠오른 장면에 표정을 굳혔다. 재영은 혼자 고민하는 그녀를 보며 작게 웃음을 지었다.

"어쩐지, 너 완전히 필름 끊긴 것처럼 보이더라. 대체 얼마나 마신 거야?"

"그게……."

해연이 말을 이어 가려 할 때쯤, 또다시 머릿속에 재영과 나눈 대화가 스쳤다.

"해연아, 나 이제 집에 가야 할 것 같은데."

"싫어요."

"이거 놓고 편안하게 자. 난 이만……."

"싫어요. 같이 자요."

돌았다. 미쳤다.

해연은 제 머릿속에 떠오른 또 다른 대화에 입을 쩍 벌리고 얼빠진 표정을 지었다. 그 모습을 지켜보던 재영은 아까보다 크게 큭큭 웃어 댔다.

"얼른 나와. 아침 다 됐으니까."

재영은 방문을 닫으며 모습을 감추었다. 그가 사라지기가 무섭게 해연은 울상을 지으며 침대에 풀썩 쓰러져 베개에 얼굴을 묻었다.

소리 없이 팔다리만 파닥거리며 괴로워하던 그녀는 움직임을 멈추고 몸을 벌떡 일으켰다.

"같이 잔 건 아니겠지, 진짜?"

설마 싶으면서도 해연은 혹시나 하는 마음에 제 몸 구석구석을 살펴보았다. 뭐 이상한 건 없어 보이는데. 옷도 그대로 입고 있고.

그녀는 천천히 몸을 일으켜 방문 앞으로 걸어갔다. 끼익, 조금 연 문틈으로 부엌을 바라보았다. 재영이 식탁에 물컵을 내려놓고 있었다. 쿵쿵, 맛있는 냄새를 맡고 있을 때 그가 고개를 들어 해연을 바라보았다.

"뭐 해. 얼른 와서 앉아."

말 잘 듣는 강아지마냥 그녀는 쪼르르 다가가 식탁에 앉았다. 그 모습에 재영이 피식 웃었다.

"너 일어나면 속 쓰릴 것 같아서 콩나물국 끓였어."

맞은편에 앉은 재영이 어서 먹어보라는 듯 눈짓을 하곤 국을 한 숟갈 입에 넣었다.

"사장님, 우리…… 잔 건 아니죠?"

갑작스런 해연의 물음에 놀란 재영이 국을 넘기다 사레가 들린 듯 기침을 내뱉었다. 그는 손을 뻗어 있던 물을 얼른 들이켰고, 곧 황당하다는 듯 그녀를 바라보았다.

"너 진짜……."

"아니죠? 난 아직 준비가…… 안 됐는데."

해연이 엑스자로 자신의 상체를 가리며 말했다. 재영은 결국 크게 웃음을 터트렸다.

그녀는 입술을 삐죽 내밀다 말고 입가에 알싸한 아픔이 느껴져 작은 비명을 내질렀다. 재영은 곧 웃음을 멈추고 걱정스런 시선으로 해연을 바라보았다.

"밥 먹고 약 바르자. 입술에 흉 지겠다."

해연은 고개를 들어 작게 중얼거리듯 말을 이었다.

"우리 진짜…… 안 잔 거 맞죠?"

아파 죽겠다는 표정을 하면서도 해연은 질문을 또다시 던졌다.

"너 자는 거 보고 난 집에 가서 잤어."

재영은 대답하며 마저 웃음을 터트렸다.

"그럼 이 시간에 왜 여기 계신 거예요?"

"술 많이 마신 거 같아서 해장국 끓여 주려고 온 거야."

"정말이죠?"

"정말이야. 걱정 마. 그러니까 아침이나 얼른 먹어."

재영은 다시 숟가락을 들고 밥을 먹었지만 해연은 여전히 그를 바라보며 뚱한 표정을 지었다.

정말이겠지? 정말이어야 할 텐데. 그런 걸로 거짓말할 사람은 아니긴 하지만 남자는 다 늑대라고 경수현이 말한 적이 있었는데.

"더 할 말 있어?"

뚫어져라 쳐다보고 있는 해연을 보며 재영이 또다시 입을 열었다. 그녀는 고개를 좌우로 흔들며 행동으로 그에게 대답했다.

"내 얼굴 그만 보고 밥 먹어. 얼른."

재영이 웃으며 그녀의 손에 억지로 숟가락을 쥐여 주었다. 그제야 해연은 조심스럽게 국을 떠먹었다.

"오, 맛있다."

해연의 말에 재영은 흡족한 미소를 지으면서도 걱정스런 표정을 내비쳤다.

"어떡하냐. 입술 때문에 먹는 거 많이 불편할 텐데."

"괜찮아요. 조심히 먹으면 되죠."

해연이 웃으며 대답했지만 입을 벌릴 때마다 쓰라려서 몇 번이나 외마디 비명을 삼켜야 했다. 나중에는 그 아픔 때문에 먹는 것도 지칠 정도였다.

그래도 밥 한 그릇을 싹 비워 낸 그녀는 곧장 제 방에 들어갔다.

"이게 뭐야, 진짜."

해연은 거울 너머로 터진 입술을 바라보며 울상을 지었다. 그 여자한테 가서 따지고 싶은 마음이 굴뚝같았다. 사람을 다짜고짜 이렇게 만들다니.

"생각해 보니 또 열 받네……."

진짜 가서 따질까. 사과를 받아 낼까. 생각했지만 쉽게 사과할 인간처럼 보이지 않았다. 오히려 목청 높여 '내가 뭘 잘못했는데?' 하며 되받아치면 모를까. 해연은 한숨을 푹 내쉬며 작게 중얼거렸다.

"내가 참아야지. 착한 내가 참아야지."

"뭘 참아?"

그때였다. 문틈으로 재영이 빼꼼 얼굴을 들이민 채 물었다. 놀란 그녀가 몸을 흠칫거리며 뒤돌아 그를 바라보았다.

"왜 노크도 없이……."

"맞다. 미안."

재영은 도로 문을 닫고 똑똑 노크를 했다. 그리고 '나 들어가도 돼?' 라고 조심스레 말한다. 해연이 작게 웃음을 터트리며 '네' 하고 대답하자 그가 다시 모습을 드러냈다.

"뭐 하는 거예요, 지금?"

"이리 앉아 봐. 약 발라 줄게."

재영은 커다란 구급상자를 들고 침대에 걸터앉았다.

"이건 우리 집에 있는 거 아닌데…… 어디서 났어요?"

"하나 샀어. 집에 구급상자도 없잖아. 비상 약품 대부분 넣어 놨으니까 아플 때 챙겨 먹어."

"아니, 뭐가 이렇게 많이……."

구급상자 안에는 온갖 약들이 들어 있었다.

해연이 벙찐 표정을 지었지만 재영은 연고와 면봉 하나를 손에 든 채 얼른 오라는 듯 바라본다. 해연은 제 뺨을 긁적이며 쭈뼛쭈뼛 다가섰다.

"내가 바를 수 있는데."

"발라 준다고 할 때 얼른 와."

해연이 침대에 걸터앉자 재영은 좀 더 그녀에게 다가가 앉
았다.

"고개 들어 봐."

해연이 고개를 들자 가까이 다가온 그의 얼굴이 보였다. 금
방이라도 닿을 듯한 거리에 있다. 괜한 떨림에 목울대를 크게
울려 침을 삼키자 재영이 피식 작게 웃었다.

"긴장돼?"

"아, 아니요! 긴장은 무슨……."

"그럼 가만히 있어. 입술."

해연은 몸도 빳빳하게 세우고 돌상처럼 꿈쩍도 하지 않았
다. 콕콕, 연고를 묻힌 면봉이 상처에 닿을 때마다 미간이 미
세하게 좁아질 뿐이었다.

"미안해."

"뭐, 뭐가요?"

"나 때문에 상처가 더 심해진 거 같다. 이 정도는 아니었던
거 같은데."

그의 말이 무슨 뜻인지 모르겠다는 듯 바라보자, 입술로 향
하던 그의 시선이 해연과 딱 마주쳤다. 재영은 작게 미소를 짓
더니, 이마를 톡 엄지로 밀며 말을 이었다.

"당분간은 참아야겠네."

"……뭘요?"

해연이 고개를 갸웃거리며 묻자 코앞에 있던 재영의 얼굴이 순간적으로 다가왔다. 그러다 볼에 쪽, 소리와 함께 그의 도톰한 입술이 닿았다 떨어졌다.

"이거."

그의 갑작스런 행동에 해연을 얼떨떨한 표정으로 제 뺨을 매만졌다. 재영은 웃으며 구급상자를 정리하더니 태연하게 대화를 이어 갔다.

"작업실에 갈 거지? 데려다줄 테니까 준비하고 나와. 설거지하고 있을게."

말을 끝마친 그는 해연의 방을 나섰다. 달칵, 문이 닫히는 소리와 함께 재영이 사라지자 자신도 모르게 참고 있던 숨이 터져 나왔다.

"뭐야, 이거 뭔데……."

기습적인 스킨십에 놀란 해연은 두 눈만 동그랗게 뜬 채 굳게 닫힌 문을 한참 동안 바라보았다.

"오늘 언제쯤 집에 올 거야?"

"글쎄요. 그때그때 기분에 따라가는 시간이 달라서 잘 모르겠어요."

"끝나기 30분 전에 전화해. 데리러 갈게."

재영은 운전석에 앉아 안전벨트를 매며 담담하게 말했다.

"가게는 어쩌고요?"

"잠깐 닫으면 되지."

"지금까지 그런 적 없었잖아요."

"지금까지 그런 적 없었으니 이제부터 그래 보려고."

해연은 그를 힐끗거리다 얼른 안전벨트를 매었다. 재영은 작게 웃으며 차를 출발시켰다.

그래, 이 모습이 도재영이지. 하는 말마다 받아치며 남 골려 먹는 재미로 사는 사람이었다는 걸 잠시 잊고 살았다.

"사장님, 솔직히 말해 봐요."

"뭘?"

"연애 몇 번 해 봤어요?"

"그게 왜 궁금해?"

"그냥 궁금해서요."

"그런 거 알아 봤자 기분만 상해."

"많이 해 봤구나……. 난 처음인데."

해연은 시무룩한 표정으로 고개를 숙였다. 최대한 불쌍한 척하면 뭐든 얘기해 주지 않을까 싶은 마음이었지만 재영은 그렇게 호락호락한 사람이 아니었다.

"그럼 나도 하나하나 과거 따져 볼까?"

과거? 나한테 과거가 어디 있어?

해연은 그게 무슨 소리냐는 듯 고개를 들어 재영을 바라보았다.

"너한테 도은우는 그냥 동경하는 작가야, 아니면 그 이상이야?"

"도, 도 작가님이요?"

"너 나한테 저번에 그랬었어. 이제 시작 좀 해 보려고 하는데, 라고."

"그게 언제 적 일인데……."

"끝난 거지, 확실히?"

재영이 집요하게 묻자 해연은 꾹 입술을 문 채 아무런 대답을 하지 않았다.

"난 네가 지금부터라도 도은우를 가까이 안 했으면 좋겠는데."

"아, 사장님……."

"거봐. 난감하지? 지나간 일은 묻지 않는 게 좋아."

"그거랑 사장님 과거랑 같아요?"

"나한텐 같은데."

해연은 한숨을 푹 내쉬었다. 재영을 말로 이기기란 쉽지 않았다. 늘 그랬듯 마지막엔 그녀의 침묵으로 끝나는 말씨름. 그녀는 삐친 얼굴로 창밖을 묵묵히 바라보았다.

"다 왔다. 들어가 봐."

어느새 차는 출판사 건물 앞에 멈춰 섰다.

해연은 슬쩍 재영을 쳐다보았다. 언제 말씨름을 했냐는 듯 그는 기분 좋은 미소를 지으며 그녀를 바라보고 있었다.

"왜 웃어요?"

"그냥 좋아서."

"웃지 마요. 난 지금 엄청 기분 나쁜데."

"이제야 모든 게 제자리로 돌아간 거 같아."

잠시 멍하니 그를 바라보던 해연은 동의하지 못한다는 듯 입술을 삐죽였다. 그리곤 인사도 없이 차에서 얼른 내렸다.

쿵, 큰 소리로 문을 닫고는 건물 안으로 들어가려는데 그의 차가 미련 없이 출발하는 소리가 들려왔다.

"뭐야, 진짜!"

뒤돌아보니 벌써 저만치 멀어져 있었다. 발을 쾅쾅 구르며 성질을 내 봐도 재영의 차는 멈추지 않고 달려가 사라져 버렸다.

모든 게 제자리도 돌아간 것 같다고? 그래, 돌아가긴 했다. 말로 놀려먹는 게 취미인 사람이었으니.

해연은 콧방귀를 뀌며 건물 안으로 들어갔다. 작업실로 가는 내내 또 화가 치밀어 오른 그녀는 허공에다가 혼잣말을 내뱉었다.

"어떻게 그거랑 이거랑 같아?"

나는 그저 동경했던 거고 당신은 연애를 했던 건데, 어떻게 같냐고!

"그리고 당연히 그쪽에게 마음이 없으니 사장님한테 좋아한다고 말한 거지. 날 뭐로 보고……."

"누굴 좋아한다고?"

"깜짝이야."

갑작스레 귓가에 들려오는 음성에 뒤돌아서자 송 작가가 호기심이 어린 시선으로 바라보고 있었다. 몸을 움찔거리며 살짝 뒷걸음질 치자 송 작가가 다시 말을 이어 갔다.

"뭐니, 너? 어제 그렇게 사라지고…… 입술은 또 왜 그래?"

"아, 아무것도 아니에요."

해연은 손으로 제 입술을 가리며 고개를 저었지만 송 작가는 손을 억지로 떼어 내며 유심이 바라보다 소리 질렀다.

"아무것도 아니긴!"

"진짜 아무것도 아닌데……."

"에휴, 따라와. 너 나랑 면담 좀 하자."

송 작가는 해연의 손을 붙잡고 건물 안으로 질질 끌고 들어갔다. 마침 담배를 피우러 나오려던 박 작가가 두 사람을 보고 휘둥그레진 시선을 던졌다.

"뭐야. 무슨 일이야?"

"자, 작가님!"

해연의 울부짖는 듯한 목소리가 쩌렁쩌렁 울렸다. 박 작가는 꺼내 들었던 담배를 다시 담뱃갑에 집어넣고 의미심장한 눈빛으로 그들이 탄 엘리베이터로 달려갔다.

점점 멀어지는 룸미러 속에 비치는 해연은 화가 잔뜩 난 듯 보였다. 발을 쿵쿵대는 그녀의 모습에 재영은 크게 웃음을 터트렸다. 당장에라도 달려가 안아 주며 화를 풀어 주고 싶었지만 곧장 가야 할 곳이 있었다. 잔뜩 아쉬운 표정을 지으며 애써 그녀에게서 눈을 떼어 냈다.

"분명 여기다 뒀는데……."

그는 제 주머니를 뒤적거리며 혼잣말을 했다. 곧 무언가 잡히는 것에 재영은 주머니에서 손을 빼내었다.

명함이었다. 얼마 전 해연의 작업실에서 만난 미나가 재영의 주머니에 몰래 넣어 두고 간 명함.

그는 차를 한쪽 구석에 채우고, 명함 속에 적힌 번호로 전화를 걸었다. 신호음이 길게 이어져 끊으려던 찰나에 뚝, 소리와 함께 정적이 수화기 너머로 들려왔다.

"여보세요."

담담하면서도 조금 차가운 목소리로 재영이 먼저 말을 건네었다. 그러자 작게 코웃음 치는 소리가 들려왔다.

—뭐야, 설마 재영 오빠야?

앙칼진 미나의 목소리에 재영의 미간이 살짝 찌푸려졌다.

"너 어디야?"

하지만 목소리는 담담했다. 재영의 물음에 수화기 너머 미나는 작게 웃음을 토해 내며 대답했다.

—어딘지 알면, 오빠가 친히 오시려고?

"응. 이 번호로 주소 찍어서 보내."

재영은 그렇게 말하고는 바로 전화를 끊었다. 얼마 지나지 않아 작은 진동과 함께 미나의 문자가 도착했다. 재영은 주소를 확인하고 멈췄던 차를 다시 출발시켰다.

미나가 알려 준 주소는 재영이 있는 곳에서 5분도 채 걸리지 않는 곳이었다. 고층 오피스텔을 물끄러미 바라보던 그는 휴대폰에 있는 주소를 보고 건물 안으로 들어갔다.

엘리베이터에서 내린 그는 복도 맨 끝으로 가 초인종을 눌렀다. 복도를 크게 울리는 벨소리에도 인기척이 들리지 않아 또다시 초인종을 누르려던 때였다. 달칵 소리와 함께 굳게 닫혀 있던 현관문이 열렸다. 코끝을 찌르는 술 냄새와 함께 미나가 모습을 드러냈다.

"진짜 왔네?"

신기한 듯 재영을 올려다보는 미나의 두 눈은 잔뜩 풀려 있었다. 이른 아침부터 이런 꼴이라면 밤새워 마신 거나 다름없었다.

재영은 그런 미나를 지나쳐 오피스텔 안으로 들어섰다.

망설임 없이 들어오는 그의 모습에 미나는 재밌다는 듯 웃으며 재영을 따라 들어왔다.

"오빠는 여자 혼자 사는 집에 불쑥 드나들 사람이 아니지 않나?"

"네가 해연이 건드렸지?"

재영이 뒤돌아 미나를 바라보며 물었다. 그의 서늘한 시선에 그녀는 당황한 표정을 지었지만 곧 작게 웃음을 터트렸다.

"뭐야. 걔가 벌써 오빠한테 말한 거야?"

"묻는 말에 대답만 해, 이미나."

"건드렸다면?"

"……."

"건드렸다면 오빠가 어쩔 건데?"

미나가 목소리에 힘을 주어 말하자 재영이 손을 뻗어 그녀의 어깨를 벽으로 세게 밀었다. 미나는 잔뜩 인상을 찌푸리며 그를 올려다보았다.

"내가 언제까지 너 봐주기만 할 것 같아?"

재영의 서늘한 눈빛에 미나는 당황스런 기색이 역력했다. 워낙에 표정이 없는 사람이었고, 감정을 잘 드러내지 않는 사람이라 화를 내는 모습도 거의 볼 수 없었다. 잔뜩 적개심을 드러낸 그의 얼굴은 낯설고 무서웠다.

미나는 마른침을 꿀꺽 삼키며 그의 손을 떼어 내려 했지만 꼼짝도 하지 않았다.

"이거 놔."

"이 이후로 해연이 손끝 하나라도 건드려 봐. 정말 너 가만 안 둬."

대체 그 여자애가 뭐기에, 도은우도 도재영도 하나같이 이렇게 변해 버린 걸까.

미나는 입술을 꾹 깨물며 원망스런 시선으로 그를 바라보았다. 그리고 있는 힘껏 제 어깨에 오른 재영의 손을 밀어내며 소리쳤다.

"왜!"

미나는 소리치며 재영을 올려다보았다. 어느새 그녀의 눈가에 눈물이 그렁그렁 차오르고 있었다.

"왜 대체 다들…… 걔만 좋아하는 거야? 걔가 그렇게 예뻐? 돈이 많아? 그렇게 잘났어? 왜 걔 하나 감싸려고 그렇게 난리인 건데!"

"……."

"짜증 나. 오빠도 도은우도."

오래 좋아하고, 함께하고, 가까이서 지켜본 건 자신이었다. 경해연이 모르는 과거를 아는 것도, 형제 사이에서 일어났던 모든 사정을 미나는 전부 알고 있었다.

그런데 두 사람에게 자신은 늘 안중에도 없는 사람이었다. 억울했다. 모자랄 것 없는 내가 왜 이들에게 이런 취급을 받아야 하는지.

뚝뚝. 마지막 내뱉은 말과 함께 미나의 눈에서 눈물이 떨어졌다. 그녀가 손등으로 눈물을 훔쳐 내던 찰나였다.

"그게 무슨 말이야?"

재영의 물음에 미나는 작게 코웃음을 쳤다.

"보면 몰라? 도은우가 언제 여자한테 관심을 가진 적이 있기나 해? 걔, 글 말고는 여자한테 관심 둔 적 지금까지 한 번도 없었잖아."

"무슨 소리야. 걔 고등학교 때 여자 친구 많았잖아."

"그건 소문이고. 여자들이 좋다고 들러붙어서 그렇게 된 거지. 걘 눈길 하나 준 적 없어."

미나의 말에 재영의 표정이 딱딱하게 굳어져 갔다. 재영의 기억에는 늘 여자를 가볍게 여겼던 은우의 모습밖에 없었다. 그래서 해연에게도 가볍게 대하는 것이라고 생각했다. 누구에게나 그랬듯 농담처럼. 그것을 진지하게 받아들여 혹여 해연이 상처받지 않을까 두려웠던 그였다.

"오빠한테 들이대서 나한텐 간신히 눈길 준 거였는데."

"……."

"걔가 처음이야. 도은우가 그렇게 챙기고 감싸는 거."

그런데 가벼운 마음이 아니라 진심으로 해연에게 다가간 것이라면, 그게 아직도 쭉 이어져 있는 마음이라면.

재영은 뒤통수를 세게 얻어맞은 기분이었다. 그와 동시에 생각지 못한 불안감이 가슴 속에서 스멀스멀 올라오기 시작했다.

✿   ✿   ✿

"자, 이제 말해 봐."

송 작가, 박 작가와 엘리베이터로 올라오는 동시에 복도에서 만난 한 작가, 김 작가까지. 모두 해연의 작업실에 모여 앉아 그녀가 입을 열기만을 기다렸다.

해연은 요리조리 눈동자만 굴렸다. 작업실에 오면 어제 갑작스럽게 사라진 일에 대해서 당연지사 물을 것이라고는 생각했다. 술에 취해서 혼자 집에 갔다고 변명하려 했지만, 아까 해연이 내뱉은 말과 터진 입술을 설명하기엔 역부족이었다.

"정말 아무 일도 아니에요."

"아무 일도 아닌데 이렇게 쥐어 터져 와?"

"……술에 취해서 넘어졌어요."

"넘어지면 보통 이렇게 상처 안 나지. 아니, 날 수가 없어. 사이즈가 딱 얻어맞은 건데."

해연의 얼굴을 유심히 바라보던 박 작가가 고개를 저으며 말했다.

그때였다. 누군가 작업실 문을 두드리는 소리가 들렸다. 해연 대신 송 작가가 '네' 하고 대답하자 문을 열고 은우가 모습을 드러냈다.

"저기, 해연……."

해연의 작업실이니 당연히 그녀가 대답했으리라 생각했던 은우였다. 그런데 그녀 주위에 모여든 네 명의 작가들을 보고 당혹스러운 표정을 지었다.

"아, 나중에 다시……."

자연스럽게 나가기 위해 은우는 뒷걸음질 쳤지만 호락호락하게 보내 줄 작가들이 아니었다. 제일 가까이에 앉아 있던 박 작가가 문을 턱 잡고 못 나가게 하자, 그는 어색하게 웃으며 박 작가를 바라보았다.

"어딜 가, 도 작가?"

"박 작가님……."

은우가 '제발 그냥 보내 주시면 안 될까요?' 라는 시선으로 바라보는데 송 작가가 벌떡 자리에서 일어서서 그에게 다가섰다.

"너 뭐야? 뭔데 단편집 빠진다 전화만 돌려 놓고 코빼기도 안 보였다가 해연이 작업실엔 들락날락거리냐?"

"들락날락거리다요. 저도 오늘 여기 처음 들어와 봤어요."

"너지?"

"네? 그게 무슨……."

"해연이 입술 저렇게 만든 놈, 도 작가 너 아냐?"

은우는 어제 그 상황을 혹시 본 건가 싶어 얼굴을 굳혔지만, 이내 송 작가의 말뜻이 무엇을 의미하는 알고선 눈이 휘둥그레 떴다.

"아, 아니에요!"

"솔직히 말해. 너희 사귀는 거지? 그렇지?"

박 작가가 쐐기를 박으려는 듯 직설적으로 질문을 던지자 해연도 놀라 손사래를 쳤다.

"뭘 숨기고 그러냐? 우리한텐 사실대로 말해도 돼."

"진짜 아니에요."

은우가 힘주어 말했지만 네 사람의 눈엔 의심이 가득 담겨 있었다. 해연도 이상하게 돌아가는 분위기에 변명을 하려던 순간이었다. 주머니에 있던 휴대폰이 파르르 진동을 울려 댔다.

〈뭐 해?〉

재영이었다. 그렇게 쌩하니 가 버려 놓고 뭐 하냐고 묻는 건 또 뭐래. 바람 빠진 소리를 내며 입을 삐죽거렸다.

〈작가님들이랑 얘기 중이에요.〉

답장을 보내고 난 해연의 입가는 아까와 다르게 미소가 번져 갔다. 때마침 고개를 돌려 그녀를 바라보던 박 작가가 고개를 갸웃거리며 물었다.

"누구 문자를 그렇게 사랑스럽게 보고 있어?"

"네?"

화들짝 놀라 몸까지 움찔거리자 은우에게 향했던 모두의 시선이 해연에게로 옮겨졌다. 당황한 나머지 휴대폰 액정을 무릎 위로 가리자 모두가 미간을 좁혔다.

"뭐냐, 그 반응은?"

"아, 아무것도 아닌데요?"

"아무것도 아닌 게 아닌 것 같은데?"

송 작가의 말이 떨어지기가 무섭게 휴대폰이 또 진동을 울려 댔다. 해연은 눈치를 보며 어색하게 웃다가 휴대폰을 조심히 들었다.

〈도은우도 있어?〉

아니, 이 양반이.

해연은 살짝 미간을 찌푸렸다가 얼른 '네'라고 짧게 적어 보내곤 다시 휴대폰을 내렸다. 여전히 작가들의 시선은 그녀에게서 떨어지질 못했다.

"정말 아무것도 아니……."

휴대폰을 무릎 위에 놓고 손사래를 치며 말을 이어 가려던 찰나였다. 이번엔 긴 진동이 울렸다. 놀란 그녀가 다시 휴대폰을 들어 확인하자 박 작가 옆에서 슬쩍 고개를 빼고 화면을 바라보았다.

박 작가의 행동에 얼른 해연이 휴대폰을 품에 안으며 자리에서 벌떡 일어섰다.

"전화 좀 받고 올게요."

"뭔데? 그냥 여기서 받아."

"그게……."

부르르르. 울리는 진동 사이로 무거운 정적이 흐른다. 얼른 말해 보라는 작가들의 시선에 중압감이 가득했다. 말 안 하면 내보내 주지도 않을 것 같은 기분이었다.

"남자 친구 전화라서요."

"남자 친구?"

모두들 남자 친구라는 말에 눈이 휘둥그레지며 뒤돌아 은우를 바라보았다. 그의 손에는 전화가 들려 있지 않았다. 자신들의 추측이 틀렸다는 얘기였다.

"설마 카페 사장?"

송 작가의 말에 해연이 부끄러운 듯 고개를 끄덕였다. 그리곤 도망치듯 작업실을 나섰다.

복도로 나오자마자 혹시라도 전화가 끊길까 얼른 통화 버튼을 누른 그녀가 휴대폰을 귀에 가져다 대며 말했다.

"여보세요?"

—글 쓰러 간다더니 잡담만 하고 있는 거야?

"아니에요. 어제 갑자기 술자리에서 사라진 것 때문에 걱정하셔서 잠깐 오신 거예요."

—어제 도은우도 같이 마셨어?

"아뇨, 어제 도 작가님은 우연히……."

해연은 마주쳤다는 이야기를 하려다 말을 멈추었다. 문득 어제 일까지 재영에게 말해야 하는 상황이 올까 봐 잠시 망설였다.

"……같이 안 마셨어요."

그래, 굳이 말하지 않는 게 낫지. 다들 아는 사이인데.

해연의 말에 재영은 더는 묻지 않았다. 조용한 침묵이 이어지자 그녀가 장난스런 말투로 물었다.

"그런데 사장님은 은근히 구속 심한 스타일이신가 봐요."

—어?

"아닌가. 원래 도 작가님 싫어해서 그렇게 느끼는 건가."

직설적인 그녀의 화법에 재영은 잠시 당황한 듯 말문을 열지 못했다. 뭐라고 변명이라도 하려는 듯 운을 떼 보려 하던 때 해연이 그의 말을 막고 입을 열었다.

"어차피 도 작가님이랑 마주칠 일 별로 없을 거예요. 단편집도 같이 안 하고 곧 유학 가시니까."

—……유학?

"제가 말 안 했구나. 작가님 유학 가신대요. 원래 가려던 걸 좀 앞당긴 거라고 하시던데."

유학이라는 말에 재영이 또다시 침묵을 지켰다.

"그러니까 너무 그러지 마요. 이제 도 작가님 볼 일 진짜 얼마 없으니까."

유학 가기 전까지만이라도 진짜 형제처럼 살갑게 지낼 수 없냐는 말이 입가에 맴돌았지만 거기까지는 끼어들 일이 아니었기에 해연은 차마 입을 떼지 못했다.

—알았어.

침묵을 길게 지키던 재영이 끝내 낮은 목소리로 대답했다.

"그럼 저 진짜 글 쓸게요."

—그래. 일해.

전화를 끊고 그녀는 물끄러미 휴대폰 화면을 바라보았다.

"억지로 알았다고 대답한 거 같은데."

힘없는 대답이 신경 쓰였지만 더는 어떻게 할 수가 없었다. 두 사람이 풀어야만 하는 것이기 때문에.

"아, 맞다. 도 작가님 돌아와서 같이 프로젝트 소설 쓰자고 한 건…… 말 안 하는 게 좋겠지."

확실한 것도 아니고. 아예 까맣게 잊어버릴 일이 될 수도 있기에 확실해지면 얘기하자 생각하며 작업실로 다시 들어가려던 때였다. 달칵, 소리와 함께 은우가 해연의 작업실에서 모습을 드러냈다.

"가시게요?"

"작가님들 눈치 보여서 더는 못 있겠네요."

"아……."

"형이랑 진짜 사귀는 거예요?"

"아…… 네."

해연이 수줍게 웃으며 고개를 끄덕였다.

"축하해요, 진짜."

은우는 밝은 목소리로 말했지만 그의 얼굴에는 씁쓸함이 담겨 있는 듯했다.

"고맙습니다."

꾸벅, 인사를 건네자 은우는 반사적으로 해연의 터진 입술로 시선이 향했다. 그리곤 무거워진 목소리로 말을 이었다.

"미안해요."

"아녜요. 작가님이 사과할 일은 아니잖아요."

해연이 손을 내저으며 말했지만 그는 더는 말을 잇지 못하고 한숨만 푹 쉬었다. 미안해하지 말라고 한 말이었는데, 방금 내뱉은 말이 그에게 더 미안한 마음을 들게 한 것 같았다.

어떻게 위로해야 할까 싶어 잠시 침묵을 지키는데 은우가 이만 가 보겠다는 말과 함께 뒤돌아 멀어졌다. 터벅터벅 걸어가는 발걸음이 무겁게 느껴지는 건 해연의 착각일까.

"저기, 작가님."

해연의 부름에 탁 멈춘 은우의 발걸음. 그는 뒤돌아 해연을 물끄러미 바라보았다.

"다음에 저랑 프로젝트 소설 작업하는 거 잊지 않았죠?"

그녀가 해맑게 웃으며 말하자 은우의 입가에 조금은 환한 미소가 지어졌다.

"그럼요."

"유학 가시기 전에 꼭 연락 주세요. 그냥 가시면 절대 안 돼요!"

"그럴게요."

은우는 손 인사를 건네며 마침 멈춰 선 엘리베이터에 올라타고 모습을 감추었다.

엘리베이터 문이 닫히고 해연의 모습이 사라지기 전까지 입가에 미소를 머금고 있던 그였다.

"하아……."

그 모습이 눈앞에서 사라지자 은우의 입가에 미소도 함께 사라졌다. 축 처진 어깨, 힘없는 표정. 그는 애써 힘을 내보려 했지만 어제 있었던 일이 눈앞에 아른거려 영 기운이 나질 않았다.

은우는 어제 미나를 잡고 카페에서 꽤나 멀리 떨어진 곳까지 끌고 나왔다. 놓으라는 그녀의 울부짖음에도 아랑곳하지 않고 데려간 곳은 사람 없는 한적한 골목이었다. 이 정도 거리면 다시 돌아가 해연에게 허튼짓은 못 하겠지 싶어 놓아 주자 미나는 기다렸다는 듯이 은우의 뺨을 거칠게 내리쳤다.

"나는 안 되면서, 쟤는 왜 되는 건데!"

"……."

"네 옆에 있었던 건 항상 난데, 왜 난 항상 네 뒷모습만 봐야 하는 건데!"

그 울부짖음과 함께 미나는 자리에 주저앉아 어린아이처럼
목 놓아 울었다.

한 번도 자신 앞에서 이런 모습을 보여 준 적이 없는 그녀
였다. 늘 당당하고, 은우가 바라보지 않아도 당연하게 제 옆에
서 있던 그녀였는데.

19년 동안의 짝사랑은 당당했던 그녀의 모습을 완전히 사라
지게 만들었다.

그래, 내가 나쁜 놈이다. 당연히 너라면 무슨 짓을 해도 상
처받지 않을 거라고 생각했었으니까.

"미안해."

무던히 노력했던 네가 내 마음에 들어올 수 없다면, 당연히
그 누구도 들어오지 않을 것이라 생각했었다. 그런데 너무나
쉽게 다른 사람에게 마음을 줘 버렸다.

"정말 미안해."

그게 하필 형이 좋아하는 여자라서. 나도 너도, 모두 상처받
고 마는구나.

엘리베이터가 멈추는 소리와 함께 지하 주차장에 도착했다.

은우는 터벅터벅 제 차 앞으로 걸어가 운전석에 앉았다.

시트에 기댄 그는 두 눈 위로 손등을 올린 채 오랜 시간 동안 무거운 정적과 함께 자리를 지켰다.

❋　　　❋　　　❋

어서 오세요. 주문하시겠어요? 음료 나왔습니다. 안녕히 가세요.

재영은 수많은 손님들을 맞이하고 반복했던 말들이 지겹다고 생각했던 적이 없었다. 딱 오늘만 빼고.

해연과 헤어지고 돌아온 카페 안은 유난히 조용했고, 손님이 없었다. 그 몇 안 되는 손님을 맞이하는 것조차 그에게는 너무 지루한 일이었다.

"보고 싶다."

작게 중얼거리던 재영은 휴대폰을 들어 해연의 전화번호를 물끄러미 바라보았다.

전화해 볼까. 아니야, 글 쓰는 데 방해될 수 있어. 문자 한 통은 괜찮지 않을까?

재영이 혼자서 자문자답을 하며 내린 결론은 '문자 딱 한 통만 보내 보자'였다.

〈뭐 해?〉

심지어 아까 아침에도 보냈던 말이다. 도은우도 같이 있다는 답장에 참지 못하고 전화를 걸었었지만.

짧게 끝내자는 생각으로 문자를 보냈더니 1분도 지나지 않아 그녀에게 답장이 왔다.

〈글 써요.〉

〈잘 써져?〉

〈네, 오랜만에 잘 풀리는 거 같아요. 사실 한동안 계속 진도가 안 나가서 걱정이었거든요.〉

우는 이모티콘까지 보내는 해연의 문자를 보자 그의 입가에 작은 미소가 걸렸다.

〈몇 시에 끝나?〉

〈글쎄요. 보통 6시쯤 가긴 하는데, 오늘은 글이 좀 잘 써져서 정확히 모르겠어요.〉

하지만 뒤이어서 오는 문자에 재영의 얼굴에서 웃음기가 확 사라졌다. 그는 아까 다짐했던 것을 잊고 바로 통화 버튼을 눌렀다.

뚜르르. 긴 신호음이 가더니 곧 해연의 목소리가 들렸다.

—여보세요?

"잘 모르겠다니 그건 무슨 소리야."

―음, 오늘 글이 좀 써지니까 늦게까지…….

"늦게까지?"

―네, 좀 늦게까지 글을…….

"진짜 늦게까지?"

다시 한번 되묻는 재영의 목소리에 해연은 끄응, 작게 앓는 소리를 내었다. 난감하단 뜻이었다.

며칠 글을 못 쓰다 이제야 써진다는 애한테 '오늘은 1일이니 무조건 일찍 와서 나랑 데이트해'라고 할 수도 없고.

"늦게까지 몇 시?"

재영이 애써 담담하게 다시 말을 잇자 그녀가 조심스럽게 대답했다.

―한…… 11시쯤요?

재영은 대답 대신 한숨을 푹 내쉬며 시계를 바라보았다. 앞으로 여섯 시간이나 더 지나야 한다. 지금까지 버틴 것도 용한데 또 어떻게 버티지.

그는 이마를 만지작거리며 침묵을 지켰다. 이성과 본성이 제 안에서 미친 듯이 싸우고 있는 것 같았다. 해야 할 말은 정해져 있는데, 그 말을 내뱉기가 너무도 싫었다.

―그냥 일찍 갈까요?

한참의 침묵에 견디지 못한 해연이 먼저 말을 꺼냈다. 재영은 그제야 정신이 번뜩 드는 기분에 고개를 작게 내저으며 말을 이었다.

"아냐, 글 써. 요즘 계속 못 썼다면서. 써질 때 써야지."

같이 있을 날은 많지만 글 써지는 날은 그보다 적으니깐. 그 말을 속으로 곱씹으며 마음을 달래었다.

"끝나면 전화해. 데리러 갈게."

차분하고도 담담하게 대답하곤 전화를 끊은 재영이었지만 곧 얼굴은 급격하게 어두워졌다.

"보고 싶어."

미친 게 아닐까. 평소에도 해연이 눈앞에 보이지 않으면 보고 싶다는 생각이 자주 들곤 했었다. 특히 몇 주간은 아예 그녀의 소식도 모르고 살아야 했었다.

"그때도 이 정도는 아니었는데."

어째서 완전히 제 옆에 있다고 생각되니 더 보고 싶어지는 걸까.

재영은 마음을 진정시키려는 듯 한숨을 폭 내쉬었다. 다시 한번 시계가 있는 곳으로 눈길을 돌렸을 땐 겨우 5분 정도가 지나간 상태였다. 탄성이 절로 튀어나왔다. 앞으로 남은 시간은 5시간 55분.

"그래. 기다리자, 기다려."

재영은 뭐라도 해야겠다 싶어 냉장고 문을 열어보았다. 평소보다 장사가 잘되지 않았던 탓에 준비된 음료 베이스들이 한가득이었다.

"만들어 둘 것도 없네."

이런 날은 차라리 미친 듯이 바빠야 되는데 하필 손님도 없고.

"죽겠다……."

재영은 털썩 자리에 앉아 데스크 위에 쿵 소리 나도록 머리를 떨어트렸다. 골이 울리는 기분에 미간이 살짝 찌푸려졌지만, 어쩐지 그리움을 달래 주는 듯했다. 쿵쿵쿵쿵, 몇 번 머리를 데스크 위로 찍어 대던 그는 벌떡 일어나 젖은 행주를 손에 들었다.

"청소나 하자."

얼마 전 은우의 어머니가 와서 난장판을 만드는 바람에 이미 한 번 대청소를 한 적이 있었다. 하지만 청소야 매일 하는 거 아닌가.

자신을 위로하며 구석구석을 열심히 닦고 쓸어 냈다. 그는 '시간아, 얼른 지나가라' 라고 마음속으로 빌며 청소를 시작했다.

한참을 청소하다가 손이 닿지 않는 선반 틈 사이에 쓰레기가 끼어 있는 것이 보였다. 간신히 손을 넣어 꺼내 보려 했지만 영 닿지 않았다. 낑낑거릴수록 팔만 아플 뿐이었다. 그는 포기하고 의자에 털썩 주저앉아 있다가 어이없다는 듯 작게 웃음을 터트렸다.

시간이 가면 가는구나, 사람이 있으면 있구나, 일이 터지면 터지는구나, 늘상 삶의 모든 것을 흘러가는 대로 내버려 뒀던 그였다. 그런데 갑자기 집착 증세를 보이는 자신이 낯설게만 느껴졌다.

언제부터 변했을까. 해연이 제 앞에 나타난 뒤였을까. 일상을 흘러가는 대로 두지 않게 된 건.

재영은 선반 틈 사이를 아니꼽게 바라보며 한숨을 푹 쉬다가, 문득 벽에 기대어 있는 빗자루가 보였다. 그는 그걸 집어 들어 틈새로 집어넣었다. 그러자 쉽게 휙 하고 굴러 나왔다.

이렇게 쉬운 걸 갖고 그렇게 낑낑거렸다니. 멍청한 제 자신에게 헛웃음을 내뱉을 때였다. 똑똑, 누군가 가게 유리문을 두드리는 소리가 났다.

고개를 들어 밖을 바라보자 해연이 환하게 웃으며 손을 흔들고 있었다.

"사장님!"

재영은 어안이 벙벙한 얼굴로 그녀를 바라보았다. 시간이 벌써 11시가 됐나 싶어 시계를 바라보았지만 이제야 7시가 조금 넘어간 시간이었다.

해연은 문을 열고 가게 안으로 들어섰다.

"짠!"

마치 선물인 양 두 팔을 쫙 벌려 재영 앞에 선 그녀였다. 그는 입꼬리가 하늘을 향해 올라갔지만 애써 감추며 말을 이어갔다.

"뭐야. 늦게 온다더니."

"늦게 오면 사장님 우울함이 가게 땅굴을 팔 것 같은 목소리였어요."

해연의 말에 왠지 민망함과 부끄러움이 밀려와 재영은 애꿎은 제 눈썹만 지분거렸다.

"글은?"

"진도 빠르게 나가서 3분의 1 정도는 완성했어요."

해연은 만족스런 얼굴로 어깨에 잔뜩 힘을 주며 말했다. 오늘 쓴 부분이 어지간히도 마음에 들었나 보다.

재영이 그녀를 보며 작게 웃자 해연이 맞은편 의자에 앉으며 말했다.

"가게 마감하려면 멀었죠?"

'당연지사 멀었겠지'라고 말하려던 해연이었다. 그런데 재영은 자리에서 벌떡 일어서며 대답했다.

"아냐. 이제 하려던 참이었어."

급하게 머신 앞으로 간 그가 부랴부랴 움직이기 시작했다. 해연은 당황스런 얼굴로 시계를 확인했다.

"지금 7시밖에 안 됐는데요?"

"오늘은 일찍 닫을 거야."

"오픈도 늦게 했잖아요. 지금 닫아도 돼요?"

의아한 시선으로 해연이 묻자 재영은 빠르게 움직이며 입술을 달싹였다.

"괜찮아. 하루쯤은."

그 말 뒤로 조금 뜸을 들인 그가 중얼거리듯 말했다.

"오늘 우리 1일이잖아. 같이 있고 싶어."

그의 말에 해연의 얼굴이 순식간에 붉게 달아올랐다. 두 눈을 끔뻑이며 말을 잇지 못하자 재영이 작게 웃음을 내뱉었다.

"우, 웃지 마요!"

해연은 부끄러워 고개를 돌렸지만 긴 머리 사이로 보이는 작은 귀가 붉게 달아올라 있었다.

"해연아? 나 봐봐."

"싫어요. 마감이나 해요."

재영이 장난스럽게 불렀지만 해연은 귀만큼 붉어진 얼굴 때문에 뒤돌지 못하고 있었다.

가게 문을 닫고 밖으로 나왔을 때 시원한 바람이 기분 좋게 불어 왔다. 오늘따라 많이 춥지 않아 산책하기에 딱 좋은 날씨였다.

해연이 바람에 몸을 맡기듯 앞장서 걸을 때 재영이 불쑥 그녀의 손을 맞잡았다. 놀란 그녀가 가던 걸음을 멈추고 바라보자 그는 어깨만 으쓱이며 해연의 손을 잡아당겼다.

"손잡는 거 싫어?"

"아뇨. 싫은 게 아니라 그냥……."

낯설었다. 누군가와 손을 맞잡고 걸었던 과거가 나에게 있었던가. 경수현 말고는 한 번도 없었던 것 같았다. 어느 정도 큰 다음부터는 손잡는 것도 꺼려 했었지만.

해연은 재영의 손을 꼭 마주 잡았다. 그러자 재영이 작게 웃음을 내뱉으며 그녀 쪽으로 더 가까이 다가갔다. 서로의 어깨가 스치듯 닿는다. 맞잡은 손엔 온기가 가득했다.

해연은 물끄러미 그를 올려다보며 생각했다. 이 사람이 내 남자 친구라니. 낯설면서도 설레고, 뭐라 한마디로 정리가 안 되는 감정이 샘솟았다.

재영과 이런 사이가 될 것이라곤 한 번도 생각해 본 적이 없었다. 이 사람과 설레는 감정이 생길 리가 없다고 생각한 것이 엊그제 같은데, 지금은 심장 소리가 그에게 들리는 건 아닐지 걱정될 정도였다.

"정말 이걸로 되겠어?"

근처 치킨 가게에서 맥주와 함께 포장해 와 근처 공원에 앉은 두 사람이었다. 신이 난 표정으로 포장지를 뜯어 닭 다리 하나를 집어 드는 해연에게 재영이 잔소리하듯 물었다.

"오늘 같은 날은 치맥을 먹는 거예요. 기분 좋은 날은 무조건 치맥! 몰라요?"

"너 저녁도 안 먹었다며. 이걸로 저녁이 되겠냐는 거지."

"사장님은 내가 무슨 돼지인 줄 알아요?"

"돼지 맞잖아."

"사장님!"

해연이 버럭 소리치자 재영이 큭큭거리며 웃었다. 오랜만에 평소처럼 다투어서 그런 걸까. 잔뜩 골이 난 해연도 곧 그를 따라 웃음을 터트렸다.

"이렇게 웃는 거 오랜만인 거 같네."

웃음이 어느 정도 멎었을 때 해연이 혼잣말처럼 말을 이었다. 재영도 동의한다는 듯 고개를 끄덕였다. 이렇게 편안한 일상이 현실이 아닌 것처럼 느껴졌다.

생각해 보면 해연의 일상은 늘 사건투성이였다. 둘만 남겨진 남매, 그리고 시작된 보육원 생활, 갑작스런 사고로 시력을 잃은 수현은 자살을 선택했고, 혼자가 된 그녀는 악착같이 외롭게 버텨 냈었다.

편한 일상은 언제나 그녀에게서 먼 존재였었다. 그런데 재영을 만나고서부터 모든 게 변해 갔다. 카페에서 손님들을 맞이하고, 혼자가 아닌 재영과 둘이 있는 시간이 많아졌다. 늘 혼자라고 생각했지만 혼자가 아니었던 시간들. 그 시간들에 모두 그가 있었다.

"사장님."

해연은 치킨을 먹다 문득 그를 부르며 바라보았다.

"응?"

"나 궁금한 거 있어요."

"뭔데?"

"이거 물으면 싫어할 것 같긴 한데…… 아니, 대답 안 해 주실 것 같긴 한데."

해연은 뜸을 들이며 재영의 눈치를 살폈다. 그가 일단 말해 보라는 듯 시선을 던지자 해연이 입술을 달싹이며 천천히 입을 떼었다.

"그날요. 우리 처음 만났던 날."

"……."

"거기 왜 서 있었어요?"

궁금했었다. 그날 일이 꿈도 환상도 아니었고, 자신이 본 것이 재영이라는 것을 알았을 때부터 쭉.

인적이 드문 건물 옥상 난간 위에 아슬아슬하게 서 있었던 그였다. 죽을 생각이 아니라면 절대로 그곳에 올라가지 않았을 것이다. 대체 무슨 이유로, 그곳에 올라갔던 것일까.

"대답하기 어려우면 안 해 주셔도 돼요."

대답하기 어렵겠지. 당연했다. 그날 해연이 죽을 결심을 했다는 걸 아무도 모르는 것처럼, 그도 누군가에게 말했을 리가 없다고 생각했다.

해연이 대답 듣는 걸 포기하고 치킨 하나를 손에 들 때였다.

"아버지가 돌아가셨었거든."

낮고 울림 있는 목소리로 재영이 운을 뗐다.

쉽게 대답해 줄 거라고 생각하지 못했다는 듯 해연이 놀란 표정을 짓자 그가 살짝 고개를 갸웃거렸다.

"왜 놀라고 그래. 말해 달라고 물은 거 아니었어?"

"쉽게 말해 줄 거라곤 생각을 못 해서요."

"그러게. 나도 누구한테 이런 말 해 본 적 없는데 생각보다 쉽게 내뱉어지네."

해연의 말에 재영이 작게 끄덕였다. 그리고 뭔가 골똘히 고민하는가 싶더니 덤덤한 표정으로 말을 내뱉었다.

"너라서 그런가 봐."

"무슨……."

"정말이야. 너라서 그런 거 같아. 나한테 넌 아버지만큼 특별한 존재니까."

특별한 존재라는 말에 해연의 얼굴이 또 발그스름하게 달아올랐다. 저런 낯간지러운 말을 어떻게 표정 변화 하나 없이 말할 수 있는 것일까. 분명 연애를 많이 한 탓이라는 생각에 해연이 눈을 흘기자 재영은 피식 웃음을 내뱉으며 다시 말을 이었다.

"아버지가 날 쓰레기더미에서 건져내 줬거든. 계속 그 쓰레기더미에 있었다면 덤덤해졌을 텐데. 잠시 기댈 때가 있다가 사라지니까 감정에 휘둘리지 않는다고 생각했던 나도 금방 무너지더라고."

"……."

"그래서 올라갔었어. 거기에."

담담하게 말을 잇는 그였지만 그날 아버지의 사고 소식을 들었을 땐 하늘이 무너져 내리는 것 같았다.

학교 수업을 끝내고 집으로 가 제 방에 틀어박혀 한 시간도 지나지 않아서였다. 평소에 들어오는 일이 없던 은우가 노크도 없이 벌컥 문을 열었다.

"아버지가……."

뒷말은 들리지 않았다. 은우의 표정과 어투로도 무엇을 뜻하는지 단박에 알아차렸으니까.

그날의 기억이 떠오르자 재영은 살짝 미간을 찌푸리며 옆에 있던 맥주를 한 모금 마셨다.

이런 이야기를 누구에게도 해 본 적이 없었다. 이런 얘기를 들은 해연이 부담스러워하지 않을까 걱정스런 마음이 앞섰다. 뭐라고 말 좀 해 줬으면 좋겠는데 그녀는 자신을 바라보기만 할 뿐이었다.

"그렇게 쳐다만 보고 있으면 내가 어떻게 반응해야 할지 모르겠는데."

"……."

"이런 얘기 하지 말까?"

말끝에 물음표를 던지자 해연이 고개를 세차게 내저었다.

"저도요."

그리고 뜬금없는 그녀의 말에 재영은 두 눈을 깜박였다.

"저도 그랬었어요. 나한텐 오빠가 세상 전부여서, 없어진다는 건 상상조차 못 한 일이었거든요. 차라리 처음부터 없었다면 이렇게 힘들지 않았을 텐데. 그런 생각을 수도 없이 한 거 같아요."

"……."

"그래서 저도 올라갔었던 거고요."

해연도 말을 끝마치곤 옆에 있는 맥주를 들었다. 그때의 감정을 누군가에게 털어놓으리라곤 생각하지 못했었는데.

그녀는 맥주를 벌컥벌컥 마시곤 어느새 가벼워진 캔을 내려놓았다.

"다행이다. 그날 우리가 만나서."

재영이 나지막한 목소리로 그녀에게 말했다. 해연은 작게 미소를 지으며 고개를 끄덕였다. 그날 그를 만나지 않았더라면 지금의 삶도, 행복도 모두 다 겪지 못했을 텐데.

"진짜, 다행이에요."

다행이다. 이 사람이 내 앞에 나타나 줘서.

해연의 마음 한구석이 찌르르해졌다. 그 전율에 가슴이 아파 오면서도 이 감정이 계속됐으면 좋겠다는 생각이 들었다.

"사장님."

해연은 두 주먹을 꽉 쥐며 재영에게 말했다.

"저 사장님이 미치게 좋아지는 거 같아요."

해연이 두 눈을 부릅뜨고 선전포고하듯 말했다. 그녀의 고백에 재영은 피식 작게 웃음을 내뱉었다.

"뭐?"

"큰일이다. 첫사랑은 원래 안 이루어진다던데. 이렇게 커지면 안 되는데."

해연의 중얼거리는 듯한 말에 재영이 살짝 미간을 찌푸렸다. 그리곤 손을 뻗어 살짝 그녀의 이마를 툭 치더니 단호한 목소리로 대답했다.

"누가 그래? 이루어져."

재영이 해연의 손을 맞잡았다. 절대 놓지 않을 듯이 강하게 움켜쥐며 말을 이었다.

"내가 이 손 놓지 않을 거니까. 이루어져, 네 첫사랑."

그리고 내 첫사랑도 꼭 이루어지기를. 이 행복이 오랫동안 지속되기를.

　환하게 웃는 그녀를 보며 재영은 마음속으로 바라고 또 바랐다.

8화

너와 함께라면

노트북 모니터에서 떨어지지 않는 그녀의 시선이 늘어나는 한글을 따라 움직였다. 타닥타닥, 키보드 치는 소리가 점차 빨라지는가 싶더니 곧 뚝 멈추었다. 해연은 빨갛게 충혈된 눈을 비비고 또 비볐다.

"……이상해."

초고가 완성되기까지 4분의 1 정도 남아 있었다. 초고에만 매달린 지 벌써 일주일째. 재영과 사귄 지도 일주일째, 그리고 그를 못 본 지도 벌써 일주일째였다.

"쓰기 싫어……."

해연은 어깨를 축 늘어트리며 고개를 푹 숙였다. 이제 막 시작한 연애를 뒤로한 채 일에 매진해야 한다는 건 너무나도 지옥 같은 삶이었다. 그것도 인생의 첫 연애인데.

다른 작가들은 벌써 초고를 마치고 마지막 수정 단계에 돌입했다. 초고를 완성하지 못한 건 그녀뿐이었다.

작업실까지 왔다 갔다 하는 시간도 절약하려고 아예 집에 가는 것을 포기했다. 잠은 작업실에 있는 간이침대에서 쪽잠, 밥은 근처에서 작가들과 먹거나 편의점에서 대충 때우는 정도였다.

"보고 싶다."

재영의 얼굴이 눈앞에서 아른아른했다. 모니터에 있는 글에 집중하다가도 그의 얼굴이 아른아른, 너무 졸려서 커피를 타 먹으려고 하면 그 커피 위에도 재영이 그려졌다.

어딜 가나 도재영, 도재영. 한시도 머릿속에서 떠나질 않는다.

"이 정도면 상사병 중증이지, 암."

상사병으로 시름시름 앓다가 죽는다는 고전 이야기들을 보면서 말도 안 된다 싶었는데 이제야 그 마음을 이해할 수 있을 것 같다.

해연은 기지개를 쭉 켜며 모니터로 시선을 돌리고 자판 위에 손을 조심스럽게 올렸다.

"오늘은 끝낸다. 꼭."

초고를 다 쓰고 나면 잠깐의 여유가 생긴다. 한껏 꾸미고 재영과 데이트를 나갈 생각에 눈에 잔뜩 힘을 주고 글을 써 보려던 때였다. 똑똑, 누군가가 작업실 문을 두드렸다.

해연은 갑작스런 소리에 잔뜩 들어간 힘이 쭈욱 빠져나가는 느낌이었다.

"네."

꼭 마음을 단단히 먹으면 누군가 방해한다니까. 해연이 살짝 입을 삐죽거리며 작업실 문 쪽으로 시선을 돌리는데, 살짝 열린 문틈 사이로 빼꼼히 보이는 누군가의 얼굴에 그녀의 두 눈이 휘둥그레졌다.

"사장님?"

재영이었다. 일주일간 생각만 하던 사람이 눈앞에 떡하니 보이니 꿈인지 생시인지 가늠이 되지 않았다.

"들어가도 돼?"

그가 문 뒤에서 쭈뼛거리자 해연이 고개를 세차게 끄덕였다.

모습을 완전히 드러낸 그의 손에는 무언가가 잔뜩 들려 있었고, 해연의 노트북 옆에 툭 내려놓았다.

"점심 먹자."

재영은 해연의 반대편에 있는 의자에 대뜸 앉았다. 그녀는 슬쩍 노트북 화면 하단 바에 있는 시계를 확인했다. 오후 1시 반. 오늘은 정기 휴무의 날도 아니었고, 한창 가게가 바쁠 때였다.

"가게는요?"

"넌 어째 나보다 가게 걱정을 많이 하는 거 같아."

"지금 한창 바쁠 시간이잖아요."

"나는 안 보고 싶었어?"

재영의 물음에 그녀는 대답 없이 입술을 삐죽였다. 얼마 전 은우의 어머니 때문에 가게를 며칠간 못 열기도 했었고, 일주일 전에도 자기 마음대로 오픈 시간과 마감 시간까지 바꿔 버린 전적이 있었다. 이러다 단골손님이 끊겨 카페가 망하는 건 아닌가 걱정이 앞서는 해연이었다.

"난 보고 싶어 죽는 줄 알았어."

대답 없는 그녀 대신 재영이 대답했다. 저렇게 직설적으로 마음을 표현하는 거 보면 가끔 자신이 아는 도재영이 맞나 싶었다. 감정 표현에 무감각하던 사람이 아니었나? 그의 새로운 모습을 마주할 때마다 해연은 어쩐지 다른 사람을 대하는 기분이 들었다.

"저도요."

하지만 덩달아 저도 솔직해지고 밝아져 갔다. 낯설었던 그 표현이 이젠 점차 익숙해졌다. 그녀는 씩 웃으며 눈앞에 있는 도시락들을 가리켰다.

"이건 뭐예요?"

"점심. 너 주려고 아침부터 만들었어."

"사장님이 직접이요?"

"응. 직접."

재영이 요리를 잘한다는 건 익히 알고 있었다. 워낙 요리에 재능이 없던 그녀였기에 가끔 그가 주는 반찬을 얻어먹곤 했었으니 말이다.

그런데 이 어마어마한 도시락은 무어란 말인가. 쇼핑백에서 재영이 꺼내 든 건 무려 4단짜리 도시락 두 통과 1리터쯤 되어 보이는 큰 보온병 하나였다.

그는 도시락을 하나하나 열기 시작했다. 고기반찬부터 자잘한 밑반찬 여러 개, 샐러드와 후식으로 먹을 과일까지 해연이 좋아하는 음식은 모두 갖춘 진수성찬이었다.

해연이 반쯤 벌어진 입을 다물지 못하고 있는데 벌컥 작업실 문이 열리며 송 작가의 목소리가 들려왔다.

"경 작가, 오늘 점심은 순댓국……."

하품을 길게 내뱉으며 들어선 송 작가는 재영을 보곤 놀라 얼른 입을 다물었다.

"나는 순댓국 말고 요 앞 순두붓집 가고 싶은데."

송 작가의 뒤를 따라가며 중얼거리는 박 작가도 순간 멈칫했다.

낯선 사람. 그것도 남자. 그리고 그들 사이에 있는 푸짐한 도시락과 맛있는 음식 냄새.

두 사람은 빠르게 두뇌를 굴렸다. 그가 누구인지 파악하곤 환하게 웃으며 재영에게 다가섰다.

"말씀 많이 들었습니다. 경 작가, 남자 친구분 맞죠?"

"네, 안녕하세요."

재영도 벌떡 일어서며 송 작가가 내민 손을 맞잡았다. 그 뒤로 박 작가하고도 악수하며 인사를 나누었다.

"같이 계신지 모르고, 실례를 범했네요."

"아닙니다. 괜찮습니다."

"카페 사장님이시라고 들었는데."

"네, 맞습니다."

송 작가는 재영을 아래위로 훑었다. 그녀의 눈빛에 그가 조금 당혹스런 표정을 짓자 크게 함박웃음을 터트리며 말을 이었다.

"아휴, 정말 훤칠하시네. 경 작가가 남자 복이 좋은가 봐요."

"아, 아닙니다."

"저번에 지나가다가 한 번 본 적 있었는데 제대로 보니 정말……."

송 작가가 엄지를 척 내밀며 말하자 재영은 넉살 좋게 웃으며 손사래를 쳤다. 그 모습을 보아하니 동네 단골 아주머니들이 카페에 왔을 때가 떠올랐다. 동네 아주머니들 사이에서도 그는 늘 인기 만점이었다. 나이 드신 분들에게 잘 먹히는 인상인가.

재영의 첫인상을 안 좋게 보는 사람은 없었다. 뭐 하나 모난 곳 없어 보이는 외모 때문일까. 아니면 매너 좋은 행동 때문인가. 그러고 보면 학창 시절에 꽤나 여자들을 울렸을 것 같다.

"이거 작가님들 나눠 드세요."

재영이 아직 열지 않은 4단 도시락 하나를 송 작가에게 내밀며 말했다. 그녀는 휘둥그레진 시선으로 도시락을 받아 들며 물었다.

"어머, 이거 우리 먹으라고 싸 온 거예요?"

"네. 입맛에 맞을지는 모르겠지만……."

"아휴, 안 맞아도 먹어야죠. 해연이 남자 친구가 해 온 건데. 고마워요. 잘 먹을게요."

송 작가는 기분 좋게 웃곤 '어머, 내 정신 좀 봐. 두 사람 너무 방해했네. 우린 이만 나가 볼게요'라고 덧붙이며 박 작가와 함께 부랴부랴 작업실을 나섰다.

태풍이 휘몰아치고 간 자리처럼 고요함만이 작업실에 남았다. 재영은 깊은 한숨을 내쉬며 자리에 풀썩 주저앉았다.

"놀래라. 안 그래도 찾아가려고 했었는데, 갑자기 들어오실 줄은 몰랐네."

"어쩐지 도시락이 너무 많더라. 작가님들 주려고 잔뜩 만든 거였어요?"

"너 잘 봐 달라고 뇌물 좀 썼어."

"안 그러셔도 작가님들은 저한테 잘 대해 주시네요."

"한눈에 봐도 너 많이 예뻐하는 거 같더라."

"제 눈에는 사장님을 더 예뻐하는 거 같던데요. 사장님은 어딜 가나 사랑받는 타입인가 봐요. 카페에서도 동네 아주머니들에게 인기 많고. 작가님들 마음도 단숨에 사로잡아 버리고."

"무슨 소리야. 네가 그런 타입이잖아. 어딜 가나 예쁨 받고, 주변 분위기 좋게 만들고."

"제가요?"

"네 주변은 묘하게 밝아져. 난 너를 보고 그냥 흉내 내는 거지."

"아이고, 무슨 소리를 하시는 거예요. 저 학교 다닐 때 친구도 별로 없었는데. 지금까지 연락하는 친구가 한 명밖에 없는 거 보면 모르시나."

"네가? 설마. 나라면 몰라도."

"에이, 무슨. 사장님은 사람들이 주변에 줄줄 따라다녔을 타입인데?"

처음 들어보는 소리라는 듯이 재영은 어깨를 으쓱였다. 해연이 괜히 겸손한 척하지 말라는 듯 아니꼽게 바라보자 그가 말을 덧붙였다.

"정말이야. 난 진짜 주변에 사람이 없었어."

그는 진정으로 사람을 옆에 둔 적이 없었다. 심지어 아버지에게도 제 옆에 있어 줘서 고맙다고 말 한마디를 건넨 적이 없었다.

자신에게 다가오는 모든 사람들을 적대시했었고, 아버지도 마찬가지였다. 속으로는 그가 있어서 다행이라고 생각했지만 겉으로는 늘 무덤덤하고 차가웠다. 그랬기에 그는 아버지가 사라졌을 때 더 후회하고 고통스러웠던 것 같다.

"우리 누가 더 학창 시절을 불행하게 보냈나 대결하는 거 같다."

재영이 작게 웃으며 말하자 해연도 그제야 이상한 방향으로 대화가 흘러간다는 걸 알아챘다. 민망함에 머리를 긁적거리며 작은 목소리로 답했다.

"그러게요. 무슨 자랑이라고."

그녀가 작게 웃으며 도시락 쪽으로 눈을 돌렸다. 화제를 돌리려는 듯 음식들을 가리키며 '먹어도 돼요?'라고 묻자 재영은 고개를 끄덕이며 젓가락을 해연에게 쥐어 주었다.

"맛있겠다."

해연이 젓가락을 들어 고기 한 점을 입에 넣었다. 우물우물, 맛있게 먹는 모습에 재영은 피식 웃으며 보온병에 담아 온 된장국을 종이컵에 덜어 그녀에게 내밀었다.

"난 너 만나고 달라졌어. 나도 깜짝 놀랄 정도로."

재영이 나지막하게 말을 이었다.

해연은 다른 음식을 집으려다가 그의 목소리에 움직임을 멈추었다. 따스한 재영의 시선이 자신에게 머물러 있다는 걸 알 수 있었다. 가슴이 쿵쿵 미친 듯이 뛰면서도 진심 어린 말투와 시선에서 눈을 뗄 수가 없다.

"나한테 넌 구세주나 다름없어."

재영의 말에는 힘이 있었다. 뭐라 딱히 정의는 내릴 수는 없었지만 믿게 만드는 힘이랄까. 그 어떤 거창한 말을 해도 그가 내뱉은 말은 믿게 되고, 동요하게 된다.

"너무 거창한 거 아니에요?"

"부담스러워?"

"……조금?"

해연은 툴툴대며 말했다. 부끄러워서 하는 말이었다. 못 믿어서가 아니라 너무나 진심이라는 것을 알기에, 그 단어가 더욱더 무겁게 느껴졌기 때문에.

"사장님도 저한테…… 그래요."

그럼에도 불구하고 해연도 재영을 그렇게 생각했다.

구세주. 너무 큰 단어이지만 그를 지칭할 단어는 그것밖에 없었다.

옥상에서 그를 만나지 못했다면 해연은 그 자리에서 수현의 뒤를 따랐을지도 모른다. 또 재영을 가게에서 만나지 못했다면 지금처럼 행복한 시간을 보내지 못했을 것이다.

누군가 자신을 걱정해 주고, 사랑해 주고, 같이 있는 시간이 즐겁고, 이 모든 그 감정을 다시 느낄 수 있었던 건 다 재영 덕분이었다.

해연은 부끄러운 감정을 숨기려고 고기 하나를 집어 들어 그에게 내밀었다. 재영이 피식 웃으며 몸을 기울여 그것을 받아먹었다.

"맛있죠?"

"맛있네. 누가 만들어서 이렇게 맛있을까?"

재영의 물음에 해연은 큭큭 웃으며 다른 반찬을 집어 입에 넣었다.

"진짜 맛있어요, 사장님."

입맛을 다시며 본격적으로 먹기 시작하는 해연이었다.

재영은 턱을 괴고 그녀가 먹는 모습을 가만히 바라보았다. 해연은 그의 시선이 신경 쓰여 재영에게도 고기 하나를 내밀었다. 그는 조용히 받아먹으며 우물우물할 뿐이다.

"뭘 그렇게 봐요? 먹는 사람 민망하게. 사장님도 얼른 먹어요."

해연이 보다 못해 새 젓가락을 내밀자 그는 마지못해 받아들었다.

"해연아."

"네?"

갑작스레 재영이 그녀의 이름을 불렀다. 해연은 반찬 하나를 우물거리며 그를 바라보았다.

"음, 너 그 호칭 말이야."

"호칭?"

"다른 거로 바꿀 수는 없을까?"

"왜요?"

해연은 두 눈을 끔뻑거렸다. 호칭에 대해선 생각해 본 적이 없었다. 재영은 해연에게 늘 사장님이었고, 만난 순간부터 변하지 않는 사실이었기 때문이다.

"우리 사귀는 사이인데 사장님이라는 소리는 조금……."

하지만 일주일 전부터 180도 달라졌다. 사장과 아르바이트생의 사이가 아닌, 연인 사이가 되었다. 연인인 그에게 매번 사장님이라고 부르는 것은 누가 봐도, 아니 그녀가 제삼자의 입장이라도 이상하게 볼 것이 뻔했다.

그런데 해연은 재영을 딱히 뭐라고 불러야 할지 몰랐다. 근 7년간 사장님이라고 불렀던 사람인데 이제 와서 뭐라고 불러야 하는 것인가?

자기야? 재영 씨? 재영 오빠? 재영아?

해연은 머릿속으로 이런저런 호칭들을 떠올리며 잔뜩 미간을 찌푸렸다. 그 어떤 것도 재영을 지칭하기에 어려운 단어들이다. 사장님이라는 호칭 외에 다른 걸로 부를 생각을 하지 못했다.

어쩌지. 그렇다고 계속 사장님이라고 부를 수도 없고.

해연은 작게 끙 앓는 소리를 내었다. 재영은 그녀를 보며 피식 웃고는 잔뜩 좁아진 미간을 검지로 툭 밀어내며 말했다.

"알겠어. 억지로 바꾸라는 말 안 할게. 부르고 싶은 대로 불러."

"저도 바꾸고는 싶은데 달리 뭐라고 불러야 할지 모르겠어요."

"난 사장님만 아니면 다 좋은데."

재영이 능글맞게 웃으며 말하자 해연은 헛웃음을 내뱉으며 다시 음식을 먹기 시작했다.

"배불러."

4단 도시락 안에 가득 차 있던 음식이 거의 바닥을 보일 때였다. 해연은 깔끔하게 도시락을 비우지 못한 채 젓가락을 내려놓으며 고개를 내저었다.

워낙에 음식을 남기는 일이 없던 그녀였다. 재영이 해 준 거라 더욱더 남기고 싶지 않았지만 도저히 둘이서 해치울 수 없는 양이었다.

"사장님도 좀 먹어요."

거기다 재영이 워낙 소식가여서 해연 혼자 해치운 것이나 다름없었다. 오늘은 꼭 초고 마무리를 끝내려 했는데, 이렇게 배가 불러서야 집중할 수 있을지 모르겠다.

해연은 한숨을 푹 쉬다가 갑자기 자리에서 일어섰다. 재영은 그녀를 어리둥절한 표정으로 쳐다보았다.

"왜 그래?"

"빨리 치우고 글 쓰려고요. 사장님도 얼른 갈 준비하세요."

"벌써 가라고?"

재영은 시계를 바라보았다. 작업실에 들어온 지 40분이 조금 넘은 시각이었다. 가게 문까지 닫고 찾아왔는데 고작 40분 같이 있다가 쫓겨나는 신세라니.

해연은 어느새 도시락을 정리하고 쇼핑백에 담아 그의 앞에 내밀었다. 재영이 가만히 앉아만 있자 해연이 그를 일으키며 말했다.

"오늘만 집중하면 초고 끝나거든요? 그 뒤엔 조금 여유 생기니까 우리 그때 데이트해요."

해연이 재영의 손을 잡곤 살짝 흔들며 말했다. 나름의 애교였다. 가기 싫어하는 그의 얼굴을 어떻게든 마음을 풀어 주고 싶었다.

그녀의 마음을 알기에 재영은 조심스럽게 의자에서 몸을 일으켰다.

해연의 이끌림에 그는 조금씩 문 쪽으로 발을 내디뎠다. 그녀가 작업실 문고리를 잡았을 때 재영이 말을 이었다.

"그냥 보고 있는 것도 안 될까?"

해연은 그의 목소리에 뒤돌아 바라보았다. 재영이 애처롭게 자신을 바라보고 있었다.

"방해 안 할게. 진짜 보고만 있을게."

마치 엄마와 떨어지기 싫다는 아이 같았다.

"조금만 더 있으면 안 돼?"

해연은 재영의 행동에 당혹스러움을 감추지 못했다.

"뭐, 뭐 하는 거예요?"

그녀의 목소리가 살짝 떨렸다. 재영은 해연의 반응이 재밌는지 피식 웃으며 그녀의 팔을 흔들었다.

"진짜 나 보내게?"

"왜 그래요, 사장님."

"진짜? 정말 보낼 거야?"

해연이 고개를 돌리자 재영이 앞에 다가서며 얼굴을 들이민다.

"알겠어요. 가만히 앉아 있기만 해요, 그럼."

해연이 그의 어깨를 밀어내며 말하자 재영이 웃으며 한 발짝 다가와 기습적으로 뺨에 입을 맞추었다. 쪽 하는 소리가 경쾌하게 작업실을 울렸다.

해연은 그가 잡은 손을 놓으며 단호하게 말했다.

"지금부터 스킨십 금지예요."

"아, 왜."

"방해 안 하기로 했잖아요. 저 진짜 집중 못 해요."

해연의 단호함에 재영은 제 머리를 긁적였다. 그리곤 한풀 꺾인 표정으로 '알았어' 하고 대답하더니 자리에 앉았다.

"이제 가만히 있을게, 진짜로."

해연은 미심쩍은 표정으로 그를 바라보았지만, 얼른 초고를 끝내야 했기에 그에게서 시선을 거두었다.

작업실의 작은 냉장고에는 재영이 준 더치 원액이 반 정도 남아 있었다. 해연은 컵 두 잔을 꺼내 얼음을 넣고 더치 원액과 물을 희석해 한 잔을 재영에게 내밀었다.

"이거 마시고 조용히 있어요."

해연은 그렇게 말하며 노트북 앞에 앉았다. 이제 시작해 보겠다는 표정으로 비장하게 키보드 위로 손을 올렸다.

처음엔 자신이 쓴 것들을 쭈욱 훑어보다가 5분 정도 지났을까. 키보드 위에 손을 움직이며 천천히 문장을 써 내려갔다.

타닥타닥, 작업실에는 해연이 키보드를 치는 소리만 울린다. 재영은 그 모습을 물끄러미 바라보며 커피를 마셨다.

그는 한 번도 해연이 글을 쓰는 모습을 본 적이 없었다. 항상 글 쓴다고 하면 집에 틀어박혀 나오지 않았고, 카페에서 쓸 법도 했지만 조금이라도 시끄러우면 집중이 안 된다며 노트북을 가져오지도 않았었다.

그는 아예 턱을 괴고 빤히 해연을 바라보기 시작했다. 그녀는 덤덤한 얼굴로 글을 써 내려가다 순간적으로 작게 미소를 지었다. 아무래도 기분 좋은 문장을 쓰고 있나 보다. 재영의 더치커피가 바닥을 보일 때쯤에 그녀의 얼굴이 서글퍼졌다. 아무래도 소설 속 내용이 쓸쓸한가 보다.

너는 알까. 네가 글을 쓸 때 이렇게나 다양한 표정을 하고 있다는 걸.

재영은 작게 미소를 지었다. 뒤로 가서 꼭 안아 주고 싶은데 그녀를 방해할 수가 없어서 이미 바닥 난 커피 잔만 입술 위로 기울였다.

그러다 해연의 잔에도 커피가 거의 빈 것을 확인한 재영은 그녀의 커피 잔과 제 잔을 들고 슬그머니 일어섰다. 조그마한 소리에도 혹여 그녀의 집중력이 흐트러질까 봐 조심스럽게 냉장고를 앞으로 가는 그였다.

최대한 소리가 나지 않게 커피를 따라 원래 자리로 돌아와 커피 잔을 제자리에 내려놓았다. 해연은 손을 뻗어 자연스레 가득 찬 커피를 마셨다. 아무래도 커피가 다시 채워진 것을 느끼지 못한 듯 보였다.

재영은 다시 턱을 괴고 가만히 그녀를 바라보았다. 타닥타닥, 일정하게 들려오는 키보드 소리가 자장가처럼 들려왔다.

해연은 재영이 옆에 있으면 집중을 못 할 것이라고 생각했다. 하지만 '마감'이라는 단어는 사람에게 없는 재능을 끌어내는 힘이 있었다. 그녀는 재영을 앞에 두고도 한눈팔지 않고 글에 집중했다.

물론 이렇게 집중했던 이유도, 얼른 마감을 끝내고 재영과 하루빨리 데이트를 즐기기 위해서였다.

그녀는 마지막 한 문장을 고심 끝에 쓰고, 깊은 한숨과 함께 키보드에서 손을 내렸다.

"하아."

끝이다, 끝. 세상에 끝이라니.

해연은 환하게 웃으며 모니터에서 시선을 떼고 재영이 앉아 있는 쪽을 바라보았다.

"사장……."

재영에게 이 기쁜 사실을 알리려 했지만 그는 제 팔을 베개 삼아 곤히 잠들어 있었다.

해연은 그의 얼굴 앞으로 손을 휘적휘적 움직여 보았다. 하지만 미동조차 없다. 새근새근, 아주 잘도 잔다. 그녀는 입술을 삐죽 내밀다가 속삭이듯 '사장님' 하고 불러 봤지만 여전히 일어나지 않았다.

"나 초고 다 썼는데."

"……."

"우리 이제 데이트할 수 있는데."

톡톡, 해연이 검지로 재영의 코끝을 쳤다. 살짝 움직이는가 싶더니 또 미동하지 않는다. 그녀는 한숨을 푹 쉬며 재영의 얼굴을 마주 보고 똑같이 팔을 베고 누웠다.

"좀 일어나 봐요, 사장님."

칭얼대듯 그를 불러도 여전히 대답조차 없다.

여기 자러 온 거야? 같이 있고 싶어서 가기 싫다며. 그런데 잠이나 자고 있고.

재영의 잠든 얼굴을 바라보던 그녀의 입가에서 작은 웃음이 새어 나왔다.

"진짜 잘생겼다. 누구 남자 친구길래 이렇게 잘생겼냐."

재영이 반듯하고 훈훈하게 생긴 건 익히 알고 있었지만, 제 남자 친구가 되고 나니 이런 미남이 따로 없는 것 같다. 속쌍꺼풀인데도 눈이 크고, 자로 잰 듯 반듯한 코도 그렇고, 코끝에서 매끄럽게 이어져 깊게 패인 인중도, 도톰한 입술마저 잘생겼다.

"뭐 하나 흠잡을 데가 없네."

작게 중얼거리며 도톰한 재영의 입술을 톡톡 손가락으로 쳐 보았다.

이래도 안 일어날 건가.

살짝 인상을 쓰며 뺨을 쿡쿡 찌르던 찰나였다. 문득 재영의 눈동자와 시선이 마주쳤다.

뭐야, 언제 깬 거지?

놀란 해연이 몸을 일으키려 할 때였다. 재영이 그보다 더 빠르게 다가와 그녀의 입술에 입을 맞추었다. 도톰한 그의 입술이 벌어지며 해연의 입술을 탐했다.

부드럽게 어루만지듯 그의 입술이 살짝 떼어졌다가 다시 다가온다. 그의 손이 올라와 천천히 해연의 뺨을 어루만진다.

따뜻한 온기에 마음마저 찌르르해질 무렵이었다.

똑똑.

"경 작가?"

아주 조심스러운 노크와 함께 송 작가가 해연을 불렀다. 놀란 그녀가 두 눈을 번쩍 뜨고 벌떡 몸을 일으켰다.

"네, 네?"

하이톤 목소리로 대답하자 굳게 닫힌 작업실 문이 열리며 송 작가가 들어섰다.

"이거 도시락 통 말이야."

송 작가는 빈 도시락 통을 흔들며 말하다가 묘한 분위기에 말을 멈추고 두 사람을 번갈아 바라보았다.

해연은 눈치를 보며 입술을 꾹 깨물었다. 그러자 송 작가의 시선이 그녀의 입술에 멈추어 섰다. 해연은 자신도 모르게 손으로 제 입술을 가렸다.

"아이고, 미안. 내가 또 눈치 없이 들어와 버렸네."

송 작가는 작업실 문을 쿵 닫으며 모습을 감췄다가 다시 문을 열고 조심스레 들어와 빈 도시락 통을 두고 후다닥 나가 버렸다.

쿵, 문이 닫히는 소리와 함께 작업실 안에는 정적이 흘렀다. 해연은 스르륵 시선을 돌려 재영을 바라보았다.

"들킨 거…… 같죠?"

"응. 네가 손 올리면서 바로 알아채신 거 같아."

"창피해."

해연은 그대로 책상 위로 엎어져 손으로 얼굴을 가렸다. 재영이 작게 웃음을 터트리자 벌떡 일어서서 붉어진 얼굴로 버럭 소리쳤다.

"왜 웃어요! 난 진짜 창피해 죽겠는데. 이제 송 작가님 얼굴 어떻게 봐요."

"괜찮아. 다 이해해 주실 거야."

"왜 사장님은 갑자기 자다가…… 으아, 나 어떡해요."

그녀는 손으로 얼굴을 가렸지만 붉어진 귀까지 가리진 못했다. 재영이 또다시 웃음을 터트리자, 해연은 웃지 말라며 버럭 소리쳤다.

그녀는 마음을 진정시킨 뒤, 완성된 초고를 담당 출판사 직원 메일에 보내 놓았다. 모니터에 뜬 '메일을 보냈습니다'라는 문구를 바라보니 반쯤 끝냈다는 기분이 들었다. 재영은 뿌듯해하는 그녀의 뒤로 다가가 폭 안아 주며 말했다.

"수고했어."

그의 목소리가 귓가를 간질였다. 해연이 잔뜩 신이 난 얼굴로 노트북을 끄자 재영이 다시 말을 이었다.

"우리 이제 뭐 할까?"

"음, 사장님은 뭐 하고 싶은데요?"

"아까 하다가 만 거?"

재영의 말에 해연이 미간을 잔뜩 찌푸리며 올려다보았다.

"사장님, 엄청 능글맞아진 거 알아요?"

"나도 이런 내 모습이 생소한데 어떻게 할 수가 없다. 너 보면 자꾸 놀리고 싶어."

재영은 해연의 뺨에 쪽 입을 맞추었다. 그의 태도에 어이없다는 듯 웃었지만 하나도 싫지가 않았다.

"영화 볼까요?"

"영화?"

"보고 싶은 영화 있었는데 마감 때문에 계속 못 보고 있었거든요."

재영은 흔쾌히 고개를 끄덕였다.

❀   ❀   ❀

두 사람은 영화관에 도착해 한 손에 팝콘, 다른 한 손엔 나초를 껴안고 극장 안으로 들어섰다. 먹으러 온 건지, 아니면 영화를 보러 온 건지 모를 정도로 두 사람은 영화를 보는 내내 끊임없이 먹었다. 정확히 말하면 두 사람이 아닌 해연 혼자서 먹은 거였지만.

영화가 끝나고 밖으로 나왔을 때는 팝콘도 나초도 모두 비어 있는 상태였다. 재영이 놀란 얼굴로 빈 통을 바라보며 중얼거렸다.

"아까 도시락도 다 먹어 놓고선······."

"다 먹긴 무슨. 고기 세 점, 과일 두 쪽, 밥은 요만큼 남겼었잖아요."

해연이 손으로 작은 동그라미를 그리며 말하자 재영은 헛웃음을 내뱉으며 고개를 내저었다. 그녀는 그걸 다 먹지 못해 아쉽다는 듯 입맛을 쩝쩝거리다가 갑자기 손뼉을 탁 쳤다. 그 소리에 놀란 재영이 휘둥그레진 눈으로 해연을 바라보자 그녀가 신이 난 얼굴로 말을 이었다.

"여기 앞에 수제 아이스크림 집 생긴 거 알아요? 그거 먹으러 가요. 제가 살게요!"

"배 안 불러?"

"디저트잖아요. 배불러도 먹을 수 있어요."

해연은 재영의 팔을 이끌며 아이스크림 집으로 향했다. 다양한 맛의 수제 아이스크림을 보고 눈이 초롱초롱해진 그녀를 보며 재영은 작게 웃음을 터트렸다.

여러 종류의 맛에 해연은 한참을 고민하더니, 결국 재영의 것까지 자신이 먹고 싶은 맛으로 골라 버렸다.

아이스크림을 들고 잠시 서점에 들른 두 사람은 한참 동안 책 삼매경에 빠졌다. 새로 나온 신간들을 훑어보며 서로에게 기댄 채 책을 읽기도 했다.

그러고 나니 벌써 시간이 밤 10시가 다 되어 갔다. 두 사람은 아쉬움을 뒤로하고 밖으로 나섰다.

"시간 진짜 빨리 가네."

"그러게요."

재영이 손을 내밀자 해연이 그의 큰 손 위로 자신의 손을 올렸다. 늦겨울의 차디찬 바람이 불었지만 그다지 춥다고 느껴지지 않았다. 평소 같았으면 춥다고 난리법석을 떨 해연이었다. 그런데 오늘은 그 추위마저 즐겁게 느껴졌다.

"신기해요."

"뭐가?"

"그냥 전부 다요. 사장님이 제 옆에 있는 것도 그렇고, 이렇게 행복한 것도 그렇고."

모든 게 다 신기했다. 그리고 그 신기함 뒤에 불안함도 같이 따라온다.

차마 말하지 못 하고 씩 웃기만 하자 재영이 해연의 손을 조금 더 세게 움켜쥐었다. 다른 말은 없었지만 그의 행동 하나만으로도 작은 불안감은 점점 사그라들었다.

사람의 체온이란 참으로 신기한 것 같다. 어렸을 때도 수현이 손을 잡아 주면 안심이 되곤 했었는데. 이제는 재영의 따스함이 자신을 안심시키고, 다독여 주고 있었다.

수현이 떠난 뒤 옆을 아무에게도 내어 주지 못했던 해연이었다. 그런 제 행동이 자신을 더 불행하고, 슬프게 만든 것 같다. 그럴수록 더 사람들과 어우러져 살았으면 외로움을 덜 느꼈을 텐데. 누군가가 옆에 있다는 건 그 어떤 것보다 힘이 된다는 걸 해연은 새삼 다시 느끼고 있었다.

두 사람은 어느새 갈림길에 다다랐다. 해연은 앞으로 직진, 재영은 옆 골목으로 들어가야 서로의 집이 나온다. 하지만 두 사람은 갈림길에 서서 마주 잡은 손을 놓지 않고 있었다.

"집에 안 가요?"

보다 못한 해연이 재영에게 묻자 그는 해연의 손을 더욱더 움켜쥐었다.

"우리 집에서 커피 마시고 갈래?"

"커피는 아까 많이 마셨잖아요."

"아니면 영화 볼까?"

"금방 영화 보고 왔는데."

"그럼 아이스크림은?"

"사장님, 제가 아무리 돼지라도 이 겨울에 아이스크림을 하루에 두 번이나 먹진 않아요. 추위 많이 타는 거 잘 알면서."

해연이 재영의 손을 놓으려 하자 그는 다른 손으로 다시 해연의 손을 덥석 잡는다.

"이렇게 서서 날 샐 거예요?"

해연이 코웃음을 치며 말하자, 재영이 비장한 얼굴로 말을 내뱉었다.

"아님, 라면 먹자."

라면? 해연은 당황한 기색을 내보이며 그를 바라보았다. 그러자 그는 고개를 푹 숙이며 말을 이었다.

"미안. 이건 좀 아닌 거 같다."

재영은 잔뜩 후회하는 얼굴로 고개를 푹 숙였다. 어떻게 해서든 헤어지지 않는 방법을 생각하다 보니, 별별 말이 다 튀어나와 버리고 말았다.

재영은 깊은 한숨을 내쉬며 제 눈썹을 지분거렸다.

"방금 들은 말은 그냥……."

"그럴까요? 날도 추운데."

"응?"

"라면이요. 날도 추운데 딱이다. 안 그래도 뜨끈한 거 당겼는데."

해연이 배시시 웃으며 반쯤 놓으려던 그의 손을 붙잡았다. 그리곤 자신의 집이 아닌 재영의 집 방향으로 틀어 걸음을 옮기기 시작했다.

재영은 얼떨떨한 표정으로 두어 걸음 따라가다 우뚝 힘으로 멈추어 섰다.

"진짜 우리 집 가려고?"

"라면 먹자면서요."

"아니, 그건……."

재영이 말을 더듬거리며 머리를 긁적였다. 당황해하는 그의 모습에 해연은 피식 웃으며 장난스럽게 말을 이었다.

"아휴, 뭘 쫄고 그러시나. 안 덮칠 테니까 안심해요."

툭툭 재영의 어깨를 치며 말하자 그제야 그의 표정도 한결 가벼워졌다.

"너 자꾸 장난칠래?"

"먼저 라면 먹자고 꼬신 게 누군데요."

"그건……."

"사장님 때문에 진짜 라면 먹고 싶어졌으니까 빨리 와요."

해연은 고개를 까닥이며 앞장서 걸어갔다.

재영이 그녀의 뒤를 따라 걸음을 떼던 순간이었다. 조용했던 그의 휴대폰이 갑작스레 울리기 시작했다. 그는 걸음을 멈추고 휴대폰을 들었다.

앞장서 걸어가던 해연은 재영이 우뚝 멈춰 서자 제 걸음도 멈춰 그를 바라보았다.

"왜요?"

해연의 물음에 재영이 잠시 그녀를 쳐다보았다. 그러다 이내 전화를 받고 휴대폰을 귀에 가져다 대었다.

—형.

은우였다.

—형…… 도와줘.

그의 간절한 목소리가 전화기 너머로 들려왔다.

❂　　　❂　　　❂

인생은 단 한 번도 자신이 원하는 대로 굴러가는 걸 본 적이 없다. 간절히 노력해도, 또 바라도 그 행복은 잠시뿐, 그 뒤에는 항상 불행이 따랐다.

재영과 해연이 병원에 도착했을 때, 은우는 수술실 앞에 홀로 앉아 있었다. 다가가는 재영의 발걸음 소리에 은우가 고개를 들었다. 재영을 확인하고는 눈물이 그렁그렁 맺힌 채 그를 부른다.

"형."

"무슨 일인데, 대체."

"엄마가……."

은우는 말을 잇지 못하고 고개를 숙여 울음을 터트렸다. 무슨 상황인지 가늠하지 못한 재영이 한숨을 푹 내쉬던 때였다.

"어떻게 됐어? 아줌마 수술 들어가셨어?"

연락을 받고 바로 온 건지 평소와 다르게 대충 옷을 걸치고 나온 미나가 다급하게 은우에게 물었다. 하지만 여전히 정신을 차리지 못하는 그에게선 어떠한 대답도 들을 수가 없었다.

미나는 머리를 쓸어 올리며 수술실을 바라보았다. 그 앞 모니터에는 은우의 어머니 이름이 버젓이 떠 있었다.

"무슨 일인지 너는 알지? 네가 설명해 봐."

재영이 미나에게 묻자, 그녀는 잠시 고민하는 듯하다가 이내 입을 열기 시작했다.

"아줌마 심장 질환 있으셔. 꽤 오래됐는데 은우한테 알리는 거 싫어하셔서 말 안 하고 있었어. 곧 수술한다고 하셨었는데, 이렇게 갑자기 쓰러지실 줄은……."

미나가 은우의 눈치를 보며 말끝을 흐렸다. 굳이 은우의 말을 듣지 않아도, 분명 그의 어머니와 은우 두 사람 사이에서 언쟁이 일어나 이 사달이 난 것이라고 세 사람은 짐작했다.

재영은 은우를 가만히 내려 보다가 해연에게로 시선을 돌리며 말했다.

"해연아, 너는 집에 가 있어."

그의 말에 해연은 살짝 미간을 찌푸리다가 고개를 좌우로 흔들었다. 재영이 그녀를 다그쳤지만 고집불통이었다.

"여기 있을래요. 사장님도 있으실 거잖아요."

"그야 나는……."

재영은 차마 말을 잇지 못했다. 원수 같은 사이였다. 눈엣가시라도 되는 듯 항상 그에게 모난 행동과 모진 말만 하던 사람이었다.

하지만 서류상으로는 자신의 어머니였다. 아버지가 그녀의 만류 끝에도 결국 두 사람 사이에 호적을 올려놓았다.

단 한 번도 그녀에게 아들인 적 없었다. 호적상 어쩔 수 없는 아들일 뿐이었다. 솔직히 이대로 돌아간다고 해서 누구 하나 원망할 사람도, 패륜아라고 욕할 사람도 없었다.

결국 네 사람은 나란히 수술실 앞에 앉아 수술이 끝나기만을 기다렸다.

꽤나 오랜 시간이 지나도 수술은 끝날 기미가 보이지 않았다. 가끔 수술실 문이 열리며 사람이 드나들었지만 끝났다는 소리는 들을 수가 없었다.

어느덧 미나는 벽에 기대어 쪽잠을 자고 있었고, 해연도 재영에게 기대어 꾸벅꾸벅 졸고 있었다. 깨어 있는 사람은 은우와 재영뿐이었다.

아까부터 은우는 바닥만 바라보며 자세 한 번 바꾸지 않았다. 재영은 그런 은우를 보며 작게 한숨을 쉬다가 허공으로 시선을 돌렸다.

한때는 그녀가 이 세상에서 없어졌으면 할 때도 있었다. 아니, 솔직히 말하자면 얼마 전에도 그런 생각을 했었다. 아무리 그가 타인에게 관심이 없다고 한들 매번 미움을 받다 보면 그 사람이 싫어질 수밖에 없었다.

처음엔 자신을 싫어하는 이유를 잘 알았기에 고분고분 그녀의 말을 따라 줬다. 눈에 띄게 은우와 자신을 차별해도 그러려니 했다. 친아들과 입양한 아들은 하늘과 땅 차이라는 걸 잘 알고 있으니까.

당연히 미울 수밖에 없다고 생각하면서도 자신을 한없이 증오하는 그녀가 나중엔 사라졌으면 하는 바람이 들었다.

그토록 바라던 일이 일어났는데 왜 이렇게 가슴이 답답한 건지 모르겠다. 이대로 그녀가 가 버린다면 더는 자신을 방해하거나 나무랄 사람이 없어지는데. 막상 그녀가 사라진다는 생각이 들자 재영은 착잡한 마음부터 들었다.

사람의 죽음을 여러 번 봐 와서 그런가. 한없이 미운 사람이라 할지라도 제 주변 사람이 죽지 않았으면 하는 마음이 들었다.

누군가의 죽음은 당사자가 아니라 그 주변 사람들의 불행이다. 그게 병일지라도, 갑작스런 사고일지라도, 죽을 때가 돼서 죽는 것이라도. 모든 것은 똑같다. 빈자리의 공허함은 이루 말할 수 없이 마음을 혼란스럽게 한다.

시간이 얼마나 지났을까. 수술실 앞 모니터에 수술 중 표시가 사라졌다. 그것을 확인한 재영이 자리에서 일어서자 때마침 문이 열리며 남자 의사가 모습을 드러냈다. 은우도 그제야 고개를 들어 의사에게 다가서며 말했다.

"수술은 잘 끝났나요?"

"다행히 고비는 넘겼습니다만……."

의사가 고개를 떨어트리며 작게 고개를 저었다. 은우는 그의 행동에 또다시 고개를 떨어트렸다.

그녀는 바로 중환자실로 옮겨졌다. 아들이라는 호적상 신분으로 은우와 재영 두 사람은 그녀의 얼굴을 볼 수 있었다. 무기력하게 누워 호흡기에 의지해 생명을 이어 가는 그녀의 모습이 너무나도 낯설게 느껴졌다.

그녀는 시선을 돌려 은우를 바라보았다.

"엄마."

은우는 그녀의 손을 잡고 주저앉아 눈물을 흘렸다. 도저히 움직일 수가 없는지 그녀는 우는 은우의 모습을 가만히 바라볼 뿐이었다.

만약 그녀가 움직일 수 있고 말할 수 있었다면, 눈앞에 있는 재영을 보고 뭐라고 했을까. '괜찮으세요?' 라고 묻는다면, 아마 그녀는 이렇게 대답했을 것이다.

"이제 와서 걱정해 주는 척하지 마라. 하나도 고맙지 않으니까."

"걱정하는 거 아닙니다. 안부차 묻는 것뿐입니다."

"허, 하여튼 넌 처음부터 마음에 들지 않았어. 뭐가 그렇게 당당해서 사람을 그렇게 기분 나쁘게 쳐다보는 건지."

"그냥 제가 제 아버지의 아들이라서 싫어하신 거잖아요."

재영의 담담하고도 단도직입적인 말투에 분명 그녀는 잠시 말문이 막혔을 것이다. 그러다 다시 당당하게 말을 이으며 그녀는 이렇게 말했을 것이다.

"너한테 줄 건 단 하나도 없어. 10년 전 네 아비가 준 재산도 너에겐 과분하지. 아무리 호적에 네가 내 아들로 있다고 해서 뭔가 떨어지겠다는 마음으로 찾아왔다면 큰 오산이야. 재산은 다 내 아들 거야."

내 아들. 그녀에게 보이는 건 자신의 아들 도은우뿐. 그 외에는 아무것도 보이지 않는 사람이다. 죽음의 문턱을 넘는 순간에도 그녀에겐 오로지 도은우뿐이니까.

그렇게 10여 분간을 같은 공간에 있었음에도 불구하고 그녀는 끝까지 재영에게 시선 하나 내어 주지 않았다.

그는 두 사람을 내버려 두고 홀로 중환자실을 빠져나왔다.

중환자실 앞에 남은 해연과 미나는 서로를 흘끗거리며 묘한 침묵을 이어 갔다. 머리채 잡고 싸운 이후로 처음 보는 것이었다. 같이 있었던 건 한참 전이었지만 두 사람은 경황이 없었던지라 딱히 인사를 나누지도 못했다.

무슨 말을 이어야 하나. 그날 일 사과하라고 소리라도 쳐야 하나.

"그날은 미안했어요."

애꿎은 입술만 깨물며 고민에 빠져있던 찰나였다. 미나가 전혀 미안하지 않은 어투로 말하며 해연을 내려다보았다.

"화풀이 상태가 필요했고, 마땅한 게 그쪽뿐이었어요."

인정한다는 사람이 뭐 그렇게 당당한 얼굴로 쳐다보는 건지. 반성의 기미라고는 눈곱만치도 보이지 않았다. 해연은 헛웃음을 내뱉으며 말했다.

"그거 지금 사과라고 하는 거예요?"

"사과처럼 안 보이겠지만 내 나름대로 최선을 다한 거예요."

해연은 어이가 없어서 말이 나오지 않았다. 어쩜 사과도 저리 뻔뻔하게 할까. 아니꼬운 시선으로 그녀를 바라보자 미나는 왜 그렇게 보냐는 듯 어깨를 으쓱였다.

"그만 가자."

때마침 재영이 중환자실에서 나오며 해연에게 말했다. 그녀는 고개를 끄덕이며 재영의 뒤를 쫓아가다가 흘낏 미나를 향해 콧방귀를 뀌곤 고개를 획 돌렸다.

"무슨 사과를 저딴 식으로 해?"

해연이 혼잣말을 중얼거리자 재영이 무슨 뜻이냐는 듯 시선을 던졌다.

"이미나 씨요. 사과를 하려면 성의 있게 좀 할 것이지……."

해연이 목소리를 높여 말하려다가 번뜩 그가 이 사실에 대해 모르고 있다는 것을 깨닫고 입술을 꾹 다물었다. 그러자 재영이 픽 웃으며 말을 이어 갔다.

"다 아니까 굳이 숨길 필요 없어."

"어떻게 알았어요?"

"술 취하면 뭔들 말 못 할까."

"내가 술 취해서 다 말했다고요?"

"응. 거의 잠꼬대 식으로?"

"그런데 왜 아는 척 안 했어요?"

"굳이 밝히고 싶지 않아 하는 거 같아서."

해연이 입술을 삐죽거리자 재영은 그녀의 어깨에 팔을 크게 둘렀다. 그녀는 무겁다며 팔을 밀어내려 했지만 덥석 그녀를 돌려 제 품에 안아 버리는 그였다.

해연은 잠시 그의 품에 안겨 있었다. 아니, 어쩐지 조그마한 제 품에 그가 안겨 있는 듯하다.

"기분이 이상해."

그가 속삭이듯 말을 내뱉는다. 해연은 말없이 손을 뻗어 그의 등을 조심스레 토닥였다.

✿   ✿   ✿

일상은 그대로다. 해연은 원고 수정에 들어갔고, 재영은 밤낮 내내 카페로 오는 손님들을 맞이했다.

은우의 어머니는 간신히 눈만 떴을 뿐, 더는 좋아지지 않았다. 오히려 악화되는 날이 많아 은우는 계획대로 유학을 가지 못하고 발이 묶여 있었다.

재영은 그 뒤에 두 번 더 중환자실로 찾아갔다. 한 번은 은우와 함께, 다른 한 번은 혼자서 갔다. 하지만 여전히 그와 눈을 마주치지 않는 그녀였다.

"오늘이 마지막일 겁니다. 더는 찾아오지 않을게요."

세 번째 병문안을 간 날, 재영은 그녀에게 첫마디를 건넸다. 그 뒤로 더는 그녀를 볼 수가 없었다.

그녀의 장례식은 성대하게 치러졌다. 한때 잘나가던 여배우였고, 대기업 회장 사모님에 출판사 이사직을 맡아 온 그녀에게 잘 어울리는 마지막이었다. 연예계, 정치계, 기업계의 많은 사람들이 그녀의 마지막을 추모했다.

재영은 호적상 아들이었기에 장례식 내내 귀빈들을 맞이해야 했다.

그녀의 죽음으로 지금까지 숨겨져 있던 재영의 모습은 온 매스컴을 타고 흘러갔다. 숨겨 두었던 입양된 자식, 죽은 그녀와의 관계, 자살한 친어머니에 대한 여러 가지 이야기들이 사람들의 입을 타고 소문처럼 흘러 나갔다.

장례식 이후 재영은 자신의 집으로 갈 수 없었다. 기자들이 그의 집에 몰려들어 들어갈 수 없었기 때문이었다. 어쩔 수 없이 경호가 가능한 본가로 은우와 함께 들어가야만 했다.

"형은 원래 그 방 쓰면 돼."

은우는 덤덤히 말하며 제 방을 내버려 두고 안방으로 향했다. 아마도 그녀의 향을 느끼고 싶어 오늘은 안방에서 밤을 보내지 않을까 싶다.

재영은 2층 계단을 올라갔다. 그리고 연달아 있는 두 개의 방문에서 제일 안쪽에 있는 문을 열었다.

청소를 자주 해 두었는지 마치 그가 계속 이곳에서 지낸 것처럼 깔끔했다. 10년 전 그대로의 모습에 재영은 어쩐지 그때의 기억들이 스멀스멀 떠올랐다.

"누가 마음대로 서재에 있는 책 만지랬다 그랬어!"

한번은 너무 심심해서 서재에 들어가 책 하나를 꺼내 읽던 중이었다. 그녀에게 들켜 결국 몇 장 읽지도 못하고 빼앗겼고, 그걸 뒤늦게 안 아버지가 똑같은 책을 사서 재영에게 선물해 주었다.

"보고 싶은 책 있으면 언제든 아버지한테 말하렴."

그렇게 받은 책들은 여전히 재영의 방 책장에 꽂혀 있었다. 아버지에게 받은 책들을 하나하나 보며 은우의 어머니는 아니꼬워했다.

정반대의 사람들, 정반대의 태도. 이곳에서 느꼈던 10년 전 감정들이 새록새록 떠오르자 어쩐지 재영은 머리가 아파 오는 듯했다.

뚜르르.

그때 갑자기 재영의 휴대폰이 울리기 시작했다. 해연이었다. 그는 지끈거리는 관자놀이를 꾹 누르며 전화를 받아들었다.

"응, 집이야?"

—네, 집이에요. 사장님 집 앞.

"뭐?"

—여기 경호원들이 사장님이랑 아는 사이라고 해도 안 들여보내 줘요. 추워 죽겠는데.

해연이 발을 동동거리는 소리가 수화기 너머로까지 들려왔다. 놀란 재영이 커튼을 치고 창밖을 내려다보자 정말 우직하게 지키고 서 있는 경호원 앞에 조그마한 그녀가 보였다.

"기다려. 금방 내려갈게."

재영은 전화를 끊고, 바로 방문을 열어 밖으로 나섰다. 슬리퍼를 신은 채로 현관을 열자마자 앞에 선 그녀를 바라보며 뜨거운 입김을 내뱉었다.

"사장님!"

해연이 그를 보고 반갑게 손을 번쩍 들었다. 재영이 작은 실소를 내뱉으며 바라보자 경호원들에게 큰소리로 말했다.

"봐요. 저 진짜 아는 사이라고 했잖아요."

흥, 콧방귀까지 뀌자 그들은 멋쩍은 듯 크흠, 기침을 내뱉으며 허공으로 시선을 돌렸다.

"갑자기 무슨 일이야?"

"무슨 일은요. 사장님 보고 싶어서 왔죠. 맛있는 거 들고."

해연은 손에 든 쇼핑백을 흔들어 보이며 환하게 웃었다. 그녀의 미소에 재영도 작게 미소를 지었다. 얼른 그녀의 손을 이끌고 집 안으로 들어갔다.

"밖에서 봐도 어마어마한데 속은 더 어마어마하네요."

입을 쩍 벌리며 주변을 훑어보던 해연이 말했다. 뉴스에서 대기업의 아들이라는 타이틀을 볼 때마다 자신이 아는 재영이 맞나 싶었는데, 집을 보아하니 그 부가 완연하게 느껴졌다.

"도 작가님은요?"

"안방에 있긴 한데, 오늘은 그냥 내버려 두는 게 좋을 거 같아."

재영의 말에 해연은 고개를 끄덕였다. 그녀도 가족의 죽음을 경험한 사람이었다. 장례식이 끝난 후 기분이 어떨지 너무나 잘 알고 있었다.

"사장님 방은 어디 있어요?"

"저기 2층."

"가 봐도 돼요?"

해연이 초롱초롱 빛나는 눈으로 말했다. 재영이 어색하게 웃으며 고개를 끄덕이자 그녀는 2층 계단에 올라섰다. 재영은 조용히 그녀의 뒤를 따랐다.

2층에 있는 두 개의 방문 앞에서 고민하던 그녀가 복도 안쪽 방을 가리켰다. 그가 고개를 작게 끄덕였다. 해연은 '실례합니다' 하고 작게 속삭이며 안으로 들어섰다.

부잣집 도련님의 방은 얼마나 넓고 아늑할까.

해연은 그런 생각으로 재영의 방문을 열었던 것 같다. 겉만 봐도 으리으리했고 거실은 더 어마어마했으니까.

그런데 생각과 달리 재영의 방은 단출하고 평범했다. 침대와 작은 책장과 책상, 옷장, 그나마 다른 게 있다면 안에 딸린 욕실 정도? 그다지 넓지 않았고, 가구들이 비싸 보이지도 않았다.

"왜, 실망했어?"

재영이 해연에게 다가서며 말하자 그녀는 과하게 고개를 저었다. 혹시나 제 마음을 들켰을까 봐 쇼핑백에 있는 음식으로 화제를 돌려본다.

"이거 제가 만든 거예요. 사실 사장님처럼 4단 도시락 만들어 주고 싶었는데 제 실력이 좋진 않아서. 그냥 제가 할 수 있는 선에서 만들어 봤어요."

헤벌쭉한 표정으로 머리를 긁적이는 해연을 보며 재영은 피식 웃었다.

"고마워."

"정신없죠?"

"조금? 그래도 이제 끝났으니까 곧 매스컴도 조용해지겠지 싶어."

재영은 해연이 내민 쇼핑백 안에 있는 것을 꺼내었다. 심플한 도시락 통이 두 개 들어 있었다. 그중 하나를 꺼내 열어 보자 유부초밥이 예쁘게 담겨 있었다.

"유부초밥이네."

"사실 국도 만들어 보려고 했는데, 도저히 사람이 먹을 수 없는 맛이라 그냥 집에 두고 왔어요."

재영은 웃음을 터트리며 유부초밥 하나를 집어 먹었다.

"맛있다."

고개를 끄덕이며 말하자 해연도 배시시 웃으며 하나 집어 먹었다. 자신도 만족하다는 듯 눈을 동그랗게 뜨며 고개를 끄덕이는 그녀다.

"물 가져다줄까?"

"제가 가져올까요?"

"아냐, 내가 가져올게."

재영은 도시락을 침대에 올려 두고 방을 나섰다.

혼자 남은 해연이 방 안을 두리번거리며 주변을 훑었다.

"어떻게 사진 하나가 없냐."

재영이 지금 사는 집에도 사진 하나 놓여 있지 않았다. 그런데 본가인 이곳에도 그의 사진은 찾아볼 수 없었다. 대체 그는 여기서 어떤 취급을 받으며 살아온 걸까.

떠돌아다니는 소문은 많았지만 어떤 것들을 믿어야 할지 해연은 가늠이 되지 않았다. 뭐라도 말해 주면 좋겠는데, 재영이 자신의 일에 대해 말하는 것을 꺼리는 눈치라 물어볼 자신이 없었다.

해연은 침대에서 일어나 책상 쪽으로 다가갔다. 그중 눈에 띄는 책 하나를 꺼내 스르륵 페이지를 넘겼다. 순간 무언가 그 사이에서 툭 하고 떨어져 내렸다.

사진이었다. 그녀는 천천히 그것을 들어 바라보았다. 조금은 앳된 얼굴의 재영이었다. 그의 무표정한 얼굴과 다르게 옆에 있는 중년 남자는 환하게 웃고 있었다.

"아버지야."

재영은 책상 위에 가져온 컵을 내려놓으며 담담히 말했다. 놀란 해연이 몸을 움찔거리자 그가 씩 웃으며 침대에 다시 걸터앉았다.

"유일하게 내가 이 집에서 찍은 사진. 혹시라도 새어머니가 보고 뭐라 하실까 봐 아버지가 그 책이랑 같이 선물해 주셨어."

해연은 다시 책 사이에 사진을 꽂으며 책 제목을 살펴보았다.

"여행 사진집이네요?"

"아버지가 여행을 좋아하셨거든. 매번 내 방에 와서 이 나라는 이게 유명하대, 저 나라를 갈 때는 꼭 이곳을 가 봐야 한대, 하면서 얘기하셨어."

"같이 여행 간 적 있어요?"

"아니, 한 번도 없지. 아버지는 바빴고, 나는 용기가 없었거든."

언제나 한 발짝 용기 내어 다가오는 건 아버지였다. 재영은 그런 그를 항상 뒷걸음질 치며 밀어내거나 한 걸음 물러나서 바라보곤 했었다.

사랑받을 줄 모르면서 컸다. 항상 어머니의 감정 쓰레기통처럼 지내 오던 삶에서 이제 진짜 하나의 사람으로 봐 준 것이 아버지 한 분이었기에, 그 관심과 사랑이 너무나도 낯설고 무섭게 느껴졌다.

"처음에 이 집에 들어왔을 때, 아버지가 싫었어. 왜 나를 여기 데리고 왔는지도 이해 못 했고. 차라리 나한테 잘해 주지 않으면 새어머니도 그렇게 나를 잡아먹듯이 대하지 않았을 것 같고. 근데 지나고 나니까 아버지가 있어서 이 집에서 버틴 거더라고, 내가."

"아버지가 그리워요?"

"그립진 않아. 그냥 미안할 뿐이지. 마음을 열고 대한 적이 한 번도 없었으니까."

참으로 덤덤하게 이야기를 이어 가는 재영을 보니 왜인지 모르게 울컥하는 기분이 들었다. 괜히 눈물을 보일까 봐 유부초밥 하나를 덥석 입에 넣어 오물거리는데 재영이 문득 한숨을 푹 내쉬었다.

"피곤해요?"

"아니, 그런 건 아닌데……."

"……."

"누군가 내 옆에서 죽는 걸 본 게 벌써 세 번째인데, 아직도 적응이 되질 않아. 그게 나한테 그다지 좋은 영향을 준 사람이 아니더라도."

재영은 마른세수를 하며 평정심을 이으려 애를 썼다.

"누군가를 잃는 게 적응될 리가 없어요."

해연이 조심스럽게 재영의 손을 잡았다. 그가 덤덤하면서도 조금은 걱정스럽게 말을 이어 갔다.

"이제 너까지 잃을까 조금 두려워. 내 옆에 있는 모든 것들이 다 사라져 버리면 어쩌나 걱정되고, 이 모든 원흉이 근원이 내가 아닐까란 생각이 들고."

"아니에요, 그런 거. 그런 생각 하지 말아요."

과거에 대해 얼마나 힘든 일을 겪은 걸까.

은우 어머니 장례식장에서 들었던 사람들의 수군거림이 문득 해연의 머릿속을 스쳤다.

"쟤 친엄마가 우울증으로 자살했다잖아. 그걸 알고 전 회장님이 데려와서 키운 거래."

"죽은 이사님이 진짜 싫어했지. 이제야 말하는 건데, 저번 모임 때 쟤 얘기를 꺼냈다가 난리 난 적도 있었어."

"남의 자식 키우는 게 어디 쉬운 일인 줄 알아? 거기다 남편이 전에 사귀던 여자의 아들을 제 호적에 올리고 어떻게 키워? 나 같아도 꼴도 보기 싫겠다."

그 말들이 모두 사실이라면, 재영은 십몇 년을 지옥 속에서 살아왔을 것이다. 힘겨운 하루하루를 보내며 한 번의 행복을 얼마나 소망하고 빌었을까.

해연은 재영에게 다가가 꼭 껴안아 주었다.

"내가 옆에서 증명해 보일게요. 나는 사장님 옆에서 영원히 행복할 거니까."

톡톡, 작은 손으로 그의 등을 두드리자 재영이 그녀의 어깨에 스르르 얼굴을 묻었다. 따스한 온기가 전달된다. 숨소리,

심장 소리, 그의 하나하나가 온전히 전달되는 느낌이다.

"그러니까, 울지 마요."

젖어 들어가는 제 어깨의 느낌에 해연의 코끝도 점차 붉게 물들어 간다.

❀   ❀   ❀

"축하해, 경 작가. 원고 마무리했다며?"

송 작가가 박수를 치며 해연의 작업실에 들어섰다. 뒤이어 다른 작가들도 함께 들어왔고, 마지막으로 박 작가가 손에 커피를 한가득 들고 들어왔다.

"축하 겸 티타임!"

박 작가가 가져온 커피를 책상 위에 내려놓았다. 둥그렇게 앉은 작가들은 막내의 무사 탈고를 진심으로 축하하고 있었다.

"감사합니다, 진심으로."

"우리한테 감사할 게 뭐 있어. 자기가 해낸 건데. 이제 탈고도 했겠다. 애인이랑 어디 놀러 가야 하는 거 아냐?"

"그래. 요즘 원고 때문에 정신없어서 자주 보지도 못했을 텐데 놀러 가야지."

송 작가와 박 작가의 말에 해연은 아무런 생각이 없다고 말했지만, 그녀는 이미 여행을 가기 위해 시도를 했었다.

얼마 전까지 재영은 몰려드는 기자들 때문에 카페를 열지 못한 상태였다.

가게를 열지 못하니 그는 딱히 할 일이 없었다. 잠시 쉬는 틈에 여행을 갈까 했었지만 원고의 마감이 늦어져 생각으로 그칠 수밖에 없었다.

재영은 4일 전부터 가게를 정상 운영하고 있었다. 이제 막 정리가 된 가게를 접어 두고 여행을 가자고 조르기가 어려워 해연은 망설이기만 했다.

"여행 갈래?"

원고 마감을 했다고 알리자마자 재영이 해연에게 물었다.

"네?"

"고생했으니까 바람 좀 쐬러 가자."

"진짜요? 진짜 여행가요?"

해연이 들뜬 목소리로 묻자 재영이 고개를 끄덕이며 싱긋 웃었다.

사실 재영은 해연이 여행을 가고 싶어 한다는 것을 잘 알고 있었다. 틈만 나면 '바다 가고 싶다', '수학여행은 가 봤냐' 하며 여행에 대한 넋두리를 늘어놓는 그녀였다. 우물쭈물하며 똥 마려운 강아지마냥 있는 거 보니, 여행 얘기를 꺼내고 싶은 눈치여서 먼저 자신이 선수를 쳐 말한 것이었다.

"앗싸! 우리 어디 가죠? 바다? 산? 제주도? 외국? 사장님은 어디가 좋아요?"

이것저것 물어보는 해연의 들뜬 모습에 재영이 작게 웃음을 터트리다가 이내 사진 하나를 내밀었다.

"여기는 어때?"

아기자기하게 꾸며진 별장 사진이었다. 앞에는 바다가 있었고 뒤에는 울창한 숲이 보였다.

"우와, 여기 어디예요?"

"아버지 소유의 별장이라던데, 예전에 한 번 아버지가 여기로 놀러 가자고 한 적 있었거든. 그때 보여 준 사진이야. 아직도 남아 있는지는 모르겠지만."

해연은 사진을 자세히 바라보았다. 재영의 나이쯤으로 보이는 그의 아버지가 앞에 서 있는 것이 보였다.

"많이 닮았다."

"그래?"

"네. 특히 눈이 참 많이 닮았어요."

사진 한 번 보고, 옆에 있는 그를 보던 해연은 두 눈을 반달지게 웃으며 말했다. 재영은 조금 창피한 듯 작게 헛기침을 내뱉으며 말을 이었다.

"그럼 여기로 가는 거 괜찮아?"

"전 좋아요."

고개를 끄덕거리며 초롱초롱한 눈으로 바라보는 그녀의 시선에 재영의 입가에도 절로 미소가 지어졌다.

해연은 사진을 한참 들여다보다가 뭔가 생각난 듯 '아' 하고 탄성을 내지르더니 말을 이었다.

"그런데 사장님 여행 가 본 적 있어요?"

"……어?"

"사실 저 여행은 한 번도 가 본 적이 없어요. 학교에서 가는 수련회나 수학여행도 다 못 가 봐서."

해연의 말에 재영은 말없이 두 눈을 끔뻑거렸다. 수련회와 수학여행이라. 잠시 고민하는 듯한 그는 담담히 대답했다.

"그러고 보니 나도…… 한 번도 안 가 봤어. 여행."

✿   ✿   ✿

"여행이 뭐 대수야? 그냥 발 가는 데로 가서, 맛있는 거 먹고, 즐기고 오면 되지."

얼마 전, 해연이 송 작가와 커피를 마시며 여행 갈 때 준비물이나 주의 사항들을 물어보았다. 처음 가는 여행인데 이왕이면 재밌게 즐기다 오고 싶었다. 그런데 재영과 해연 둘 다 수학여행조차 가 본 적이 없는 여행에 무지한 사람들이었다.

"어떻게 둘 다 여행을 안 가 볼 수가 있지?"

송 작가가 의아한 듯 물었다. 사실 해연도 이해가 되지 않았다. 27년간 대체 뭘 하고 지냈으면 여행을 한 번도 가 보지 않을 수가 있을까? 서울 말고 다른 지역엔 가 본 적이 없는 자신의 인생을 되돌아보며 신기함을 감출 수가 없었다.

해연도 해연이지만 재영도 자신과 같은 처지라는 것이 놀라웠다. 그의 변명으로는 딱히 친한 사람들도 없는데 굳이 가야 할 필요성을 못 느껴서 수학여행 같은 학교 행사에도 가지 않았다고 한다.

그에 비해 보육원에서 자란 해연은 수학여행을 갈 형편이 되지 않았기에 그 기간에는 항상 학교에 나와 묵묵히 자습을 하곤 했었다.

어쩜 다들 학창 시절을 제대로 즐기지 못했는지, 또 이런 두 사람이 함께 여행 갈 생각을 한 것도 참으로 신기한 일이었다. 해연은 어떻게든 재밌게 즐기고 오겠다는 의지로 캐리어 하나를 장만해 새벽부터 이것저것을 챙겨 떠날 준비를 서둘렀다.

"뭔 짐이 그렇게 많아? 우리 1박 2일이잖아."

"그냥 이것저것 넣다 보니……."

무거운 캐리어와 엄청 큰 배낭까지 메고 온 해연을 보며 재영이 휘둥그레진 눈으로 물었다. 그에 비해 백팩 하나만 단출하게 들고 온 재영이었다. 그의 가방은 딱히 든 게 없는지 매우 가벼워 보였다.

재영은 그녀의 짐을 트렁크에 싣고 운전대를 잡았다. 조수석에 탄 해연은 그가 얼른 출발하기만을 기대하는 눈치였다.

그런 그녀를 보며 재영은 작게 웃음을 내뱉었고, 곧 시동을 걸어 차를 출발시켰다.

처음에 출발할 때는 이것저것 신난 노래를 틀며 수다를 떨던 해연이었지만 30분도 안 되어 곤히 단잠에 빠져 버렸다.

　목적지는 생각보다 그리 멀지 않은 곳이었다. 경기도 외곽에 있는 곳이라 한 시간 반 만에 도착할 수 있었다.

　"해연아, 일어나. 도착했어."

　차를 멈춘 재영이 해연의 어깨를 토닥이며 말했다. 그녀는 끄응, 앓는 소리를 내며 슬며시 눈을 떴다. 눈앞에 보이는 바다와 사진에 있었던 별장의 풍경에 감탄사가 절로 터져 나왔다.

　"우와……."

　해연은 얼른 차에서 내려 겨울 바다를 바라보았다. 탁 트인 바다를 보고 있으니, 마음속까지 시원해지는 느낌이었다.

　"너무 좋다, 여기."

　"그러게. 너무 좋네."

　재영은 차에서 내려 해연의 옆에 서며 말했다. 시원하게 부는 바람이 깊은 속까지 후련해지게 만드는 것 같았다.

　"……형? 해연 씨."

　그때 작은 인기척과 함께 누군가 두 사람을 부르는 목소리가 들렸다.

　해연과 재영은 동시에 고개를 돌려 별장 쪽을 바라보았다. 마당에 서서 두 사람을 바라보고 있는 은우가 있었다.

　"작가님?"

　"너……."

세 사람은 놀란 눈으로 서로를 바라보았다.

"형이 여길 어떻게 알고 온 거야?"

"예전에 아버지가 별장 얘기해 준 적 있었어. 넌?"

"난 얼마 전에 아버지 유품에서 이걸 발견했었거든……."

은우는 주머니에서 사진 한 장을 꺼내 재영에게 내밀었다. 재영이 가지고 있는 아버지 사진과 같은 사진이었다.

"뒤에 주소도 적혀 있길래 혹시나 하고 와 봤는데, 아버지 소유 별장이더라고."

두 사람은 멋쩍게 서로를 바라보았다. 이곳에서 만날 것이라고는 전혀 예상하지 못했었기 때문에 적지 않게 놀란 듯 보였다.

해연은 두 사람을 번갈아 바라보며 난감한 표정을 지었다. 사이가 좋지 못한 둘이었기에 여기까지 와서 또 싸우면 어쩌나 싶은 불안한 마음이 들었다.

재영과 은우는 한참 동안 말이 없었다. 보다 못한 해연이 어색하게 웃으면서 정적을 깼다.

"작가님은 언제 오셨어요?"

"어젯밤에요."

"혼자 오신 거예요?"

은우가 끄덕거리며 대답하고는 작게 웃으며 말했다.

"안으로 들어와요. 추운데 서 있지만 말고."

"네!"

"형도 얼른 들어와."

은우의 말에 해연은 재영의 팔을 잡아끌며 현관문을 지나 별장 안으로 들어섰다.

그 안은 더욱더 아기자기하고 예뻤다. 벽은 별장 겉면처럼 나무에 흰색 페인트를 발라 놓아 앤티크함이 물씬 풍겼고, 가구들은 비비드 컬러들로 조화롭게 이루어져 있었다.

"우와, 진짜 예뻐."

해연은 주변 구석구석을 살피며 방 하나하나 들어가 보았다. 방은 딱 두 개였다. 큰 방 하나와 작은 방 하나.

"여기 오래된 별장 맞아요? 너무 깨끗한데. 혹시 작가님이 오셔서 치우신 거예요?"

"아뇨. 꾸준히 관리하시는 분이 있더라고요. 어젯밤에 왔을 때도 와서 관리해 주시는 아저씨 잠깐 만났었어요."

재영은 벽난로 위에 놓여 있는 아기 천사 모양의 소품들을 만지작거렸다.

아버지가 꾸몄다고 하기엔 너무 아기자기한 소품들이었다. 관리인들이 인테리어까지 만진 건가? 의아한 시선으로 주변을 살피던 중이었다.

꼬르륵.

배고픔을 알리는 소리가 별장 안을 크게 울렸다. 재영은 고개를 돌려 해연을 바라보았다.

그래, 슬슬 배고플 때가 됐지. 그는 슬쩍 벽에 걸린 시계를 힐끗거리다 작게 웃었다.

"저 아니에요!"

그때 해연이 재영의 표정을 보며 격하게 부정을 표했다. 너 아니면 누구야? 하는 시선을 보내자 그녀는 은우를 힐끗거렸다.

"나야, 형."

은우가 어색한 미소를 지으며 손을 슬며시 들었다.

"사실 어제저녁부터 아무것도 못 먹었거든."

그의 시인과 함께 또 한 번 큰 뱃고동 소리가 울려 퍼졌다. 재영은 작게 헛웃음을 치며 은우를 지나쳐 냉장고 문을 열어 보았다. 예상은 했지만 냉장고 안은 텅텅 비어 있었다. 별장 관리인들이 먹을 것까지 채워서 넣어 둘 리가 없었다.

"뭐 좀 사 와야 할 것 같은데."

재영은 그렇게 말하면서 아까 온 길을 되새김질해 보았다. 오면서 마트가 있었던가. 머리를 긁적이며 생각해 봐도 마트를 본 기억은 없었다.

"안 그래도 나 마트 찾아보러 나가려던 중이었어."

"고기랑 이것저것 사서 마당에서 먹으면 진짜 맛있겠다!"

해연은 손뼉을 치며 마트에 갈 준비를 서둘렀다. 재영은 고개를 갸웃거리며 작은 목소리로 중얼거렸다.

"뭐, 가다 보면 나오겠지."

❀　　　❀　　　❀

차를 타고 마트를 찾아 헤맨 지 한 시간 째. 그들은 간신히 시내에 작은 마트 하나를 찾았다. 역시나 재영이 온 길에는 마트가 없었다.

다행히 다른 길로 돌아가 간신히 찾아냈다. 하지만 마트를 찾는 데 진이 다 빠진 세 사람은 뭐든 담자는 생각으로 보이는 모든 것들을 카트에 담아냈다.

잔뜩 사 들고 간 세 사람은 트렁크에 짐을 싣고 다시 별장으로 향했다. 벌써 점심때가 훌쩍 지나가고 있었다.

"그냥 시켜 먹을걸 그랬나 봐요. 벌써 지쳐서 아무것도 하기 싫어요."

"그럼 시켜 먹을까요?"

"오, 그거 좋아요."

실컷 장을 봐 왔더니 은우와 해연은 시켜 먹자는 의견을 내세우기 시작했다. 재영은 '그래, 너희들 하고 싶은 대로 하렴' 하는 얼굴로 고개를 끄덕였고, 이내 은우가 중국집으로 전화를 걸어 짜장면 세 개와 탕수육을 시켰다.

—거기 되게 먼데…… 일단 알겠습니다.

주소를 들은 남자는 잠시 뜸을 들이는가 싶었지만 알겠다는 말과 함께 전화를 끊었다. 은우와 해연은 도착할 짜장면을 생각하며 잔뜩 들떠 있었다. 하지만 한 시간이 지나도록 배달은 오지 않았다.

"왜 안 오지?"

"주문을 빼먹으셨나."

"다시 전화해 봐."

재영의 말에 은우가 다시 전화를 걸었다.

—죄송해요. 저희 알바생이 뭘 모르고 주문을 받았나 봐요. 그곳은 저희 배달 지역이 아니라서 못 해 드려요.

전화기 너머로 들려오는 말에 은우는 당황스러움을 감추지 못했다. 한 시간이나 기다렸는데 배달해 주지 못 한다니. 은우는 어떻게 안 되냐고 사정을 했지만 여주인은 안 된다고 단호하게 말하며 전화를 끊었다.

"미치겠다."

배고프다. 세 사람은 속으로 그 말을 되뇌며 입맛만 다셨다.

"그냥 고기 구워 먹을까요?"

해연의 말에 재영은 한숨을 푹 내쉬며 자리에서 일어섰다. 곧 은우도 자리에서 일어나 그의 뒤를 따랐다.

그녀는 얼른 고기라도 구워 먹어야 될 것 같은 느낌이었다. 오늘은 신나서 아침도 거르고, 점심때도 한참 지났으니 거의 반은 죽어 가는 상태나 마찬가지였다.

"저도 뭐 도울까요?"

"아냐, 앉아 있어."

재영은 밖으로 나가 바비큐 그릴에 숯을 피우기 시작했다. 이렇게 하는 거 맞나? 그는 은우를 슬쩍 바라보았지만 자신도 모른다는 듯이 어깨를 으쓱일 뿐이었다.

간신히 불을 붙인 뒤, 그 위에 고기를 굽기 시작했다. 활활 타오르는 불 위에 익어 가는 고기를 보는 것만으로도 좋았다. 재영은 얼른 고기를 구워 접시에 내려놓았다.

"형, 그런데 이거 먹어도 되는 거지?"

까맣게 그을린 고기를 보며 은우가 고개를 갸웃거렸다. 원래 바비큐는 이렇게 까만 것인가? 반신반의하는 얼굴로 고기 한 점을 집어먹는데, 고기의 맛은 느껴지지 않고 쓰디쓴 숯불 맛밖에 나지 않았다.

"이거 거의 담뱃재에 고기 발라 먹는 급인데."

"안은 하나도 안 익었어요."

빨간 속살을 보며 해연이 울상을 지었다. 재영은 당황한 얼굴로 고기의 상태를 바라보다가 나머지 고기들을 들고 별장 안으로 들어섰다. 한참을 나오지 않던 그는 이내 잘 익은 고기들을 들고 밖으로 나왔다.

"그냥 프라이팬에 구웠어."

진작 이럴걸. 그런 생각이 들 정도로 고기는 맛있었다.

고기를 순식간에 해치우고 나자 시간은 오후 5시였다. 아직 해가 저물기 전이었다.

세 사람은 넋이 나간 얼굴로 바다를 바라보았다. 재영은 한숨과 함께 혼잣말을 작게 중얼거렸다.

"두 번 여행은 못 오겠다."

"아직 해도 안 졌는데 피곤해서 아무것도 못 하겠어요."

해연은 밤새 놀 계획으로 이것저것 게임을 준비했었다. 가방이 무거운 것도 그 때문이었다. 젠가부터 카드, 고스톱까지. 할 수 있는 모든 것을 다 해 보려고 했는데 손 하나 까딱할 힘이 없었다.

"춥다. 이제 들어갈까?"

은우의 제안에 세 사람은 바비큐 파티에 난장판이 된 마당과 테이블을 대충 치우고 안으로 들어갔다.

별장 안에 퍼진 따뜻한 기운에 해연은 곧 소파에서 잠이 들었고, 재영은 그녀를 안아 올려 방 안으로 옮겨 놓았다.

"너도 들어가서 좀 자."

해연을 눕히고 거실로 나온 재영이 소파에 앉아 있는 은우에게 말했다.

"난 별로 안 피곤해. 형 운전하느라 피곤했을 텐데 좀 자 둬."

은우의 말에 재영은 고개를 좌우로 내저었다.

두 사람은 별말을 하지 않았다. 고요한 침묵 속에서 허공을 바라보며 앉아 있다가 은우가 먼저 말을 이었다.

"이 별장, 아버지가 형네 어머니랑 지내려고 만들어 놓은 거 같아."

은우는 별장에 들어온 순간부터 그 생각을 했었다. 아버지가 꾸몄다기엔 너무나도 아기자기한 소품들. 그리고 화장실에 갔을 때 봤던 두 개의 낡은 칫솔까지. 은우의 어머니가 모르는 곳이라면 두 사람이 예전에 사용했던 장소인 것이 틀림없었다.

"아버지가 우리 엄마가 아닌 형 어머니를 선택했다면, 우리는 좀 더 단란한 가족 안에서 살 수 있었을까?"

은우의 어머니는 아버지에게 항상 사랑을 구걸했다. 모든 걸 가진 그녀가 왜 그랬어야 했는지 은우는 평생 살면서 이해하지 못했다. 자신을 사랑하지 않는 남자를 왜 그렇게까지 옆에 두고 싶었을까.

"그거 알아? 엄마가 형을 호적에 올린 이유."

"아버지가 그렇게 하라고 했던 거 아냐?"

"아니, 아버지는 그럴 생각까지 없으셨어. 사실 그 전부터 아버지가 엄마한테 이혼을 요구했었는데 엄마가 형 들어오면서 아버지에게 제안을 한 거야."

"……."

"자기 호적에 올리면 재산이 형한테 법적으로 갈지도 모르는 일인데, 그 위험을 감수하면서까지 아버지를 옆에 두고 싶었던 거지. 참 대단하지 않아?"

아버지는 단 한 번도 그녀를 사랑한 적이 없다. 10년간 지켜보았던 재영도 알고 있는 사실이었다. 그렇게 오랜 시간 함께 살아왔으면 정이라도 들었을 텐데, 아버지는 곁을 내주지 않는 단호한 사람이었다.

"그러고 보면 형이랑 아버지 진짜 많이 닮았어."

"너도 외모로는 많이 닮았는데."

"나는 외모만. 성격은 엄마 판박이지."

은우가 웃으면서 말하자 재영도 피식 웃음을 터트렸다.

"난 좀 자야겠다. 너 안 잘 거야?"

"이따가."

"그럼 난 작은방 가서 눈 좀 붙인다."

"왜? 그냥 해연 씨 옆에서 자지?"

재영이 '그럴까?' 하고 장난스럽게 얘기했지만 발걸음은 작은방으로 향하고 있었다.

같이 자도 되는데, 뭘 새삼스레.

은우는 작게 코웃음을 치며 사라지는 재영을 바라보다 소파에 기대어 조심스레 누웠다.

❂   ❂   ❂

"작가님, 작가님!"

해연이 부르는 소리에 은우는 조심스레 눈을 떴다.

"우리 밤바다 보러 가요!"

자신을 깨우는 그녀를 보며 은우는 소파에서 몸을 일으켰다.

벌써 나갈 준비를 마친 재영이 소파에 걸쳐 두었던 은우의 코트를 그에게 집어 던지며 말했다.

"얼른 나와. 밤 10시다."

잠깐 눈을 붙인 것뿐인데 벌써 10시라니. 벽에 걸린 시계를 보던 은우는 머리를 긁적이다 이내 코트를 입고 그들의 뒤를 따랐다.

날은 아까보다 더 추웠다. 낮에는 드넓게 보였던 바다가 이제는 까맣게 출렁거리기만 했다. 그 위에 보름달이 예쁘게 떠 있고, 멀찍이 서 있는 등대가 환하게 불을 비추고 있었다.

"밤바다는 생각보다 심플하네."

"그러네. 낮이 더 낫다."

"두 분은 낮이 더 좋아요? 저는 밤이 더 좋은데."

해연은 바다 가까이 다가가 밀려오는 파도를 따라갔다가 도망가기를 반복했다. 혼자서 노는 모습을 지켜보는데, 해연이 두 사람도 와 보라는 듯이 손짓했다.

"그러다 너 발 빠져. 해연아."

"괜찮아요. 그럴 줄 알고 운동화 하나 더 챙겨 왔지요."

해연은 브이를 그리며 배시시 웃었다. 그녀를 보고 두 사람은 동시에 작게 웃음을 터트렸다.

"좀 와 봐요. 둘 다."

그녀가 오라고 손짓하자 재영이 마지못해 발걸음을 옮겼다. 그가 가까이 오자 해연은 있는 힘껏 그의 팔을 잡아당겨 파도가 밀려오는 곳으로 밀었다.

순식간에 밀려오는 파도에 재영의 바지와 신발이 흠뻑 젖어 버렸다. 그는 망연자실한 얼굴로 제 발을 내려 보다가 중얼거리듯 말을 이었다.

"난 신발 이거 하난데……."

"어때요? 차가워요?"

"차갑지 그럼, 이 겨울에 바닷물이 따뜻할까 봐?"

재영은 해연에게 다가가 밀려오는 파도 쪽으로 그녀를 밀었다.

"앗, 차가!"

발이 얼얼할 정도로 차가운 바닷물에 해연의 얼굴에서 순간 웃음기가 사라졌다. 그녀가 온몸을 오들오들 떨자 재영이 '많이 추워?' 하고 다정하게 물었다. 그러자 해연이 개구진 미소를 지으며 그를 있는 힘껏 바다에 밀어 넣었다.

풍덩 소리와 함께 재영의 온몸이 바닷물에 잠겨 버렸다. 온몸이 싸늘해질 정도로 차가운 물이 닿자 재영은 실없는 웃음만 허허 내뱉었다.

"해연아……."

그가 낮은 목소리로 그녀를 부른다. 혹여 복수할까 봐 해연은 뒷걸음질 치며 도망쳤고, 재영은 그녀를 향해 있는 힘껏 뛰어갔다. 얼마 못 가 붙잡힌 해연을 잡고 모래사장 위로 빙그르르 둘이 넘어졌다. 해연의 웃음소리가 조금 떨어진 은우에게까지 들려온다.

은우는 작게 미소를 지으며 그들을 바라보았다.

"자신을 사랑하지 않는 사람을 사랑하는 마음이라……."

그녀도 이런 마음이었을까. 사랑하는 사람이 다른 여자와 함께 있는 모습에 질투가 나서 돈과 권력을 이용해 두 사람을 깨트려 놓은 것일까.

그래서 어머니가 얻은 것은 뭐지? 빈껍데기뿐인 아버지? 결국 그는 세상을 떠났고, 그녀도 허무하게 세상을 떠나 버렸다.

어머니 같은 사람이 싫었다. 평생이 지나도 어머니 같은 여자와는 함께하고 싶지 않았다. 그래서 더더욱 미나를 밀어냈었던 것일지도 모른다.

은우는 휴대폰을 꺼내 들었다. 그리고 미나에게 이곳 주소와 함께 데리러 오라는 말을 남겼다. 그녀는 곧장 알겠다는 답장을 보냈다. 그렇게 모질게 대해도 여전히 그녀는 은우의 옆에 있었다.

"진짜 나는 엄마를 빼닮았다니까."

이기적이다. 이런 자신이 미치도록 싫으면서도 자꾸만 어쩔수 없다는 말로 스스로를 위로한다.

❖   ❖   ❖

난 먼저 가 볼게. 둘이서 잘 놀다 와.

갑자기 사라진 은우를 한참 동안 찾다가 거실 테이블에 붙은 포스트잇을 보고 재영이 한숨을 푹 내쉬었다.

"작가님 찾았어요?"

해연이 뒤늦게 별장 안으로 들어오며 말하자, 재영은 말없이 포스트잇을 앞으로 내밀었다.

"왜 갑자기 혼자 가셨지. 차도 없을 텐데."

"미나 불렀을 거야. 아마."

재영은 그렇게 말하며 소파에 털썩 주저앉았다.

"아쉽다. 작가님도 같이 놀면 더 좋았을 텐데."

"나랑 둘이 있는 게 그렇게 싫어?"

"그런 말이 아니잖아요."

"나한텐 그렇게 들리는데."

재영이 그녀의 옆으로 바짝 다가가 앉았다. 해연은 '뭐지?' 하는 얼굴로 힐끗 그를 바라보았다.

"오랜만에 둘이 있는 거 같다."

"카페에서도 자주 둘이 있었는데."

"손님들이 있고 너무 확 트인 곳이잖아."

"확 트인 곳이 아니면 대체 뭐, 뭐 하시려고요?"

그녀가 말을 더듬으며 재영 쪽으로 몸을 돌리자 그는 바로 해연의 입술에 입을 맞추었다. 그가 그녀의 어깨를 감싸 안고 조심스레 그녀의 입술을 파고들자 해연이 몸을 슬그머니 뒤로 빼내려 했다.

하지만 재영은 틈을 줄 생각을 하지 않고 더욱더 그녀에게 다가갔다. 큰 손으로 그녀의 뒤통수를 받치며 천천히 소파에 해연을 눕혔다.

더 이상 도망갈 곳이 없었다. 해연은 결국 그의 목덜미를 끌어안으며 점차 그를 느끼기 시작했다.

재영은 그녀의 입안 곳곳을 탐했다. 잠깐의 숨도 허락하지 않는 그의 입맞춤에 해연은 숨이 턱 끝까지 차올랐고, 재영이 잠시 입술을 떼어 내자 그녀가 거친 숨을 내쉬었다.

두 사람은 서로를 가만히 응시했다. 그리고 조심스럽게 해연의 이마에 입을 맞추고, 또다시 코에 입을 맞추었다.

"다행이다."

"뭐가요?"

"도은우가 빨리 가 줘서."

재영의 능글맞은 말투에 해연이 피식 웃음을 내뱉었고, 그는 다시 한번 도톰한 그녀의 입을 맞추며 긴 겨울밤을 지새웠다.

에필로그.

행복이 머물렀다

"으음……."

커튼 사이로 들어오는 아침 햇살에 해연은 앓는 소리를 내었다.

몸을 돌려 재영의 품속으로 얼굴을 파묻자 그가 그녀의 어깨를 토닥여 주며 작게 속삭였다.

"이제 일어나야 하는데."

"싫어. 조금만……."

"벌써 10시가 넘었어, 해연아."

재영의 말에 해연은 아예 그의 허리를 끌어안아 버렸다. 그녀가 일어나기 싫을 때면 떼쓰는 방법 중 하나였다.

벌써 재영과 해연이 사귄 지 3년이란 시간이 흘렀다. 그동안 두 사람 사이에는 많은 것들이 변했다.

"오빠."

"왜."

제일 먼저 해연의 호칭이 변했다.

"나 오늘 상 받으러 가지 말까?"

"왜 그래?"

"TV에 나 너무 못생기게 나와서 싫어……."

해연의 대우와 인지도가 변했다. 3년이란 시간 동안 총 세 편의 소설을 써낸 그녀는 유명 작가들과 단편집을 함께 내며 주목을 받기 시작했고, 그 뒤로 낸 모든 소설들이 베스트셀러에 오르면서 여러 매스컴을 타고 유명세를 탔다.

"그렇게 받고 싶은 상이라더니."

"받고 싶었지. 그런데 꼭 TV에만 찍히면 얼굴이 호빵처럼 불어나서 나온다니까? 그런 거 보면 은우 씨는 참 대단해. 어떻게 그렇게 화면발을 잘 받지?"

"너도 충분히 예뻐."

"오빠 눈에만 그렇겠죠."

"아닌데. 객관적으로 예쁜데. 카페에 오는 손님들이 너 예쁘다고 칭찬 일색이야."

"손님들이 어떻게 알고?"

해연이 고개를 올려 동그랗게 뜬 눈을 깜빡이며 재영을 바라보았다.

"어?"

"카페에 오는 사람들이 오빠랑 내 사이를 알아?"

"아……."

재영이 민망한 듯 작게 헛기침을 하며 시선을 허공으로 보낸다.

뭐야? 해연이 의아한 시선으로 손을 올려 그의 턱을 잡고 제 시선과 억지로 마주하게 만들었다.

"바른대로 말해 봐."

"자주 오시는 손님한테 네 자랑 좀 했어."

"……."

"내 애인이 경해연 작가다, 하고……."

재영은 억지로 시선을 피하며 귀를 붉혔다. 그 모습이 귀여워 괜스레 재영의 뺨을 쭉 늘어트리자 그의 이마에 작은 주름이 잡혔다.

"……아파."

"정말 많은 발전이다. 천하의 도재영이 팔불출 짓까지 하고."

해연은 씩 웃으며 침대에서 몸을 일으켰다. 시계를 보니 미용실 갔다가 준비하고 나오면 시상식장에 도착하기까지 빠듯한 시간이었다.

"오늘 오빠도 올 거지?"

"아니. 오늘은 카페 가 봐야 해."

"안 온다고?"

"미안. 단체 손님 예약이 있어서."

많이 발전했다는 말 취소.

해연은 단단히 삐친 얼굴로 그를 바라보았지만 '미안'이라는 소리만 읊을 뿐 같이 가겠다는 말은 끝까지 하지 않았다.

"시상식 끝나면 전화해. 같이 밥 먹자."

덤덤하게 말을 잇는 재영을 보며 해연은 헛웃음을 내뱉었다. 그리곤 대답 없이 욕실로 모습을 감추었다.

따뜻한 물을 받아 놓은 욕조에 들어가 있는 내내 영 마음이 찜찜했다.

"내가 얼마나 받고 싶어 했던 상인 줄 알면서……."

이번에 해연이 받는 상은 우리나라 유명 소설가들 중에서도 손에 꼽히는 사람에게만 주는 권위 있는 상이었다.

그녀가 좋아하는 작가들은 모두 이 상을 수상했기에 후보에 들었다는 것을 알았을 때 더 욕심이 났었다. 하루가 멀다 하고 상 얘기를 했었는데, 오늘 같은 날 함께 있어 주지 않고 일을 한다니.

해연의 말이라면 무조건 카페를 닫고 버선발로 뛰어나오던 재영은 온데간데없었다. 3년이란 시간이, 그리고 익숙함이 이렇게 무거운 거였나 보다.

목욕을 마친 해연은 마른 수건으로 머리를 말리며 인기척이 없는 집 안을 두리번거렸다.

"오빠."

재영을 불러보아도 대답이 없었다. 그녀는 거실을 지나 부엌으로 걸음을 옮겼다. 식탁 위에는 간단히 토스트로 차려진 아침상이 놓여 있었다.

"뭐야……."

간 거야, 설마?

어이없다는 듯 헛웃음을 내뱉으며 식탁에 붙여진 파란색 포스트잇을 손에 들었다.

오늘 준비할 게 많아서 먼저 갈게. 이거 먹고 잘 다녀와.

반듯한 글씨체가 딱 재영의 글씨다.

"나쁜 인간."

아침도 같이 안 먹어 주고 나갔다고?

해연의 손에 든 포스트잇을 단숨에 구기며 애꿎은 토스트만 노려보았다.

❂   ❂   ❂

"사랑이 식었어요."

해연은 송 작가와 나란히 대기실에 앉아 있었다. 평소와 다르게 머리부터 발끝까지 힘을 준 그녀였지만 표정은 그 어느 때보다도 좋지 못했다.

"3년이면 오래 갔지. 이제 식을 때도 됐잖아?"

"전 아니거든요! 아직도 얼마나 활활 불타오르는데요!"

해연이 두 손을 불끈 쥐고 소리치자 송 작가는 놀라 몸을 움찔거렸다.

"아, 알겠어. 알겠어. 두 번 놀렸다가는 큰일 치르겠네."

송 작가의 말에 해연은 시무룩해진 얼굴로 휴대폰을 바라보았다.

손님이 많이 밀려왔는지 문자 한 통이 없었다. 자존심이 상해서 먼저 연락하기는 싫었다. 언젠간 연락이 오겠지 싶어 내내 휴대폰을 손에서 놓지 않았다.

하지만 시상식이 다 끝나가는 무렵에도 여전히 전화벨은 울리지 않아 그녀는 언짢은 기분을 풀지 못했다.

"뭐 해, 경 작가? 안 갈 거야?"

시상식이 끝나고 수상한 사람들끼리 저녁을 먹으러 가자는 제안이 나왔다.

원래 계획이었다면 '죄송합니다. 선약이 있어서요' 하고 얼굴만 비추고 빠졌을 텐데 오늘은 재영과 함께 저녁 먹을 기분이 아니었다.

"네. 갈게요."

재영과 3년간 연애하면서 한 번도 싸운 적이 없는 건 아니다. 사장님과 아르바이트생으로 지내던 시간이 더 길었지만 그때는 갑을 관계였기 때문이었을까. 다툼이 그다지 있지 않았다.

그런데 연애를 하고 나서부터는 달랐다. 작은 거에도 금방 서운해서 삐치고, 화내고, 모든 감정에 깊게 반응했다. 예전에는 몰랐던 서로의 모습들을 보면서 '와, 이런 사람이었어?' 하는 장단점을 많이 알게 되었다. 물론, 장점보다는 단점이 많이 보였던 게 사실이지만.

"사람이요. 3년을 연애했으면 이제 프러포즈할 때도 되지 않았어요? 제가 몇 달 전에 출판사 편집장 결혼식 다녀오면서 결혼 얘기를 슬쩍 꺼냈는데 전혀 관심 없다는 식으로 미지근하게 대답하는 거예요."

"먼저 해 보지 그래?"

"해 보려고 했죠! 제가 참다 참다 먼저 반지 사 들고 내밀었더니 뭐라는 줄 알아요? 커플링이야? 예쁘네. 고마워. 하고 싹 입 닦는 거 있죠?"

"재영 씨가 눈치가 없나? 프러포즈 반지라고 말해 봤어?"

"아, 자존심 상해서 그 길로 바로 집에 왔어요. 오빠는 제가 그때 왜 화를 냈는지 아직까지도 몰라요. 눈치라고는 개미 똥구멍만큼도 없는 사람 같으니라고."

재영에 대한 뒷담화를 늘어놓는 해연을 보며 송 작가를 포함한 대선배 작가들은 낄낄거리기만 했다.

신나게 떠들면서 얘기하다 보니 술은 거하게 취해 가고, 작가들은 슬슬 집에 가 봐야겠다며 하나둘 자리에서 일어서기 시작했다.

"경 작가, 정말 재영 씨 안 부를 거야?"

"안 불러요. 혼자 갈 거예요."

"데려다줄까?"

"괜찮습니다. 선배님, 제가 누굽니까. 경해연이지 않습니까. 집까지 안전하게 잘 도착하도록 하겠습니다!"

군대식 인사를 하며 걱정 말고 집에 가라는 듯 송 작가의 등을 떠밀었다.

걱정스런 시선에도 한사코 해연은 혼자 가겠다며 우겼다. 결국 송 작가는 대리 기사가 운전하는 제 차를 타고 떠나야 했다.

멀어지는 송 작가의 차를 바라보다가 그녀는 옆에 있던 버스 정류장 벤치에 풀썩 주저앉았다.

후, 뜨거운 입김을 불며 까만 하늘을 바라보던 그녀는 들고 있던 클러치에서 휴대폰을 꺼내 들었다.

"전화할까."

아니야. 싫어. 괴롭혀 줄 거야. 나한테 못되게 군만큼.

해연은 신경질적으로 휴대폰을 클러치에 넣었다가 또다시 슬쩍 꺼내 들었다.

"어라……?"

언제부터 꺼져 있었지.

해연은 머리를 긁적이며 전원 버튼을 계속 눌러보았지만 방전된 휴대폰은 켜질 생각을 하지 않았다.

이제는 애인도 모자라 휴대폰까지 말썽이라니.

해연은 쇼핑백에 담긴 제 트로피를 멀뚱히 쳐다보았다. 3년 만에 이뤄 낸 결과물. 인생에 한 번 있을까 말까 한 멋진 수상의 날이 어쩐지 너무나 초라하다.

"경해연!"

그때 누군가 해연을 부르는 소리가 도로를 울렸다. 그 목소리에 고개를 들어 앞을 바라보자 반대편 인도에 서 있는 누군가가 보였다.

"어⋯⋯."

도재영이다. 나쁜 도재영.

인상을 꾸긴 채 그를 바라보는데 얼굴에 더 주름이 잡힌 건 재영 쪽인 듯 보였다.

"너 딱 거기 있어!"

호통치는 소리에 해연은 입술을 오리처럼 삐죽였다. 왜 자기가 화를 내? 어이가 없어 바로 옆 신호등을 건너오는 재영을 죽일 듯이 노려보았다.

어느새 그녀의 앞에 선 그가 깊은 한숨을 내쉬었다.

"너 정말⋯⋯."

그는 화를 내려다가 그저 한숨만 푹 쉬고는 자신의 재킷을 벗어 해연의 어깨에 걸쳐 주었다. 하지만 그녀는 필요 없다는 듯 재킷을 밀어내곤 아니꼽게 그를 올려다보았다.

"어떻게 알고 왔어?"

"송 작가님이 연락 주셨어."

"혼자 갈 수 있다고 말했는데⋯⋯."

해연은 중얼거리며 자리에서 벌떡 일어섰다. 어지러움에 살짝 비틀거리자 재영이 그녀의 어깨를 잡아 주었다. 해연은 그의 손을 뿌리치며 소리쳤다.

"뭐야, 안 오려면 끝까지 오지 말지. 왜 지금 와서 이래?"

"끝나고 같이 저녁 먹자고 했잖아."

"지금 저녁이 문제야? 내가 오늘 얼마나 기다리고 기다렸던 날인데, 오빠 때문에 이게 뭐야!"

해연은 억울함에 눈시울이 붉어졌다. 오늘 같은 날은 기분 좋게 보내고 싶었는데 다 엉망이 되어 버렸다. 아침에 혼자 가서 상 받고 올 테니 오지 말라고 먼저 선수 쳤다면 싸울 일이 없었을까. 아니, 그냥 아무 말 없이 상 받고 왔으면 좋았으려나.

대체 어디서부터 잘못된 것일까 되짚어 보던 순간이었다. 재영이 해연에게 다가와 그녀를 제 품에 꼭 안았다. 따스하고 익숙한 향이 코끝을 스쳤다.

"이렇게 좋은 날, 너는 왜 내 뜻대로 안 따라와 주냐."

"내가 뭐…… 어쨌다고."

울먹이는 목소리로 대답하자 재영이 작게 웃으며 주머니에서 무언가를 꺼내 들었다.

그의 손에 든 건 해연의 이니셜이 박힌 목걸이였다. 갑자기 이게 뭐냐는 듯 바라보자 그는 말없이 해연의 목에 그것을 걸어 주었다.

"프러포즈 준비하고 있었더니 자기가 먼저 반지를 맞춰 와서 선수치고. 너 수상 날 맞춰 제대로 프러포즈 준비했더니 전화도 안 받고 화만 내니."

"……."

"널 어떻게 하면 좋을까?"

재영의 말에 해연의 얼굴엔 당혹스러움이 가득했다. 문득 프러포즈를 하기 위해 반지를 내밀었던 날, 심심한 반응을 보이던 재영의 얼굴이 떠올랐다.

그래서였구나. 그래서 그런 반응이었던 거구나.

해연은 목에 걸린 목걸이를 만지작거렸다.

"결혼하자. 네가 어디로 튈지 몰라서 혼자 못 두겠다."

결혼하자.

그의 한마디에 해연의 입가에 미소가 피어올랐다.

재영이 자신과 결혼하는 것을 탐탁지 않아 하는 줄로만 알았다. 좋아하지만 도저히 결혼 상대는 아닌 건가, 내가 그렇게 못난 건가, 자책하고 실망하던 지난날의 제 모습이 부끄럽고 창피해진다.

재영은 늘 자신만 바라봐 주는 사람이었는데.

"너 울다가 웃으면 어떻게 되는지 알아?"

"안 울었거든?"

"눈물이나 닦고 거짓말해."

재영은 툴툴거리면서도 뺨에 흐르는 해연의 눈물을 검지로 닦아 주었다. 그 손길이 너무 부드럽고 조심스러워서 마음마저 말랑해지는 느낌이었다.

해연은 까치발을 들어 그의 입술에 쪽 입을 맞추었다. 그러자 재영이 피식 웃으며 살짝 입술을 내밀었다.

"한 번 더 해 줘."

해연은 또다시 그의 입술에 입을 맞추었다. 재영의 입술엔 그 어느 때보다 환한 미소가 지어졌다.

서로를 앓고 지낸 지 10년. 그동안 많은 일들이 있었지만, 해연과 같이 있었던 시간은 모두 다 행복이었다.

그리고 더 많은 행복들은 앞으로도 쭉 그녀와 함께 머물 것이다.

―fin